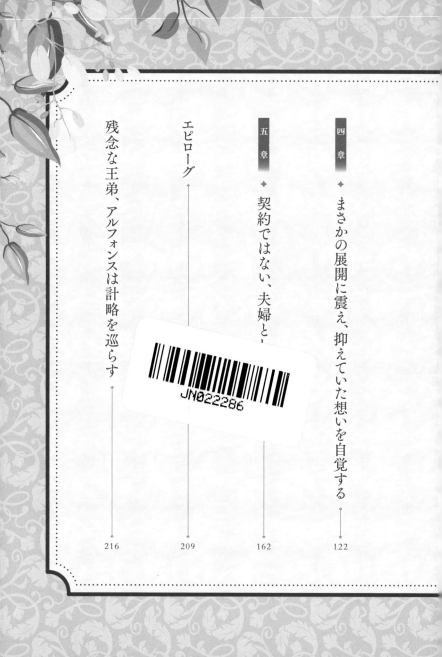

CHARACTERS

Dekiai ha Keiyakukoumoku niha Arimasen!

シュライン

王立学園の卒業を間近に控えた公爵令嬢。婚約者である王太子から婚約破棄を告げられた瞬間、前世を思い出す。婚約破棄後は自由に生きようと思った矢先、王太后の計らいでアルフォンスと婚姻をすることになるのだが……。しっかり者でクールビューティタイプ。

アルフォンス

眉目秀麗で堂々とした佇まいの年の離れた王弟。その見た目に反して、女嫌いで"美少年"の恋人を囲っているという噂がある。シュラインと二年間の契約で偽装結婚をすることになるのだが、意外と彼女のことを気に入っているようで……。

ヘンリー

シュラインの元婚約者の王太子。学園で出会ったアリサに絡めとられ、二代続けての王太子の婚約破棄をする羽目になる。見た目は完璧な王子様だが、優柔不断で流されるタイプ。

アリサ

ヘンリーが結婚しようとしている男爵令嬢。男性に媚びるのが得意で、身分差を乗り越えて結ばれるヒロインと王子様の恋愛に酔っている。実は彼女にも秘密があるようで……。

リリア

現国王の王妃。貴族の庶子という低い身分の出身で、その妖艶な容姿で当時の王太子を篭絡し、貴族令嬢との婚約破棄をさせ、妃の座を手に入れた。そして彼女にも秘密が……。

リアム

アルフォンスが囲う美少年。中性的な見た目で、アルフォンスの前では猫を被り、甘えた姿を見せる。元々は評判の良くない貴族の奴隷だったところを、アルフォンスに引き取られた。

溺愛は契約項目にはありません！

～偽装結婚したはずの王弟殿下に溺愛されています～

えっちゃん

eロマンス ロイヤル

CONTENTS

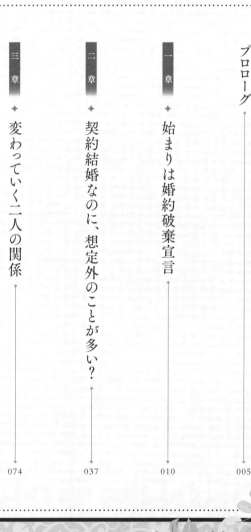

プロローグ

（苦しい、どういうことなの？）

煌《きら》びやかな夜会と興味津々《しんしん》といった招待客達の相手に疲れ、会場の外へ出たのは十分ほど前のこと。

王弟《おうてい》夫妻専用だという部屋へ通され、部屋付きのメイドが用意した薬湯《やくとう》を飲んでから、アルコール度数の高いワインを飲んだ後のように体が熱くて堪《たま》らない。

あまりの息苦しさに、倒れるようにベッドにうつ伏せた。

「はぁ、ぁあっ」

ベッドのシーツが肌を擦《こす》り、身じろいだ際ドレスの布地が肌を擦る、それだけで体がむず痒《がゆ》くなるような感覚を覚え、腰から股《また》の間にかけて耐えがたい疼《うず》きが生じて来る。

荒い呼吸を繰り返し、途切れてしまいそうな意識を保とうとする女性の耳へ、部屋の外から強い口調で言い争っているような複数の男性の声と、何かが倒れるような音が聞こえてきた。

アルコールに酔った者達が揉《も》めているだけなのか、もし貴族達を狙《ねら》った賊《ぞく》が王宮内へ入り込み、警備兵と戦闘を始めたのならば、今すぐ逃げなければならない。

早く起き上がって部屋から出なければと、心は焦《あせ》るのに力を入れようとしても熱を帯びた体は脱力したままで、起き上がることもできなかった。

バンッ！

壊れそうな勢いで開いた扉が壁に当たり、室内に響き渡った大きな音にビクリと体を揺らす。

「シュライン！」

後ろに撫《な》でつけた髪を乱し、普段は冷静で余裕のある表情を崩さない男性が血相を変えて、文字通り室内へ飛び込んで来る。

続いて室内へ足を踏み入れた女性の側仕《そばづか》えの青年は、主《あるじ》の乱れた姿を見て足を止めて息を飲んだ。

「シュライン！　何かされたのか？」

「アルフォンス、さま」

苦し気な荒い息を吐《は》く女性シュラインの、涙で潤《うる》んだ瞳と上気した頬《ほお》に気付いたアルフォンスと呼ばれた金髪の男性は、テーブルの上にある空のグラスに気付いて眉間《みけん》に皺《しわ》を寄せる。

「王太后《おうたいごう》様が、用意してくださった薬湯を飲んだら、急に、体が熱くなってきて」

「これを飲んだのか」

頷《うなず》くシュラインを一旦側仕えの青年に任せ、アルフォンスはテーブル上に置かれた空のグラスへ鼻を近づけた。

グラスに残った薬湯を一舐《ひとな》めして、直《す》ぐに唾《つば》と一緒に吐き出した。

「これは、やはりそうか。シュライン、君が飲んだのは薬湯ではない。王家に伝わる媚薬《びやく》だよ」

「び、やく？」

「男ならば数回射精をしなければ、女ならば胎《はら》に子種を注いで緩和させなければ、おかしくなってしまうほど強力な媚薬だ。……謀《はか》られたな」

はぁはぁと喘《あえ》ぎながら、結い上げた銀髪を乱したシュラインは熱のこもった息を吐く。

上半身を起こす手伝いをする側仕えの青年は、腕にしがみ付く乱れた姿のシュラインを視界に入れないよう目を逸《そ》らした。

紫水晶《アメジスト》のような紫色の瞳は涙で潤み、媚薬によって強制的に高まった体温で肌は汗ばみ、上気した表情で見上げてくるシュラインをアルフォンスは切なげに見詰《みつ》める。

「媚薬？　子、種？　なに？　では、わたくしの後処理は、スティーブに頼みます。はぁはぁ、大丈夫ですから、アルフォンス様は早く、会場へお戻りくだ、ひゃあんっ」

「駄目《だめ》だ」

スティーブと呼ばれた側仕えの青年の手から勢いよくシュラインを奪い、アルフォンスは熱い彼女の体を抱きしめた。

「あっ」

抱きしめてくるアルフォンスの体温と汗の混じった彼の香りを嗅《か》ぎ、シュラインの体の疼きはさらに増して、呼吸がひどく苦しくなっていく。

「はぁはぁ、体が熱くて、堪らないのです。お願い、離れてください。触れられると、おかしくなっちゃう」

今すぐ離れてほしいと思うのに、もっと触れて抱き締めてほしいという、矛盾《むじゅん》した思いがシュラインの内に生じてくる。

自分の感情が分からなくなり、混乱したシュラインの瞳からは涙が零《こぼ》れ落ちた。

「……貴女《あなた》は私の妻だ。他の男の子種を胎に受け入れたら、姦通罪《かんつうざい》に問われるだろう。王族の伴侶《はんりょ》となった者が姦通罪を犯せば処刑、軽くて一生牢へ幽閉《ゆうへい》される。スティーブ、理解したな。お前は外にいる者達を片付けておけ。殺さず生かしたまま騎士団へ引き渡すのだ。王妃に気付かれず、母上へ、王太后への連絡も頼む」

「……かしこまりました」

苦渋に満ちた顔でシュラインを見たスティーブは一礼して部屋から出て行った。

バタンッ。

完全に扉が閉まり、スティーブの気配が遠ざかっていくのを確認してから、アルフォンスは横抱きにしたシュラインをベッドへと横たえた。

「な、なにを？　止《や》めてください」

ベッドの上に膝《ひざ》をついたアルフォンスは、涙が流れ落ちたシュラインの目尻を指先でなぞる。たったそれだけで、背筋がぞわぞわと粟立《あわだ》った。

今すぐベッドから下りたいのに、先ほどよりも熱くなった体は力を入れようとする度に、股の間から全身へと甘い疼きが生じてしまう。

どうにか腕を動かし、弱々しい力でドレスへ触れようとする大きな手を押さえる。

「夫婦なのだから、止める必要はないだろう」

「だめ、だめなのっ。アルフォンス様とわたくしは、偽装《ぎそう》の、契約上の夫婦でしょう？」

涙を浮かべて首を横に振る、シュラインの鎖骨《さこつ》をアルフォンスの指先がなぞっていく。

「はぁ」

擽《くすぐ》るように指先でなぞられただけなのに、体が反応してしまいシュラインの意思を無視して、この後に起こることへの期待で震える。

「確かに、私と貴女の間には愛という繋《つな》がりはないな。だが、」

言葉を切り、アルフォンスは自嘲《じちよう》の笑みを浮かべた。

「欲情して蕩《とろ》けきった顔をしたシュラインを、媚薬を抜くためとはいえ、従者や他の男に抱かせたくないと思うくらいには、私は貴女を気に入っているらしい」

ぎしり……。

ベッドを軋《きし》ませてシュラインに覆《おお》い被《かぶ》さったアルフォンスの瞳は、結婚式で見た感情を全く感じさせない硝子玉《ガラスだま》ではなく、明らかな欲を感じさせる光が宿っていた。

「やめ、んんっ」

制止の言葉を発しようとしたシュラインの唇を吐息《といき》ごと食《は》み、アルフォンスは口付けを深くする。

結婚式では単なる作業だと感じたアルフォンスの口付けだが、今はすぐに互いの舌を絡《から》ませ吸い上げる濃厚なものへ代わる。

冷たいと感じたアルフォンスの唇はとても熱くて、彼に触れられるのを拒んでいたシュラインの思考を蕩けさせていった。

一章 ✦ 始まりは婚約破棄宣言

ソレイユ王国では貴族の子息《しそく》令嬢《れいじょう》は王立学園への入学を義務付けられており、平民でも入学試験に合格さえすれば入学できる。

王立学園は王国にとって有望な人材を育成する目的と共に、貴族子息は貴族の一員として成人前に人脈を築く場でもあり、貴族子女にとっては実家や夫となる婚約者を支える知識を得ること、また結婚相手と知り合う場所でもあった。

王立学園では卒業式を一ヶ月後に控え、学園内は生徒会メンバーを中心に卒業パーティーの準備に追われていた。

特に、今年は卒業生の中に王太子《おうたいし》がいることもあり、見送る在校生と職員達は国王陛下《へいか》も参列する卒業式を成功させようと、例年以上に神経質になっていた。

「夜会は立食式となるため、食べやすい一口サイズの軽食はどうかしら」

現生徒会副会長から卒業パーティーの相談を受けて、多目的ホールの学習スペースで前年度の卒業パーティー計画書を机上に広げているのは王太子の婚約者であり、一月《ひとつき》後に学園を卒業する予定のシュライン・カストロ公爵《こうしゃく》令嬢だ。

彼女は、腰までのシルバーブロンド、アメジストを彷彿《ほうふつ》させる紫色の瞳をした佳麗《かれい》な容姿だけでなく、常に上位の成績をキープし学園での肩書きは前生徒会副会長という、正に未来の王妃《おうひ》に相応《ふさわ》しい令嬢だと生徒達から慕《した》われていた。

「失礼する。シュライン嬢、殿下《でんか》がお呼びだ」

「殿下が？　ごめんなさい、続きはまた明日でよろしいかしら？」

「はい、よろしくお願いします」

王太子の側近の一人、騎士団長の子息から声をかけられたシュラインは、副会長へ断りを入れて椅子《いす》から立ち上がった。

後輩からの相談を優先させたいところだが、婚約者である王太子の呼び出しは無視できない。

ホールから廊下へ出たシュラインは、婚約者からの突然の呼び出しの理由が分からず、内心首を傾《かし》げていた。

幼い頃、年齢と家柄がつり合うという理由で婚約者に選ばれただけで、王太子とは必要以上に顔を合わせてもいないし親しくもない。

数ヶ月前に、ある女子生徒との仲が深まっているとの噂《うわさ》を耳にした後は、学園内で偶然顔を合わせても挨拶《あいさつ》以上の会話はしていなかった。

呼び出しの理由として思い浮かぶのは、卒業式後に行われる夜会のエスコートを断られる、ということぐらいだ。

（そういえば、彼も彼女に夢中になっていなかったかしら？）

一度も振り向くこともせず前を歩く男子生徒の背中を、シュラインはじっと見詰《みつ》めた。

引き締まった長い手足と、燃えるような赤い短髪をもつ騎士団長の子息は、自身とシュラインの足の長さの差など配慮せず、自分の歩幅で歩く。

無愛想《ぶあいそう》な彼に違和感を抱きつつ、シュラインは小走りで後をついて行った。

「……ここだ」

「失礼します」

彼に案内された空き教室で待っていたのは、眉間《みけん》に皺《しわ》を寄せ〝沈痛《ちんつう》な面持ち〟をした金髪碧眼《へきがん》の、見た目だけは完璧《かんぺき》な王子様だった。

「これ以上、自分を偽ることなどできない。シュライン、君との婚約を破棄《はき》したい」

幼い頃に口論で言い負かして以来、シュラインの前ではいつも弱腰だった王太子は、両手を握りしめて珍《めずら》しく強気な口調で言い放った。

「君と一緒では、僕は永遠に幸せにはなれないと、気が付いたんだ」

前置きもなく、突然言われた芝居《しばい》がかった台詞《せりふ》の内容を直《す》ぐには理解できなかった。

「はぁ？」と反射的に声を出した瞬間、パチンッとシュラインの脳内で何かの弾《はじ》ける音が聞こえて、思考が停止した。

（あ、これってテンプレな展開だ）

そう思って、シュラインは首を傾げる。

（テンプレって、なに？）

知らない言葉なのに、何故《なぜ》かこれはテンプレな理由で婚約破棄をされるテンプレな展開だと、納得してしまう。

（ああっ!?　何なの、これはっ!?）

突如《とつじょ》、脳裏に浮かび上がってきた情報にシュラインの目が大きく見開かれる。

大量の知識に押し潰《つぶ》されそうになり、下唇《したくちびる》をきつく噛《か》んで堪《こら》える。

周囲に誰もおらずシュライン一人だったら、ここが自室だったら頭を抱えて蹲《うずくま》っていた。

(婚約者の王子と彼に寄り添う女子生徒。これは恋愛ゲームや小説でよくある婚約破棄の展開？)

この世界に生まれるよりずっと前、今よりも大人の女性で男性に混じって仕事をしていた記憶が蘇《よみが》る。肩までの黒髪と黒い瞳の彼女は、通勤時間や寝る前に小説を読むのが好きだった。

小説のヒロイン、可憐《かれん》な女子生徒がいかにも意地悪そうな貴族令嬢に嫌がらせをうけ、遂には命を脅《おびや》かされてしまう。危機一髪、ヒロインを助けに来た王子様に救い出されるのもテンプレな展開だった。そして助けられたヒロインは、王子様と互いの気持ちを確かめ合う。ヒロインと王子様は力を合わせて意地悪な悪役令嬢を断罪する。

断罪された悪役令嬢は修道院へ送られ、ヒロインと王子様は婚約して幸せになるという、小説を読んだことがあった。

「……シュライン、聞いているのか？」

無言のまま俯《うつむ》いていたシュラインへ、怪訝《けげん》そうに声をかけた王太子の声で我に返り、勢いよく顔を上げる。

(金髪碧眼の王子様は、恋愛疑似《ぎじ》体験ゲームか恋愛小説のヒーローそのまま、といった外見ね)

婚約者のヘンリーの顔をじっくり見て、シュラインは納得する。

立場も顔も、ヒロインが攻略する相手として申し分なく、正しくメインヒーローだった。

(卒業式後のパーティー当日に婚約破棄宣言されるよりは、空き教室に呼び出されての婚約破棄、一ヶ月前のタイミングで言われるのはマシなのかしら。まぁ学園内でも外でも彼女を苛《いじ》めてもいないし、用事がなければ殿下には近付いてもいなかったもの。彼自身にも興味はなかったしね)

吐《つ》きたくなる溜《た》め息《いき》を堪え、シュラインはヘンリーと彼の背後に立つストロベリーブロンドの女子生徒へ視線を向けた。

「申し訳ありません。突然のことで驚いてしまって。婚約破棄の理由は、ヘンリー殿下に好きな方ができた、ということでしょうか?」

視線が合った女子生徒はビクリと肩を揺らし、不安げにヘンリーを見上げる。

(ヘンリー殿下の恋人は、確か一年ほど前に編入してきた男爵《だんしゃく》令嬢か。これもまたテンプレね。それではわたくしは二人の恋を邪魔《じゃま》する、いわゆる悪役令嬢といった役どころかしら)

王子様の恋人は、前世《ぜんせ》の記憶にある「身分差を乗り越えて結ばれるヒロインと王子様の恋愛もの」のよくある設定通りで、込み上げてくる笑いは口を閉じてなんとか抑えた。

「シュライン様申し訳ありません。私がヘンリー様のことを好きになってしまったせいです」

「アリサ、君は悪くない。僕が君を選んだのだ」

「ヘンリー様ぁ」

新緑色《しんりょくいろ》の大きな瞳を潤《うる》ませて、謝罪の言葉を口にしたアリサと呼ばれた女子生徒を愛《いと》おしそうに見詰めたヘンリーは、優しく彼女の肩を抱く。

(はぁ、何コレ? 茶番《ちゃばん》が過ぎるわ)

二人の後ろでは、騎士団長の子息と黒髪の眼鏡《めがね》をかけた魔術師団長の子息が複雑な表情で二人を見守っていた。

先ほどからシュラインを鋭い視線で睨《にら》んで来る騎士団長の子息といい、ヘンリーの取り巻き二人もアリサに攻略されているのだろう。

「お楽しみのところ申し訳ありません。殿下、わたくしとの婚約を破棄したいのであれば、もっと早くに、卒業式の準備に入る前におっしゃってくだされればよかったのに。わたくし達の婚約は政略的なものです。互いに感情は何一つありませんし、幼い頃より殿下との婚姻《こんいん》はわたくしの義務だと思っておりましたから、一言相談してくだされば早々に婚約を解消できるよう、お父様にお願いしましたわ」

「義務、だと？」

「婚約したのは貴族としての義務だから」と暗に言えば、シュラインが自分に好意を抱いていると勘違《かんちが》いしていたらしいヘンリーは、ポカンと口を開け大きく目を見開いて固まった。

「それで、国王陛下と王太后《おうたいごう》陛下には、婚約を破棄することをお伝えしたのでしょうか？」

「そ、それは、まだ伝えていない」

しどろもどろになって答えるヘンリーの考えの甘さに、シュラインは片手で顔を覆《おお》ってしまった。

「わたくしとの婚約を解消してアリサ嬢と新たに婚約したいという、殿下の熱い想いをまだお伝えになっていませんの？　わたくしとの婚約は王太后様がお決めになったものですから、一番にお伝えしなければならないのではありませんか。わたくしも、報告のため明日にでも登城《とじょう》しなければなりませんね」

「そ、そうか」

強張《こわば》らせていた表情を崩したヘンリーのあからさまな下心に気付き、腹が立ってきたシュラインは眉を吊《つ》り上げた。

「わたくしが登城するのは、今まで王妃教育をしてくださった王太后様に謝罪するためです。貴方《あな》方《がた》のためではありません。勘違いならさないでください。そちらの婚約云々《うんぬん》は、ヘンリー様ご自身でお伝えください。それがけじめというものでしょう」

『ヘンリーは頼りないところがあるから、物事を冷静に判断できるシュラインが丁度いい。いつかわたくしに、可愛《かわい》いひ孫を抱かせておくれ』

ヘンリーの婚約者となった幼いシュラインにそう言い、王太后は微笑《ほほえ》んだ。

物心つく前に母親を亡くしたシュラインにとって、王太后は厳しくもあたたかい母親のような存在だった。それなのに、期待を裏切る結果になってしまい心苦しいのに、シュラインの口から直接伝えられない。相変わらず考えの甘い婚約者に対して、苛立《いらだ》ちが増していく。

(王太后様がこのことを知ったら、確実にお怒りになるわ。だから今日まで言い出せずに根回しもできなかった。最後まで甘ったれた考えの男ね。そうだ。私、ナヨナヨした男って嫌いだったわ)

何故だったかと首を傾げた時、軽い眩暈《めまい》と共にまたもや前世の記憶が蘇《よみがえ》ってくる。

仕事で働きぶりを認められ充実した日々を送っていた二十代後半、学生時代から付き合っていた彼氏と結婚を意識して式場を探し始めた頃に突然、彼氏の本命の彼女だと宣《のたま》う女が職場にやって来たのだ。

長い交際で、関係がマンネリ化しているのは感じていたがまさか浮気をしているとは。さらに相手の女に子どもができているとは思ってもいなかった。

女に妊娠を告げられても前世の彼女には別れ話を切り出すこともできず、ずるずると付き合いが続いていた。優しい、言い換えれば優柔不断な彼氏だった。

（ヘンリー殿下もあの男と一緒じゃない！　優柔不断なところも、自分に酔っているところも）

追加で嫌みを言ってやろうと、シュラインは口を開く。

「酷《ひど》いわ！」

室内に響いたアリサの声で、前世の自分の感情に引っ張られていたシュラインの意識が戻る。

「やっぱり、シュライン様は優しくありませんのね！　ヘンリー様から王太后様はとても厳しい方だと聞いていています。長らく婚約者だった相手のために、王太后様の怒りを和《やわ》らげようと動いてはくださらないのですか！」

「あら？　何故わたくしが王太后陛下に婚約の解消を申し出なければならないのですか。解消したい方が説明するというのが筋というものでしょう。今後の殿下のお立場を考えた、わたくしなりの優しさですよ」

にっこり微笑みながら言うと、アリサは悔しそうに〝可憐《かれん》〟に見せていた顔を歪《ゆが》め、シュラインを睨み付けた。

「スティーブ」

睨んでくるアリサは無視して、教室の外に控えていた執《しつ》事《じ》姿の青年を呼ぶ。

現れたスティーブの姿に、アリサは先程までシュラインを睨んでいた夜《や》叉《しゃ》のような顔から、庇《ひ》護《ご》欲《よく》をそそる可憐な少女へと瞬時に変わる。

瞳を輝かせてアリサに見られても、眉一つ動かさずスティーブはシュラインの側《そば》へ歩み寄った。

「紙とペンをご用意しました」

シュラインが指示する前に、意を汲《く》んだ藍色《あいいろ》の髪と瞳を持つ用意周到な従者は、紙が挟まったバインダーと万年筆を差し出す。

「ありがとう」

感謝の言葉を伝えれば、スティーブは目を細めて頭《こうべ》を垂れる。

視界の隅《すみ》では、アリサが唇をきつく結んで再度睨んでいるのが見えた。

「ヘンリー様、殿下が婚約の解消を望まれていること、わたくしには一切の非はないという文書に自筆の署名をしてくださいませ」

「な、何故そんなことを」

苛立ちで低い声で言うシュラインの迫力に圧《お》され、一歩下がったヘンリーは首を横に振る。

「わたくしの今後に関わる大事なことです。婚約を解消したいのならば記入をお願いいたします。半年以上、婚約者《わたくし》と学業、さらに生徒会長の仕事を放棄《ほうき》し、アリサ嬢との恋愛を楽しんでいらしたようですしね。その事に関して、僅《わず》かでも後ろめたいという感情をお持ちならば書いてくださいますよね？　貴方が生徒会長の仕事を放棄していないとおっしゃっても、証人となってくださる方は沢山《たくさん》います」

事実と嫌みを織り混ぜた辛辣《しんらつ》なシュラインの言葉に、強張ったヘンリーの頬《ほお》を一筋の汗が伝《つた》う。

「くっ、分かった」

「ヘンリー様ぁ」

不安そうに眉尻《まゆじり》を下げたアリサがヘンリーのブレザーの袖《そで》を引っ張る。

表情を崩したヘンリーは、アリサの方を振り向き彼女へ微笑みかけた。

「大丈夫だよ。婚約を破棄できたら、アリサは俺の婚約者として認められる」

「本当ですか。嬉《うれ》しいですぅ」

歓喜の声を上げるアリサと、嬉しそうに微笑むヘンリーとは真逆の感情を抱くシュラインは、冷たい目で二人を見ていた。

(はっ？　まだわたくしが貴方の婚約者なのに……本当におめでたい二人ね)

鼻で笑ってやりたくなるのを堪えて両手のひらを握り締める。

スティーブから受け取ったペンを持ったヘンリーが、婚約解消について書いた紙に署名をし終えるのをシュラインは静かに見守った。

署名し終えたヘンリーに今後のお互いの立場について説明し、「今後、一切執務《しつむ》の手伝いをしない」ときっぱり伝えれば彼の顔色は悪くなっていった。

「では婚約破棄は両親へ報告してから、正式な手続きをしましょう。わたくしは帰宅後直ぐに動きますから、ご安心ください」

「いや、だがシュライン」

「殿下、今すぐにでもアリサ嬢と婚約したいのでしょう？」

急に渋りだしたヘンリーを〝説得〟し、教室から出たシュラインは真っ直ぐに帰宅した。

帰宅前にスティーブが連絡していたからか、帰宅したシュラインを迎えた使用人達の雰囲気は重いものだった。

屋敷内の空気に苦笑しつつメイド達に部屋から出ていくように命じたシュラインは、一人になった室内を見渡して細部まで彫刻がされている立派な鏡台の前へ座る。

「本当に綺麗《きれい》ね」

鏡に映るシルバーブロンドの美少女は、前世の記憶が混じったせいか自分という感覚が薄い。

前世の会社員だった黒髪黒目の平たい顔をした自分と、今世を十八年間生きてきたシュラインの記憶が混じり合い、軽い頭痛と眩暈がしてくる。

（王子様に婚約破棄を告げられるのはよくある展開だし、ここは恋愛ゲームか小説、漫画の世界なのかしら？）

昔よりは緩くなったとはいえ身分制度を重んじるこの国で、男爵令嬢が王太子と恋仲になり公爵令嬢との婚約を破棄させるなど、何かの強制力でも働かなければ不可能に近い。

悪役令嬢ポジションにシュラインという名前の公爵令嬢が登場する作品は、前世の記憶を探っても全く思い出せない。

前世の記憶が蘇ったのは単なる偶然か、それともこの世界はシュラインの知らない作品の世界で、これからヘンリーとアリサを中心にした騒動が起きるのか。

「はぁー、知らない作品だったら対策が練れないじゃない。このまま婚約破棄されたら、お嫁に行き遅れちゃうわね。この世界では二十歳そこそこで行き遅れになるなんて。価値観が違うというか、わたくしが変なだけね。ふふふっ」

あと一月で学園を卒業するシュラインは十八歳。卒業後すぐに成人式を迎えるとはいえ、まだ十代なのに行き遅れが決定するとは、可笑《おか》しくって声に出して笑ってしまった。

前世の自分は二十代後半で結婚まで考えていた彼氏に裏切られ、今世は十八歳で裏切られるとは。

頭の中に入っている貴族一覧を探っても、釣《つ》り合う身分で未婚、もしくは婚約者不在の貴族の子息はいない。隣国の貴族に嫁《とつ》ぐか、妻を亡くした歳の離れた貴族の男性の後妻《ごさい》となるしかない。

結婚を諦《あきら》めて領地運営を頑張ってみようにも、次期公爵となるのは長兄《ちょうけい》と決定している。

いっそのこと結婚を諦めて働くにしても、この国では公爵令嬢を受け入れてくれるような職場はなく、高位貴族の令嬢が親族の庇護下以外で働くなど聞いたこともなかった。

「美人で知識もあるという高スペックなのに、もったいないわ。この国で働く場所がないなんて……あ、そうか、他の国へ行けばいいじゃない」

いいことを思い付いたと、シュラインがにんまり笑えば鏡に映る美少女も艶《あで》やかに微笑んだ。


執務机に頬杖《ほおづえ》をつき報告書を読む、娘と同じシルバーブロンドの髪に口髭《くちひげ》を蓄えたドミトル・カストロ公爵は、眉間に深い皺を寄せ今にも発火するのではないかと心配になるくらい、顔を赤くさせていた。

「お父様、以上がヘンリー殿下からの要望、婚約破棄についての報告でございます」

時系列に発言をまとめた報告書から視線を外し、ドミトルは顔を上げて報告書を作成したシュラインを見る。

「なるほど、よく分かった。で、シュラインはどうしたいのだ？」

「一人でわたくしと話もできないような情けない男、ごほん、不誠実なヘンリー殿下など大嫌いです。以前から好意もありませんでしたが、生理的に受け付けなくなりました」

「フッ、未練は全くないようだな」

「ありません」

十年以上婚約関係を結んでいたというのに、王太子に未練はないと言い切るシュラインに、ドミトルは苦笑いする。

「では明日、王太后様のもとへ訪問できるように話をつけよう。国王陛下にはどうお伝えするか」

「国王陛下は王太后様の言いなりでしょうから、お父様から一方的な破棄ではなく、わたくしも納得した上での婚約解消を了承する旨《むね》をお伝えください。今頃、王妃様は『運命の相手に出逢《であ》った息子《むすこ》』を称《たた》えているでしょうし」

夢見る乙女《おとめ》のような思考を持つ国母とは思えない、見た目同様に幼い言動をして周囲を困惑させる王妃と、彼女を全く諫《いさ》めようともしない国王は以前から苦手だった。

ヘンリーの婚約者になったシュラインに対して、砂糖菓子のような甘い恋愛感情を息子に抱くことを強要する王妃では王妃教育など行えず、王太后から王妃教育を受けていたのだ。

「それもそうだな。陛下への報告は私に任せなさい」

苦々しそうに口元を歪めたカストロ公爵は、執事を呼ぶために呼び鈴を鳴らした。


翌日、父ドミトルとともに王太后宮を訪問したシュラインを待っていたのは、若干顔色を悪くした王太后だった。

「国王ヘリオットが王太子の時に子爵《ししやく》令嬢を娶《めと》ると言い出した時も揉《も》めに揉め、そうこうしているうちに相手の令嬢を妊娠させてしまい、王妃教育もほとんど身についていない王妃を誕生させてしまった。次代の国王はそうならないようにとシュラインを婚約者にしたのに、孫のヘンリーが選んだのがよりによって男爵令嬢とは……どこまで愚《おろ》かなのか」

苦渋に満ちた表情で目を瞑《つむ》った王太后は、顔半分を右手で覆う。

「ヘンリーは王族として厳しく教育したつもりだったけれど、全て無駄《むだ》だったようね」

落胆《らくたん》の色を隠さず、目を伏せた王太后は溜め息を吐く。

「これでは、次期国王がヘンリーでよいのかどうかとわたくしも本腰を入れて考えなければならないわ。ヘンリーと男爵令嬢が報告通り享楽的《きょうらくてき》思考ならば、この国を傾ける愚王《ぐおう》になりかねない」

「王太后様、正式に婚約解消をして成人式を迎えたら、わたくしはこの国を離れて隣国へ留学しようかと思い」「シュライン」

シュラインが言い終わる前に、王太后は彼女の手を握る。

「貴女《あなた》にばかりつらい思いをさせてしまってごめんなさい。次の婚約者は、わたくしに任せて頂《ちょう》戴《だい》。カストロ公爵家に優位な立場、貴女を絶対に裏切らない有能な者を選ぶわ」

「は、はい」

力強く言い切る王太后の発する圧力に負けてしまい、シュラインは隣国への留学希望を伝えられなくなってしまった。

(ヘンリー殿下との婚約を解消してもらっても、王太后様はそう簡単に離してくれそうもないわ。今のところヘンリー殿下が王位継承権一位でも、王弟《おうてい》殿下と隣国へ嫁いだ王女殿下もいる。カストロ公爵家も王族の血が流れているし……まさかと思うけど、王太后様はヘンリー殿下を王位継承者から外す気?)

生徒会長の任を全《まっと》うせず、アリサと共に過ごすことを選んだヘンリーは、成績も急降下してしまったらしく、担任教師が頭を抱えていた。教師から頼まれたシュラインが諫めようとしても、聞く耳を持たず疎《うと》ましく思うようなヘンリーが、王位継承から外されるのは有り得ない話ではない。

引きつった笑みを浮かべたシュラインは、王太后の話に相槌《あいづち》を打ちながらズキズキと痛み出す頭を抱えたくなった。

その後、国王、王太后、ドミトルの三名で話し合いの場が持たれた。

話し合いの内容は、ドミトルいわく「思い出したくもない」というもので、息子の運命の恋を応援する王妃が介入したと聞き、シュラインは父親を労《いた》わり感謝した。

暴走してくれた王妃のおかげで、ヘンリーとシュラインの婚約解消の手続きは驚くほどの早さで進んでいき……シュラインが空き教室へ呼び出されてから僅か三日あまりで、二人の婚約は解消されることになったのだ。

婚約者ではなくなったシュラインは、面倒事を避けるためというドミトルの指示に従い卒業式までの一月近くの期間、表向きは自宅療養という名目で学園を欠席することに決めた。

表面上は体調不良という理由だが、婚約者に裏切られ傷心のあまり倒れてしまったという噂が生徒間で囁《ささや》かれ、学園内であろうと人目を気にせず恋愛を楽しむヘンリーとアリサへ、生徒達は冷ややかな視線を向けているらしい。

「ふぅん、やっぱりね」

友人達から送られてきた見舞いの手紙を読み、思った通りの結果にシュラインは苦笑いした。

婚約を解消したことに異論はない。とはいえ、アリサが編入してきてから腑《ふ》抜《ぬ》けになってしまったヘンリーの尻拭《しりぬぐ》いをしてきたのは誰か、彼は知っているのだろうか。

生徒会長の役目と勉学を放棄したヘンリーが、アリサと仲睦《なかむつ》まじく享楽に耽《ふけ》っていた間の尻拭いまでさせられていたことに対し、二人から謝罪や感謝の言葉が一つもないのは許せない。

友人達と生徒会役員の後輩へ長期欠席を謝罪する丁重な手紙を送ったから、何もしなくても婚約解消の話は彼らから両親へ伝わるはずだ。

彼らの両親は、多少誇張されたその事実を社交界で広めてくれるはずだから、瞬《また》く間にヘンリーとアリサは貴族のみならず、商人達からも〝非常識な王太子と男爵令嬢〟と嘲笑《ちょうしょう》されることになるだろうと、シュラインは乾いた笑い声を漏《も》らす。

(「今までありがとう」や「すまなかった」という一言だけでも、感謝や謝罪の言葉を言ってくればお二人を祝福したのに、謝ったら負けだとでも思っているのかしら。本当に情けない男だわ)

コンコンコン。

部屋のドアがノックされ、読んでいた手紙を封筒へ仕舞う。

「どうぞ」

入室を許可されたスティーブは、シュラインの側まで来ると一礼した。

「どうしたの?」

「お嬢様、夜会の招待状が届きました」

「まぁ、どなたからかしら?」

男爵令嬢と恋仲になったヘンリーとシュラインの婚約は解消されたという、今の状況を中央の貴族は察知している。

注目の的となっているシュラインを夜会に招待しようとするのは誰だ。

招待状を裏返し書かれた送り主名が一体誰なのか確認して、シュラインは大きく目を見開いた。

学園の卒業式当日、学園長から卒業証書を受け取ったシュラインは友人達への挨拶もそこそこに、足早に屋敷へ戻り準備を済ませ夜会の会場へ向かった。

「お心遣《こころづか》い、ありがとうございます」

卒業パーティーで予定していたドレス姿以上に仕上げようと、気合いが入ったメイド達により髪を毛先だけゆるく巻き、少し大人びた化粧を施され背中の開いたイブニングドレスを着たシュラインは、あえて卒業パーティーと同時刻から開催された夜会の主催者へ歩み寄った。

「王太后様、お訊《き》きしてもよろしいでしょうか」

「何かしら？」

「何故、わたくしをお招きになったのでしょうか。わたくしはもうヘンリー殿下の婚約者ではありません」

王子の婚約者ではなくなったシュラインはもう、王妃教育のために登城する必要もないため王太后主催の夜会へ招待される理由が分からない。

真剣な表情で問うシュラインに対し、王太后はクスクス声に出して笑う。

「卒業パーティーに参加しても楽しめないでしょう？　学園の方は国王と王妃が保護者として参列しているから、わたくしが参列しなくとも何も問題ないはずよ。畏《かしこ》まらなくても今宵《こよい》の夜会は私的なもので、親しい者しか招待していないわ。ほら、そこ」

王太后が腕を伸ばし示した方を見て、シュラインは「あっ」と小さく声を上げた。

「お父様」

王太后宮へ出掛けるシュラインを見送った時も、父親は自分が招待されているとは一言も教えてはくれなかった。

さらに、父親と話していた人物と目が合い、シュラインは息を飲んだ。

金髪を後ろへ撫《な》でつけ、知性に満ちた翠《みどり》色の瞳の眉目秀麗《びもくしゅうれい》な燕尾服《えんびふく》姿の青年は、国王とは年齢の離れた弟、アルフォンス。

まだ二十代半ばの、正統派貴公子といった外見の彼に憧《あこが》れを抱く令嬢も多い。

何故、アルフォンスが夜会にいるのだろうかと、シュラインは小首を傾げる。

「アルフォンス殿下まで、どうしてここにいらっしゃるのですか？」

「ウフフ、エレノアも来たがったけれど、身重ですから今回は諦めてもらったのよ。シュライン、卒業おめでとう。社交の場を嫌うアルフォンスも、貴女の卒業を祝うためにここへ来たのよ」

国王陛下の妹、王太后の長女エレノア殿下は数年前に隣国へ嫁ぎ、つい先日懐妊《かいにん》が発表されたところだった。十年前、ヘンリーの婚約者となったシュラインをまだ王女だったエレノアとアルフォンスは、妹のように可愛がってくれていた。

この夜会と王太后が自分を招いた理由に気付き、じんわりとシュラインの胸が熱くなる。

「ありがとうございます」

嗄《かす》れた声で感謝の意を伝えるシュラインの瞳には、涙の膜《まく》が張っていた。

「貴女は娘同然ですから。卒業式後の夜会を楽しんでもらいたかったの」

感極《かんきわ》まっているシュラインへ、王太后は優しく微笑みかける。

「そして卒業祝いとして、わたくしからもう一つ贈り物があるの。貴女の婚約者が決まったわ」

椅子に座り果実を絞《しぼ》ったジュースへ手を伸ばしかけて、シュラインは「えっ？」と固まった。

「婚約者、ですか？」

「ええ。すでに貴女の父上には了承してもらったわ。婚約者となる者は……こちらへ来なさい、アルフォンス」

華やかな音楽が流れる会場の中でも王太后の声はよく通り、招待客達は会話を止《や》めてアルフォンスの方を振り返る。

王太后に声をかけられてやって来たアルフォンスは、シュラインの隣の椅子へ腰掛けた。

「え、アルフォンス殿下が？」

驚きのあまり、シュラインは椅子から立ち上がりかけた。

「王太子の婚約者だったシュラインの婚約者になれるのは、カストロ公爵家と同等の地位を持つ者か、王族しかいません。貴女と年齢が釣り合う王族はアルフォンスか、他国の王族しかいないわ」

「王太后様、わたくし結婚はしたくありません。結婚よりも、この国を出て他国の文化を学びたいと考えております。他国の文化を学び、いつか外交に関わりたいと考えております。それにアルフォンス殿下は、その……」

隣に座るアルフォンスをチラリと見て、それ以上は言えずにシュラインは口ごもる。

数年前に婚約者を病で亡くして以来、婚約者もおらず未婚のアルフォンスは、王弟として国政に関わる事が多く王位継承権も第二位という、結婚相手としては最優良な人物だ。

生まれる順番が国王より早かったら、と嘆《なげ》いている臣下は少なくはないと父親から聞いていた。

幼い頃は、ヘンリーと一緒にアルフォンスから勉強やダンスを教えてもらったこともあったし、幼心に年上のお兄さんへ対する憧れに似た恋心を抱いたこともある。

見知らぬ相手ではないが、シュラインはアルフォンスとの婚約を素直には受け入れられなかった。

「何故、わたくしなのでしょうか」

地位も能力も美貌《びぼう》も持つ彼は、引く手あまたのはずなのに、これまで妃を娶らなかったのは……ある理由からだった。

「母上、私が婚約者となる理由を詳しく話さなければ、納得することはできないでしょう」

「そうね。実は、頭がお花畑の王妃がアルフォンスと隣国の王女を婚約させようと動いているのよ。アルフォンスが国王の名代で隣国を訪問した際、王女が一目惚《ひとめぼ》れしたとかで親書が届き、困ったことに王妃が暴走を始めてしまったのよ」

「私からも、幾度となく婚約をお断りしているのだが、義姉上《あねうえ》は諦めてくださらなくてね」

アルフォンスは苦笑を浮かべ、はぁーと王太后は深い息を吐く。

「王妃を説得しようにも全く話が通じず、困り果てていたところへのヘンリーの婚約解消は、こちらとしたら好都合でした。シュラインには、王妃の暴走を止めるためにアルフォンスと婚約して、婚姻を結んでもらいます。貴方達二人に一生添《そ》い遂《と》げよとは言わない。二年ほど、婚姻関係でいてくれれば王妃の関心は完全にヘンリーと、件《くだん》の男爵令嬢へ移るでしょう」

「それは、二年間の契約婚で、白い結婚生活を送れば離縁してもかまわないと？」

「ええ。二年後、二人の間に子もなく、愛情も生じなければ離縁を認めます。その後、隣国へ渡りたいという貴女の望みを叶《かな》えましょう」

驚きで目を丸くするシュラインと無表情になったアルフォンスの顔を交互に見詰めた後、ゆっくりと王太后は頷《うなず》いた。

改めて婚約を結ぶと伝えられた後、アルフォンスから中庭の散策に誘われシュラインは会場のホールを離れていた。少し離れた場所に護衛がいるとはいえ、アルフォンスと二人きりの散策。

国王と王妃はヘンリーの卒業記念パーティーへ出席しており、華やかな夜会会場から出ると辺りは急に静かになる。

点在するランタンによって灯《ひ》をともされた中庭を歩く二人の足音が響く。

「アルフォンス殿下は、わたくしと婚約してもよろしいのですか？」

眉尻を下げたシュラインの問いに、半歩前を歩いていたアルフォンスの足が止まる。

「殿下には大事なお方がいらっしゃるのでしょう。とても可愛らしい方だと聞いていますが」

「ああ、甘え上手でとても可愛いよ。化粧と宝石で着飾ったどんな令嬢よりも可愛らしい。令嬢達のように顔を顰《しか》めたくなるような香水も好まず、脂肪《しぼう》の塊《かたまり》のような胸を押し付けて私の気を引こうとはせず、慕《した》ってくれるからね。けれども、彼では私の伴侶となることはできない。かといって、断るのが面倒な相手と婚約を結ばされるのは非常に困る」

言葉を切ったアルフォンスはシュラインの右手を取る。

「幼い頃からシュラインは賢く、物分りのいい子だと分かっていた。だから母上からの提案を受け入れたのだ」

「そうですか」

恋人の話をするアルフォンスは、柔らかい笑みを浮かべていた。

先日蘇った前世の記憶で人の嗜好《しこう》はそれぞれだと分かっているが、貴族女性達を否定するアルフォンスと婚約しても彼から愛されるとは思えない。

(こんな失礼な言い方をされたら、ヘンリー殿下だったら怒っていたわ。でも、アルフォンス殿下だと怒りが全く湧《わ》いてこないのは、幼い頃の記憶と彼の活躍、女性遍歴《へんれき》を知っているからかしら)

幼い頃から、数多《あまた》の令嬢を虜《とりこ》にするほどの美少年だったアルフォンスは、貴族令嬢や年上の未亡人、舞台女優といった女性達との恋愛を楽しみ、彼の恋愛遍歴は社交界の注目の的《まと》となっていた。

様々な女性と付き合っても、半年以上は続かないアルフォンスの現在の恋人は、まさかの美少年。

一度だけ、ある伯爵《はくしゃく》家の夜会に女装した少年を連れて行き、美少女にしか見えない少年との仲睦まじい様子に、目撃した令嬢達の間に激震が走った、というのはシュラインも聞いている。

恋多き色男の心を摑《つか》んだのが傾国《けいこく》の美姫《びき》や聖女ではなく、少年とは何ともいえない。

「二年間、私の妻としてこの国に縛《しば》ってしまうが、妻の役目をこなしてくれれば、ある程度は自由にしてくれてかまわない。争いの火種とならなければ、屋敷と資産は貴女の好きに使ってかまわないし、隣国へ渡るのであれば貴女の利になるよう力を貸す」

シュラインの右手を引き寄せたアルフォンスは、彼女の指先へ口付ける。

(取り繕《つくろ》うこともせず、正直に偽装《ぎそう》結婚だと言ってくれるとはね。侮辱《ぶじょく》されていると怒ってもいい話でも、これって理想的な状況じゃないの)

アルフォンスは表向きの妻の役目以外、恋愛感情はシュラインには全く求めていない。

王弟殿下の偽装結婚として彼の妻役となる契約を結び、妻としての仕事を二年間こなせば晴れて自由の身となれるのだ。

「わかりました。これからよろしくお願いいたします」

握られた右手をやんわりと放し、ドレスの裾《すそ》を摘《つま》んだシュラインは優雅に一礼した。


翌日発表された王弟殿下の婚約は、王太子の学園卒業の話題を掻《か》き消す勢いで国中へ広まった。麗《うるわ》しい容姿と能力の高さから注目され、浮き名を流してきたアルフォンスと王太子に婚約解消をされたばかりのシュラインの婚約。

婚約発表から三ヶ月後、シュラインの成人式と同時期という早さで行われる婚儀《こんぎ》に、人々は様々な憶測《おくそく》を飛び交わす。だが、表だって反対する声はなく粛々《しゅくしゅく》と婚儀の準備は進められていった。


結婚式当日、三ヶ月あまりで完成させたとは思えない豪華な純白のドレスをシュラインは身に纏《まと》い、同じく純白の礼服姿のアルフォンスにエスコートされ、大聖堂の赤絨毯《あかじゅうたん》の上を歩く。

神官長が待つ祭壇《さいだん》の前へ向かう途中、複雑そうな表情をしたヘンリーと目が合うが、彼は直ぐにシュラインから視線を逸《そ》らす。

元婚約者の結婚を心から祝えない心の狭さを感じ、婚約解消の決断は正解だったのだと、シュラインの胸につかえていたモノが少しだけほどけていくのを感じた。

「では、誓いの口付けを」

互いの息がかかるほどの至近距離からでも、アルフォンスの瞳になんの感情も見出《みいだ》せず、まるで硝子玉《ガラスだま》のようだとシュラインは内心苦笑いしてしまった。

硝子玉の瞳に熱を含ませて、彼が熱く見詰める相手は自分ではないと理解している。

初めて唇にされた口付けは、互いの唇を触れ合わせるだけの、ただの作業だった。

王宮から少し離れた場所に建つ、王弟殿下の住まう銀の離宮に用意された一室で、入浴を済ませネグリジェに着替えたシュラインはソファーへ座り、両手両足を伸ばした。

疲れたからと、侍女達を下がらせようやく一人になれて、肩の力が抜けた気がする。

(王族の結婚式としては抑えた方らしいけど、豪華すぎて疲れたな。もしも次、結婚する機会があったら近しい親族だけ招待するような小規模の式でいいや)

結婚式と晩餐会《ばんさんかい》の間、四六時中笑顔を浮かべていたせいか痛む頰を擦《さす》った。

カチャリ、パタンッ。

扉の開閉音が聞こえ、完全に全身ゆるみきっていたシュラインはぎくっと肩を揺らす。

「アルフォンス殿下？　なぜここにいらっしゃったのですか？　別宅へ戻られないのですか？」

来ると思っていなかったアルフォンスの登場に、焦《あせ》ったシュラインは慌《あわ》てて背凭《せもた》れにかけておいたガウンを羽織る。

「今夜は初夜だ。偽装結婚とはいえ、初夜を共にしないとなれば噂好きな者に詮索《せんさく》されるだろう」

ガウンを羽織ったアルフォンスは呆《あき》れ混じりに言う。まさか、共寝をするつもりかと動揺《どうよう》したシュラインの心臓の鼓動《こどう》が速くなる。

「で、では、わたくしはソファーで寝ますわ。嫌いな女性が側にいたら休めないでしょう」

「シュライン、貴女は、この婚姻を後悔していないか？」

ソファーから立ち上がったシュラインは首を傾げた。

「今さら何を問うのです。これはお互いの利を考えた、同意の上の婚姻でしょう。今夜は仕方ないでしょうが、アルフォンス殿下はわたくしのことをお気になさらず、恋人のもとへ帰ってあげてください」

「すまない」

初夜での夫婦の営みをねだらないシュラインに安堵《あんど》したのか、アルフォンスは謝罪の言葉を口にしていてもどこか嬉しそうな微妙な表情で頷く。

夫婦の営みを望んでいないことに対してあからさまに安堵されて、偽装結婚についてもアルフォンスの口から否定の言葉の一つも出なかったことで、シュラインの心は定まった。

（もしかしたら、恋愛感情が生まれるかもと期待などせず、二年後、隣国で仕官するために必要な知識をアルフォンス殿下の側で学ばせてもらおう）

前世、会社勤めをしていた記憶があってよかった。記憶のおかげでアルフォンスは夫ではなく、上司だと考えればこの先彼に惹《ひ》かれることも嫉妬《しっと》することもないだろうから。

（そう、これは二年間の契約を結んだ契約社員になったと思えばいいか）

「では、わたくしはソファーで寝ます」

「女性をソファーでなど寝かせられない。今夜だけ我慢《がまん》してほしい。指一本貴女に触れないと誓おう」

「はぁ」

喜ばしいはずなのに、少しだけ胸の奥が重たくなったのをシュラインは気付かない振りをした。

二章 ✦ 契約結婚なのに、想定外のことが多い？

暖かな日差しが降り注ぐ昼下がり、厨房《ちゅうぼう》からクッキーを焼く香《こう》ばしく甘い香りが離宮内《りきゅうない》に漂っていた。

「奥様っ！　大変でございます！」

慌《あわ》てた様子のメイドから主人の帰宅を伝えられ、厨房で焼き上がったクッキーをオーブンから出していたシュラインは何事かと、着けていたエプロンを外してメイドへ渡す。

「殿下《でんか》がお帰りになりました！」

「な、なんですって⁉」

メイドから告げられた、アルフォンスが離宮の門をくぐったという一報《いっぽう》に気が遠くなった。

「皆、急いでお出迎えするわよ」

ふらつく足を叱咤《しった》し、手櫛《てぐし》で一括《ひとくく》りにしていた髪を直したシュラインは、アルフォンスを迎えた使用人が玄関扉《げんかん》を開く直前に、玄関ホールへ到着した。

「お帰りなさいませ。アルフォンス様、今日はどうされたのですか？」

何とか作った笑みを浮かべ、シュラインはメイド達の先頭《せんとう》に立ち名目《めいもく》上の夫を出迎える。

「たまには、いや、私も離宮へ帰ることくらいある。一応、新婚《しんこん》だからな」

「さようですか」

笑顔の仮面《かめん》を貼り着けてアルフォンスと会話しながら、シュラインは内心で彼へ舌を出していた。

(何が「新婚」よ。偽装《ぎそう》結婚とはいえ妻の私と顔を合わすよりも、恋人と仲良くしているくせに)

偽装結婚とはいえ、立場上の妻として知っておく必要があると考え、スティーブに頼んで調べてもらったアルフォンスの恋人の報告書が届いたのは昨日のこと。

恋人は救済院《きゅうさいいん》出身で、数年前にとある貴族に引き取られたとある。

その後のアルフォンスとの出会いはよく判らないが、シュラインと同年齢で高級住宅街の外れの屋敷《やしき》を用意され、毎月かなりの生活費を与えられている。

シュラインと同じ年齢ならば少年ではなく青年だが、彼の外見はどう見ても美少年か美少女だ。

調査途中でスティーブが手に入れたという、少年の姿絵《すがたえ》と彼用のドレスの請求書《せいきゅうしょ》を見て驚いた。

それは公爵令嬢《こうしゃくれいじょう》だったシュラインが仕立てるドレス以上の金額だったのだ。

これだけのドレス購入費をかけるとは、アルフォンスはよほど少年を愛しているのだと、頭では分かっていても、国民の税金を贅沢《ぜいたく》品に使っているのだと思うと、怒りが込み上げてくる。

離宮にアルフォンスが戻るのは数日ぶり。そんなアルフォンスから「新婚」という言葉が出てくるのには違和感があり、シュラインは引きつる口元を隠すように横を向いた。

居間へ向かうアルフォンスは、廊下《ろうか》を歩きながら周りを見渡す。

「随分《ずいぶん》、変わった気がするな」

「以前は、銀細工《ぎんざいく》の置物で統一していて落ち着きすぎだと感じたので、カーテンの色を変えて花を飾り華やかさを加えてみました。色合いが気になるようでしたら、元に戻しますが」

離宮へ足を踏み入れた時に感じたのは、綺麗《きれい》だがどこか寒々《さむざむ》しい雰囲気《ふんいき》ということだった。色彩《しきさい》が少なすぎというか、冷たい印象を与えていると感じて手を加えた。

自分が彼の妻でいる二年間は居心地《いごこち》よく過ごしたいと、シュラインは主人であるアルフォンスが別宅へ入り浸っている間に使用人達の意見を取り入れて、華やかすぎない程度に色合いを加えてみたのだ。

僅《わず》かに目を開いたアルフォンスは「いい」と首を横に振る。

「このままでいい。雰囲気が明るくなった」

「よかったです」

改装を受け入れてもらえたのは素直に嬉《うれ》しくて、シュラインの口元に自然と笑みが浮かぶ。

「こちらへどうぞ」

ソファーへ腰掛け、シュラインが淹《い》れた紅茶を一口飲んだアルフォンスはティーカップを置いた。

「これは？」

「お疲れかと思いまして、少しだけレモンと蜂蜜《はちみつ》を加えてあります。お口に合いませんか？」

「いや、美味《うま》いな。それに、この部屋はこんなに居心地よかったのかと、少し驚いていた」

重厚《じゅうこう》なカーテンに加えられた銀糸《ぎんし》の刺繍《ししゅう》、飾られた花や窓辺《まどべ》を彩る硝子《ガラス》のオーナメント。

「確かに、この部屋は寒々とした雰囲気がありましたからね。部屋の色彩と香りを工夫《くふう》すれば、雰囲気も代わり気持ちも明るくなるとか、様々な効果をもたらしてくれますよ」

窓から吹き込んだ風がシュラインの髪を揺《ゆ》らす。

髪から香る甘い匂いが風にのってアルフォンスまで届き、その香りに彼は目を細めた。

「甘い香りがする。強すぎる香水の甘い香りは好きではないが、この香りは不快ではないな」

「はぁ……」

首を傾《かし》げるシュラインを他所《よそ》に、アルフォンスは紅茶と共に置かれたクッキーへ手を伸《の》ばした。


シュラインの前世《ぜんせ》の記憶の一部に、お菓子を作っている場面が何度かあった。

今世《こんせ》でも、とある出来事までは厨房の料理人に手伝ってもらい、菓子作りを楽しんでいた。

息抜きと作る楽しみから始めたお菓子作りは、もしかしたら前世の影響もあったのかもしれない。

婚約破棄《こんやくはき》されたため王妃《おうひ》教育を受ける必要がなくなり、学園の卒業式まで特に予定もなく暇をもて余《あま》していた時にお菓子作りを再開させた。

うろ覚えだったお菓子のレシピも、料理人の協力を得て改良《かいりょう》を重ねたこだわりの物ができた。

ハンドミキサーがあれば楽だと思いつつ、頑張って泡立《あわだ》て器で搔《か》き混ぜた生クリームに角《つの》が立つようになると嬉しくなる。

「ふふっ、できたわ」

今日も離宮の厨房にこもって精《せい》を出しパウンドケーキに添《そ》えるクリームができ上がったと、シュラインがにんまりした時、外から複数の話し声と足音が聞こえ抱えていたボウルを調理台《ちょうりだい》に置いた。

「ここにいたのか」

「アルフォンス様!?」

扉が開き入室してきた人物を見て、シュラインは驚きに目を見開き、次いで後退《こうたい》する。

今までは夕方以降の訪問が主だったため、こんなに早い時間帯に、アルフォンスが離宮へ来るとは思っておらず、すっかり油断していた。

ジャケットのボタンは外していても、その服装からすると彼は王宮《おうきゅう》からそのまま来たようだ。王弟《おうてい》殿下の妻が、料理人と肩を並べて厨房に立っているとはどういうことかと、小言の一つも言われるかもしれないとつい身構えてしまった。

「そのケーキは、シュラインが作ったのか？」

「えっ、はい」

ふむ、と頷《うなず》いたアルフォンスは、網《あみ》の上で熱を冷《さ》ましているパウンドケーキとエプロン姿のシュラインを交互に見た。

側《そば》に居たはずの料理人と侍女《じじょ》達は壁際《かべぎわ》に控え、固唾《かたず》をのんで二人のやり取りを見守っている。

「あの、わたくしがお菓子作りをするなんて意外でしたか？」

「いや？　意外ではなかったな」

「えっ？」

驚いたシュラインの口から間の抜けた声が出る。

「時折、シュラインの髪と服から甘い香りがしていたからな。だが、誰の手も借りずに全て自分で作っているとは思っていなかったな。……食べてもいいか？」

ぽかんと口を開けたシュラインは、目を見開いてアルフォンスに言う。

「お口に合うか分かりませんよ」

「大丈夫だ」

微笑《ほほえ》んだアルフォンスは、ジャケットを脱いで使用人に手渡した。

（前にも思ったけれど、アルフォンス様はお菓子とか甘いものがお好きなのかしら？）

甘いものが好きだったとは、アルフォンスの放《はな》つ雰囲気と結びつかない。

焼きたてを食べたいと言うアルフォンスのために、厨房の一角《いっかく》に椅子を置きほんのり温かいパウンドケーキを切り分けて皿に盛り付ける。

二《に》の腕《うで》が痛くなるほど頑張って、泡立てた生クリームを添えてシュラインは皿を調理台へ置いた。

「どうぞ」

「いただこう」

調理場でアルフォンスがケーキを食べるのはなかなかシュールな光景《こうけい》だと、彼がケーキを一切れ口に運ぶ姿を、調理台を挟んだ向かい側に座り眺める。

「美味いな」

「本当に？」

目を細めて感想を口にしたアルフォンスに、シュラインは調理台に身を乗り出して問う。

「すみません。ヘンリー殿下は『何が入っているか分からない物は食べない』と受け取ってくださらなかったから、アルフォンス様が食べてくださったのに驚いてしまって」

『どうせ使用人が作ったのだろう。貴族の女が気を引こうとして、よく使う手だ』

溜《た》め息《いき》混じりに言われたヘンリーの声を思い出してしまい……シュラインの眉尻《まゆじり》が下がっていく。

婚約破棄とともに吹っ切ったはずなのに、未《いま》だに言われた言葉を思い出して心が揺らぐなんてと、俯《うつむ》いたシュラインは下唇《したくちびる》を噛《か》んだ。

「あの馬鹿《ばか》のことは忘れろ。もう貴女《あなた》は私の妻なのだから、ヘンリーのことを考える必要はない」

俯いていた顔を上げれば、いつの間にかパウンドケーキを完食したアルフォンスと目が合う。

「次は、そうだな。ブラウニーを食べたい。私のために作ってくれるか？」

「は、はい。次回いらっしゃる時に作りますね」

「では、明日だ」

「ええっ！　明日もいらっしゃるんですか？」

驚くシュラインへ、ニヤリという効果音が聞こえてきそうなくらい楽しそうに、アルフォンスは口の端を上げた。

＊＊＊

円卓《えんたく》を囲んだ老齢《ろうれい》の貴族達は、密偵《みってい》が手に入れた情報を纏《まと》めた書類を前にして頭を抱《かか》えていた。

一枚目の書類に書かれているのは、地方で起きた嵐《あらし》による農作物《のうさくぶつ》の被害状況を纏めた報告。

二枚目に書かれているのは、半年間で王妃が浪費したドレスや装飾品《そうしょくひん》の請求金額《きんがく》を纏めた報告。

三枚目は、王太子が新たな婚約者に据《す》えると宣言《せんげん》している男爵《だんしゃく》令嬢の素行調査《そこうちょうさ》結果だった。

『……このままでは我が国の未来は！』

『殿下！　ご決断ください！』

かつての騎士団長は、震《ふる》える拳《こぶし》を振り下ろし円卓を叩《たた》く。

『殿下！　何を躊躇《ちゅうちょ》されているのです！』

『まだだ。あと一つ糾弾《きゅうだん》できる材料を揃《そろ》えるまで、待て。我らが今やらねばならないことは、家と田畑をなくした者達への救済だ』
殿下と呼ばれた男は、被災地《ひさいち》を駆《か》け回り自分の目で見てきた被害の状況を思い出し、眉間《みけん》に皺《しわ》を寄せ苦渋の表情を浮かべた。

「アルフォンス様」

鼻孔《びこう》を擽《くすぐ》る甘い、焼き菓子の香りでアルフォンスは閉じていた目蓋《まぶた》を開いた。

「お目覚めですか？」

ソファーで転《うた》た寝《ね》していたアルフォンスが目覚めたことに気付き、シュラインは手に持っていた編《あ》み棒《ぼう》をテーブルへ置く。

「私は、眠っていたのか」

何か夢を見ていたようだがと、片手で顔を覆《おお》ったアルフォンスは背凭《せもた》れに腕をかけて起き上がる。

起き上がった際、アルフォンスに掛けられていた膝掛《ひざか》けが床に落ちた。

失態《しったい》を見せてしまったと、息を吐《は》く彼の様子に、シュラインはクスクス声を出して笑った。

「眠っていたのは三十分程ですよ。お疲れだったのでしょう。そろそろ日が暮れますし別邸へお戻りくださいな。お帰りが遅くなったら大事な方に心配されてしまいますよ？」

「シュライン、君は」

「はい、なんでしょうか？」

振り返った際、シュラインの髪が揺れて彼女から香る甘い匂いが強くなる。

「いや、何でもない」

視線を逸《そ》らしたアルフォンスは立ち上がり、壁際に控えていた執事《しつじ》からジャケットを受け取った。

「ああ、そうだ」

ジャケットを羽織《はお》ったアルフォンスは玄関ホールまで来ると、彼を見送るために後ろを歩いていたシュラインの方を振り向いた。

「一週間後、王妃主催の夜会《やかい》が行われる。ヘンリーと男爵令嬢の婚約発表をするそうだ。伝えるのをすっかり忘れていた」

連絡なく離宮を訪れた理由は、夜会が行われることを知らせるためだったようだ。

シュラインを気遣《きづか》い言い出せなかったのではなく、彼は単純に甥《おい》の婚約発表を忘れていたらしい。

「王妃様主催《しゅさい》の夜会ですか」

王妃主催の夜会には、彼女へ媚《こび》を売る貴族しか呼ばれないだろう。本音では行きたくない。

「もちろん参加しますわ。王弟殿下の顔に泥を塗《ぬ》るわけにはいきません」

シュラインの返事を聞いて、アルフォンスの片眉が上がる。

参加を渋《しぶ》ればそれを理由に、彼は毛嫌《けぎら》いしている王妃主催の夜会を断ろうとしていたのだろう。

「そうか。ドレスを新調するのであれば、リチャードに言ってくれ」

「一週間では仕立てられませんわ。持っているドレスを侍女長と相談してリメイクしてみます」

「リメイク？」

「いえ。アルフォンス様のお衣装に合わせて、ドレスを直します。では、別邸へお戻りください」

言い直したシュラインは、追い立てるようにアルフォンスを待機していた馬車へ乗せ、彼の恋人が住まう別宅へと送り出した。

早く別宅へ帰るようにと、玄関ホールまで追い立てられ待機させていた馬車へ乗り込んだアルフォンスは、出発するまで玄関に立ち見送る仮初《かりそめ》の妻を見た。

馬車の窓を開けて手を振れば、控え目ながら手を振り返してくれる。

自然と口元が緩《ゆる》み微笑むアルフォンスを、護衛《ごえい》も兼ねている側近《そっきん》は複雑そうな表情で見ていた。

「何か言いたいことがあるのか。フィーゴ」

「くっ、ご機嫌な殿下が、いえ、相変わらず奥様は可愛らしい、と思っただけです」

吹き出すのを堪《こら》え過ぎてフィーゴの体がプルプル震えている。

「お前、今後シュラインに近付くな」

アルフォンスの機嫌が急下降していくのに伴《ともな》い馬車内の気温も急下降してる気がして、フィーゴの隣に座る護衛騎士の額から冷や汗が流れ落ちた。

武芸《ぶげい》にも長《た》けた王弟は、政務の合間に騎士団の鍛練《たんれん》にも参加しており、実力は騎士団長と同等だと騎士ならばよく知っている。

本気で圧をかけられたなら、慣れているフィーゴならともかく隣に座る新人騎士は耐えられない。

「殿下、そろそろ別宅につきますよ。今夜は夕食まで付き合う、でいいんですよね？」

「ああ。直《す》ぐに帰ったら拗《す》ねて面倒なことになるからな。仕方ない」

カーテンの隙間から煉瓦造《れんがづく》りの屋敷が見え、アルフォンスは目蓋を閉じた。

別邸の玄関扉を護衛騎士が開けると同時に、淡いピンク色のワンピースを着た肩までの淡い栗色の髪の人物が、アルフォンス目掛けて駆け寄ってくる。

「えっ？」

初めて〝彼〟の姿を目にした護衛騎士は固まる。

事前に聞いていた話だと、屋敷にいるのは〝男性〟だということだったからだ。

女性にしたら背の高い彼は、男性にしては華奢《きゃしゃ》で中性的な綺麗な顔立ちをしていて、どこをどう見ても美少女にしか見えなかった。

「アル様！」

アルフォンスに飛び付こうとした少年を、フィーゴが二人の間へ入り遮《さえぎ》った。

「リアム、久しぶりだな。よい子にしていたか？」

邪魔をするフィーゴを睨《にら》み付《つ》けたリアムは、態度を一変させ瞳を輝かせて声をかけたアルフォンスを見上げる。

「はいっ、アル様の言い付け通り静かにしていました。でも、最近のアル様は奥様の所へばかり行って、ここへは来てくださらないから寂しいです」

頰《ほお》を染《そ》めて唇を尖《とが》らせる少年は、恋人に甘えている美少女にしか見えない。

うっすら涙を浮かべている彼の姿は、何も知らなければ庇護欲《ひごよく》を駆り立てられる、と下がって二人を見ていたフィーゴは息を吐く。

少年がアルフォンスに甘える姿を見慣れているフィーゴは平然と受け流しているが、新人騎士は可憐《かれん》な少年の姿に釘付《くぎづ》けになり頰を染めていた。

「新婚なのに妻の元へ通っていないと、母上の機嫌を損《そこ》ねてしまうからね。お詫《わ》びに、リアムが欲しい物を買おう」

「では新しいドレスが欲しいです！　この前仲良くなった友達からお茶会に呼ばれたんですよ」

リアムが〝友達〟と言った瞬間、アルフォンスの片眉が上がった。

目を細め、フィーゴへ目配《めくば》せする。

「分かった。明日にでも仕立て屋を手配させよう」

「アル様ありがとう～！」

飛び上がらんばかりに歓喜《かんき》するリアムへ向けて、口元には笑みを張り付けたままのアルフォンスの脳裏《のうり》に、自分を見送ったシュラインの顔が蘇《よみがえ》る。

『ドレスはこの間仕立てたばかりですし、袖《そで》を通していないドレスもあります。新しいドレスはいりません。国民の税金《ぜいきん》を無駄遣《むだづか》いしては駄目《だめ》です。それに、皆と相談してリメイクするのは楽しいの。あ、リメイクは、新しく購入するのではなく、作り直して新品同様にするということですよ』

着飾る物もアルフォンス自身も求めない妻と、アルフォンスもドレスも求めるリアム。

(リアムと違い、シュラインは私を信用も慕《した》いもしない。フッ、当然だな)

腕を絡ませ甘えてくるリアムのようにシュラインも自分に甘えてきたら、と想像してアルフォンスは苦笑いを浮かべた。

「アル様、今夜は泊まっていかれるのでしょう？」

「まだやるべき事が残っていてね。夕食の後に王宮へ戻らなければならないんだ」

「えぇ～またですかぁ」

頬を膨《ふく》らませたリアムはアルフォンスのジャケットの胸元にすがり付く。

「失礼いたします。お食事の用意ができました」

「アル様、行きましょう」

メイドに先導《せんどう》され、腕を絡ませるリアムに引っ張られるようにアルフォンスは食堂へ向かった。

常に冷静沈着《れいせいちんちゃく》、感情をあまり出さないアルフォンスの姿しか知らない護衛騎士は、口を開けたまま唖然《あぜん》と二人を見送る。

「あの方が、殿下が寵愛《ちようあい》されている方なんですか？」

「あ？　ああ。まぁ寵愛、だな」

口ごもるフィーゴは視線を逸らして頬を掻く。

「あれだけ仕事をこなした後、綺麗な奥様のところから愛人宅も訪れる元気があるなんて、殿下は本当に凄《すご》い御方ですね」

「そこは感心するところじゃないだろ。俺からしたら奥様と恋人に対して不誠実《ふせいじつ》で、どちらを選ぶのか決断を渋る臆病者《おくびようもの》だ」

「不敬《ふけい》ですよ」

「ははは、本当のことだろう」

苦笑いしたフィーゴは、アルフォンスとリアムが向かった食堂へ歩き出した。

＊＊＊

夜会用のドレスの手直しや、なぜか頻繁《ひんぱん》に帰って来るようになったアルフォンスの相手をしているうちにあっという間に一週間は過ぎていき、王妃主催の夜会当日となった。

「アルフォンス様？」

夜会用に正装したアルフォンスを見て、不覚《ふかく》にもシュラインは正装姿の彼に見とれてしまった。

最近は、服も髪も崩してお菓子を食べるリラックスした姿ばかり見ていたせいだろうか、金髪を後ろに撫《な》で付けて濃紺色《のうこんいろ》の燕尾服《えんびふく》を着たアルフォンスは大人の余裕と色気を感じさせて、近寄られるとシュラインは落ち着かない気分になった。

「綺麗だな」

「あ、ありがとう、ございます？」

毛先を巻いて左側に纏めて結《ゆ》った髪に、アルフォンスの指が触れてシュラインの胸が跳《は》ねた。

動揺を気付かれないように答えたつもりでも、しどろもどろなってしまう。貴方《あなた》の方がずっと綺麗、と言いかけて音として口から出る前に止める。

「シュライン、貴女に渡したい物がある」

シュラインの背後《はいご》へ回ったアルフォンスが目配せすると、従者《じゅうしゃ》が小箱の蓋《ふた》を開けて彼へ手渡す。

「目を瞑《つむ》って」と耳元で囁《ささや》くように言われ、吐息《といき》が当たる恥ずかしさで素直に従った。

首筋に冷たい金属の感触と重みを感じ、次いで結った髪に何かが差し込まれる。

「思った通り、よく似合う。目を開けてごらん」

満足そうな声が耳元で聞こえ、シュラインは閉じていた目蓋を開いた。

「え、これは」

目を開いたシュラインの前に立った侍女が持つ手鏡には、エメラルドの首飾りと髪飾りを付けた自分が映っていた。

「わたくしに？　ありがとうございます」

アルフォンス自《みずか》らの手で贈り物を渡してくれたのも、彼の色を身に付けたのも初めてだった。

(まさか、アルフォンス様の瞳の色を身に着けるとは、どうしよう。恥ずかしいわ)

これは夫婦円満《えんまん》をアピールするためだと分かっていても、胸が高鳴っていく。

「では、行こうか。お手をどうぞ」

「はい」

早鐘《はやがね》を打つ心臓の鼓動《こどう》に気付かれないか、緊張しながらシュラインは差し出された手のひらへ自分の手を重ねた。

アルフォンスにエスコートされて馬車へ乗り込んだシュラインは、結婚式以来となる王宮へと向かった。

パートナーであるアルフォンスの濃紺色の燕尾服に合わせ、紺色のイブニングドレスを身に纏って現れたシュラインを見て、華やかなドレス姿の令嬢達は扇で隠した口元で嘲笑《あざわら》う。

紺色のドレスは、以前のシュラインだったら考えられないほどシックな装いで、華やかな色合いを好む王妃に合わせたと思われる、令嬢達の色鮮やかなドレスに比べれば地味だった。

(地味だって言われているわね。でも、可愛《かわい》いデザインやパステルカラーのドレスは、わたくしには似合わないもの)

華やかな色合いは綺麗でも、シュラインの前世だった黒髪黒目の女性の好みには合わない。

彼女の記憶が蘇ったからなのか、ここ数ヶ月で落ち着いた色合いを好むようになった。

(うーん、ドレスのことだけじゃないわね。アルフォンス殿下の妻の座を得たわたくしへの妬《ねた》み、かしらねぇ。華やかなドレスと装飾が全てじゃないのよ。元々のわたくしは落ち着いた、シンプルな服装が好きだったし、人妻なんだから夫に合わせてもいいじゃない)

一見地味に見えるドレスは側仕《そばづか》えの侍女達総出《そうで》で、カーテンを刺繍した際に余った銀糸とビーズを縫《ぬ》い込《こ》み、動きに合わせて煌《きら》めくよう工夫を凝《こ》らしたドレスだった。

「シュライン、もっと私に摑《つか》まりなさい」

腕に添えるだけだった手を引かれ、アルフォンスの腕に手を絡ませるように密着する。

互いの体が密着しているため、令嬢達の視線は見えなくなった。

(わたくしのために、視線を遮る盾《たて》になってくれた？　まさか、ね)

隣にいるアルフォンスが女性達の視線を遮ったのは偶然だと、シュラインは軽く首を振った。

壇上《だんじょう》の椅子に座る国王と王妃へ挨拶《あいさつ》を済ませ、顔見知りの貴族夫妻と談笑《だんしょう》を交わしていると、侍従《じじゅう》が王太子《おうたいし》とアリサの登場を告げる。

軍服に似た正装姿のヘンリーと、ピンク色のフリルとダイヤモンドで飾り立てられたドレスを着たアリサが登場し、ホール中央を通って真っ直ぐに歩き、アルフォンスの前で足を止めた。

「ヘンリー、婚約おめでとう。運命の相手と結ばれてよかったな。君が手放してくれたお陰で、私は可愛らしく聡明《そうめい》な女性を妻に迎えられた。感謝しているよ」

祝いの言葉なのか嫌みなのか、どちらか分からないような台詞《せりふ》を言うアルフォンスに、隣で聞いていたシュラインはぎょっとしてしまった。動揺をさとられないよう、唇を動かして笑顔を作る。

「ヘンリー殿下、アリサ様、ご婚約おめでとうございます」

「あ、ああ、叔父上《おじうえ》も、シュラインも結婚おめでとう」

戸惑《とまど》い混じりに言うヘンリーとは違い、何故《なぜ》かシュラインを射殺《いころ》さんばかりに睨んでくるアリサの視線は、気付かない振りをして受け流した。

「アルフォンス殿下、ありがとうございます」

シュラインを睨んでいた表情を一変させ、頬を赤らめてアルフォンスを上目遣いで見詰《みつ》めるアリサの態度は、あからさま過ぎて笑いそうになった。

(あら、憎々し気に睨んできたのに、アリサさんはわたくしのことは無視するのかしら?)

腰に添えられたアルフォンスの手の感触がなければ、吹き出してしまったところだ。

王太子の婚約者になったとはいえ、無礼なアリサの態度を咎《とが》めようともしないヘンリーも国王夫妻も、シュラインを軽んじているのだと分かる。長年婚約関係にいた相手に対してこんな態度を取るのかと、少しだけ落胆《らくたん》した。

「久し振りの夜会で疲れましたわ。少し休んできますね」

「私も一緒に行こう」

「いいえ、スティーブがいますから大丈夫です。アルフォンス様は皆様のお相手をなさってください」

楽団の演奏が始まり、隙あらば近付こうとしている貴族令嬢の視線を感じ、シュラインはアルフォンスから離れてそっと会場を抜け出した。

王太子から婚約を破棄された事は気にしていないとはいえ、シュラインの粗《あら》を探し嘲笑しようとする者達の中にいるのは気疲れする上に、アルフォンス目当てで近寄って来る令嬢達の香水が混じり合い、気分が悪くなってきたのだ。

「どうぞこちらへ」

王弟夫婦専用にと、用意された休憩室《きゅうけいしつ》へスティーブと一緒に向かったシュラインを、部屋付きのメイドが出迎える。

「はぁー疲れた」

スティーブを部屋の外に待機させ、椅子《いす》に座ったシュラインは息を吐いた。

メイドに手伝ってもらい、結い上げられた髪を解《ほど》く。解放感で背凭れに凭れかかって伸びをする。

「こちら、王太后《おうたいごう》様の命により薬師が調合した、疲労回復効果のある薬湯《やくとう》でございます」

「ありがとう」

メイドは水差しからグラスへとろみのある薬湯を注ぎ、シュラインの前のテーブルへ置いた。

グラスを手にしたシュラインは、夜会に参加していない王太后が自分を心配してくれているのかと、感謝しながら薬湯を口にする。

ほんのり温かく少し甘みのある薬湯は飲みやすく、疲れた体を回復させる効果がありそうだった。

シュラインがグラスの中の薬湯全て飲み干したのを確認し、メイドは部屋の外へ下がって行った。

(……あら？)

部屋の外から微《かす》かに聞こえる夜会の音楽を聞きながら、視界が揺れたのを感じてシュラインは目を瞬《しばたた》かせる。メイドを呼ぼうとして顔を上げた瞬間、ぐらぐらと視界が揺れて両手で顔を覆った。

気疲れのせいで体温も上がり出したのか、体が火照《ほて》り息苦しさに呼吸も荒くなっていく。

「はぁ、はぁ」

椅子に座って眠るわけにはいかないと、力が入らない体を何とか動かしベッドまで歩くと、上半身を倒れ込ませた。

(苦しい、どういうことなの？　もしかして、何かを盛られた？)

先ほど飲んだ薬湯に毒を盛られたのかと、誰が何のために毒を盛ったのかと考えようとしても思考はまとまらず、シーツを摑んだ。

(メイドは何処《どこ》へ行ったの？　スティーブ、気づいて。アルフォンス様、私はここにいる……)

呼吸をしても治まらない息苦しさのあまり、倒れるようにうつ伏せになったベッドのシーツが肌を擦《こす》り、ドレスの布地が肌を擦る、それだけで体がむず痒《がゆ》いような、腰から股《また》の間から疼《うず》きが生じて来る。

荒い呼吸を繰り返し、途切れてしまいそうな意識をどうにか保《たも》とうとするシュラインの耳へ、部屋の外で言い争っているような複数の男性の声と、何かが倒れるような音が聞こえてきた。

アルコールに酔った者達が揉《も》めているだけなのか、もし貴族達を狙《ねら》った賊《ぞく》が王宮内へ入り込み、警備兵と戦闘を始めたのならば、今すぐ逃げなければならない。

早く起き上がって部屋から出なければと、心は焦《あせ》るのに力を入れようとしても熱を帯びた体は脱力《だつりょく》したままで、起き上がることはできなかった。

バンッ！

勢いよく扉が開き、髪を乱したアルフォンスが部屋へ入ってきた。

壊れそうな勢いで開いた扉が壁に当たり、室内に響き渡った大きな音にビクリと体を揺らす。

「シュライン！」

後ろに撫でつけていた髪を乱し、普段は冷静で余裕のある表情を崩さないアルフォンスが血相を変えて、文字通り室内へ飛び込んで来た。

＊＊＊

隣に立つシュラインの銀糸の髪から発せられる光は、夜会会場の天井《てんじょう》から垂《た》れ下がる金とクリスタルの装飾シャンデリアにも劣《おと》らない煌びやかさでアルフォンスは目を細めた。

一見、華美《かび》に見えないシュラインのドレスは、上質な布地を使用したドレスを下地にして彼女自身が針を持ち、メイド達総出で手直ししたこの世に一点しかない貴重なドレス。

作業について隠そうとするシュラインには内緒で、メイド達から進捗《しんちょく》状況を報告させて完成までの過程を知っているアルフォンスからしたら、どんなに贅《ぜい》を凝らしたドレスを着て、装飾品で着飾った女性よりも美しかった。

王妃が選び招待した国王派貴族夫人と令嬢達は、悪意のある視線をシュラインに向け扇《おうぎ》で隠した口元に嘲笑《ちょうしょう》を浮かべる。

シュラインを抱き寄せて彼女を不快な視線から隠し、アルフォンスは無礼《ぶれい》で不快な貴族令嬢達の顔と名前を頭の中に刻み込んだ。

ヘンリーの新たな婚約者アリサは、登場してシュラインの姿を確認した瞬間から敵意《てきい》を向け、アルフォンスには媚《こ》びた視線を送るというあからさまな態度を取った。単純なヘンリーは全く気が付いてはいないようだが、計算高い王妃と同じ種類の女に対して、嫌悪感しか抱けなかった。

「久し振りの夜会で疲れましたわ。少し椅子に座ってきますね」

「一緒に行こう」

「スティーブがいますから大丈夫です。アルフォンス様は、皆様のお相手をなさってください」

アルフォンスの傍らからシュラインが離れたのを見計らい、近付いてきた令嬢達にあっという間に囲まれてしまった。

彼女達の甲高《かんだか》い話し声ときつい香水の匂いに胸焼けがしてきた頃、フィーゴから「奥様が会場の外へ行かれました」と報告を受け、アルフォンスは周囲に気付かれないように息を吐く。

やはり、元婚約者の新たな婚約を祝福するのは、シュラインには精神的な負担になったかと令嬢達の輪から抜け出る。

「アルフォンス殿下、よろしければわたくしと一曲」

「申し訳ないが、急いでいるので失礼するよ」

出入口扉へ向かう間に近寄る令嬢の誘いをやんわり断り、会場の外へ出た。

衛兵《えいへい》から聞き出した、シュラインが向かった部屋へ行く途中の回廊《かいろう》で彼女の従者、スティーブと出会いアルフォンスは眉を顰《ひそ》めた。

「ここで何をしている」

「お嬢様が、疲れたから一人になりたいとおっしゃったので、ここで待機しております」

硬い表情で言うスティーブに、アルフォンスは冷笑《れいしょう》を浮かべた。

疲れたならば、側にいた自分に一声かけて行けばいいのに。なぜ、何も言わず従者だけを連れて戻ったのかと、苛立《いらだ》つ反面自分が彼女から信頼されていないからだと納得する。

「今はシュライン一人なのか？」

「いえ、部屋付きのメイドがついております」

「部屋付きの？　シュラインの侍女ではないのか？」

夜会に配置されている使用人達は王妃の息のかかった者ばかりだ。今にも飛び掛からんばかりに憎々《にくにく》しげにシュラインを睨んでいた王妃が、何もしないでいられるわけがない。

「お待ちください。お嬢様は休憩したいとおっしゃっています」

「私がいても休憩はできるだろう」

引き留めようとするスティーブを無視して、用意されていた休憩室へ、向かった。

（フンッ、やはりそうきたか）

休憩室へ向かう回廊から先は、王弟夫妻に用意された部屋だというのに衛兵は配置されておらず、普段より照明が抑えられている廊下は薄暗い。

何か仕掛けてくるだろうと踏んでいたとはいえ、シュラインの警護は薄すぎたかと、眉を吊《つ》り上げてアルフォンスは舌打ちした。

部屋の手前まで来て、照明が届かない暗がりに潜む気配《けはい》を感じて足を止める。

「あ、あの者達は一体？」

「フッ、私の妻に邪《よこしま》な感情を持つ不埒《ふらち》な者たちだろう」

フィーゴにそう答えて腰へ手を伸ばし、帯刀《たいとう》していないことに気付く。

帯刀していなくてよかった。抜刀《ばっとう》していれば加減などせずに、男達を殺《あや》めてしまうところだった。

不意《ふい》打《う》ちの形で男達を昏倒《こんとう》させたアルフォンスは、フィーゴに命《めい》じて意識のない男達を後《うし》ろ手《で》に縛《しば》り上げた。

柱の陰に潜んでいたメイドは、アルフォンスの登場に驚き逃走を試みるがフィーゴに取り押さえられる。

「私は何も知りません！　お許しください！」

泣き叫ぶメイドには目もくれず、アルフォンスは勢いよく休憩室の扉を開いた。

「アルフォンス、さま」

室内へ入ると、ベッドに抱きつくようにしていたシュラインが苦し気な荒い息を吐き、涙で潤《うる》んだ瞳と上気《じょうき》した頬でアルフォンスを見上げた。

「王太后様が、用意してくださった薬湯を飲んだら、急に、体が熱くなってきて」

「あれを飲んだのか」

弱々しく頷くシュラインを一旦スティーブに任せ、アルフォンスはテーブル上に置かれた空のグラスへ鼻を近づけた。

グラスに残った僅かな液体からは薔薇《ばら》に似た香りがして、指先で液体を取り舐《な》める。

(これは!?　チッ、面倒だな)

独特の香りと甘い味に覚えがあった。かつてアルフォンスも盛られた、王家に伝わる強力な媚薬《びやく》。

この媚薬をシュラインに盛るように指示した者への怒りで体が震えた。

部屋の外で待機していた男達と逃げようとした部屋付きのメイドは昏倒させている。だが、証拠は揃っていても、狡猾《こうかつ》なあの女は認めず彼らを切り捨てるはずだ。

(それよりも、シュラインはどうする？　このままでは辛《つら》いはずだ)

媚薬の効力を男は発散できても、女は子種《こだね》を受け入れるまで緩和できない。

媚薬の効力により、全身から男を惑《まど》わす色香《いろか》を漂わせるシュラインの姿は、全てを決着させるまでは清い身のままでいさせてやろうと、彼女を解放する時に自分を受け入れるかどうかを決めさせようと、自制していたアルフォンスの感情を崩すには十分過ぎた。

熱で紅潮《こうちょう》した頬のシュラインは艶《あで》やかさを増し、熱に浮かされ潤んだ瞳で上目遣いに見上げられてしまえば、自戒《じかい》の鎖《くさり》は音をたてて崩れ落ちていく。

瞳を潤ませ蕩《とろ》けた表情は情事《じょうじ》を彷彿《ほうふつ》とさせて、アルフォンスの内から抑えようもない欲が沸き上がり、全身の血が沸騰する。

理性が働く前に、衝動的にシュラインを抱き寄せていた。

自分を求めず従者を頼ろうとしたシュラインが許せない。快楽で蕩けさせて、彼女の瞳に映るのは自分だけにしてやりたい。自制心は全て崩れ落ちて、暗い感情がアルフォンスの全身に広がる。

（もう、いい。抱こう）

頭の中で何かが切れる感覚と、舌舐《したな》めずりしたくなる興奮に包まれたアルフォンスは、シュラインを腕に抱きながら薄ら笑いを浮かべた。

シュラインの顔の横に手をつき、覆いかぶさるとアルフォンスの重みでぎしりとベッドが軋《きし》む。

半開きだったシュラインの唇の隙間から、舌を差し込み熱い口腔内《こうくうない》と歯列《しれつ》を舌先でなぞった。

逃げようとするシュラインの舌に、自分の舌を絡まらせ軽く吸い上げる。

互いの唾液《だえき》が混じり合ったものを飲み込み、理性よりも情欲《じょうよく》が勝ってしまったのかシュラインは拙《つたな》い動きで舌を動かしだす。

舌を受け入れだしたシュラインと体を密着させたアルフォンスは、手を伸ばしてドレスのスカートを捲《めく》り上げ露《あらわ》になった太股《ふともも》を撫でた。

滑《なめ》らかな肌の感触に我慢できなくなり、アルフォンスは絡めていた舌を解放し、蹂躙《じゅうりん》していたシュラインの口腔内から舌を抜いた。

「はぁはぁ、苦し、アルフォンス様、胸が苦しい、です」

「ドレスを脱がせるぞ」

返事を待たず、脱力したシュラインを抱き起こし、背中のホックを外して引き下げる。体を締め付けていたコルセットを外して、ベッドの端へと放った。

解放されてフルリと揺れる豊満な乳房を見て、アルフォンスは嬉しそうに唇を吊り上げた。

「アルフォンス様、お願い、見ないで」

力の入らない腕を動かし、シュラインはアルフォンスの視界から胸元を隠そうとする。

媚薬に冒されていても、恥じらうシュラインが可愛らしくて、胸元を隠している彼女の手をやんわり掴み胸元から外した。

露になった豊満《ほうまん》な乳房をじっくりと目にしたアルフォンスは、感嘆《かんたん》の息を吐いた。

「綺麗だ」

抱き抱えていたシュラインの体をベッドへ横たえ、ジャケットを脱いだアルフォンスは、仰向《あおむ》けになっても形の崩れない両乳房を両手で包み込む。

「はぁ、んっ」

感触を確かめるように優しく乳房を揉めば、シュラインの口から吐息に似た声が漏《も》れた。

自己主張するように赤く色付き立ち上がった乳首を、アルフォンスは舌先でチロリと舐めて唇で食《は》む。

「あぁっ！」

感度の増した体に走った快感で、シュラインから甘い声が上がる。自分の口から出て来た声が信じられずに、右手の甲で口元を押さえた。

「声は我慢しなくていい」

「やぁ、恥ずかしい、あっあぁあっ」

「余計なことは考えずに、私を受け入れればいい」

小刻みに震える乳首に息を吹きかけて、アルフォンスは乳房を揉む手の力を強め、左乳首を口に含み舌先で転がして軽く吸った。

「ヒッ」

強すぎる刺激で嬌声《きょうせい》とも悲鳴ともつかない声がシュラインから上がる。

片方の胸を形が変わるほど強く揉まれ、もう片方は乳首を舐められ、時折甘嚙みされる刺激に、シュラインはシーツを握りしめた。

「ああっ、あぁあん!?」

ドレスの裾《すそ》を捲り上げたアルフォンスの手が、股の間に向かって太股を這《は》うように撫でていく。

辿《たど》り着いた股の中心、ショーツの上から秘部《ひぶ》をなぞり、愛液で濡《ぬ》れた布が秘部に張り付いているのを指先で確認して、胸元から顔を上げたアルフォンスは口角《こうかく》を上げた。

身悶《みもだ》えるシュラインの腰を軽く持ち上げ、肌に張り付くドレスとショーツを素早《すばや》く脱がせていく。

一糸《いっし》纏わぬ姿になったシュラインを見下ろし、片手でシャツの釦《ボタン》を外して脱ぎ床へ放った。

上半身裸になったアルフォンスの肉体美、鍛《きた》えられた胸板《むないた》と腹筋《ふっきん》を初めて目にしたシュラインが、両手で口元を覆う。

「真っ赤になって、恥じらっているのにこんなに感じて。貴女は可愛いな」

「あっ、やあ」

太股に触れるアルフォンスの指先から、咄嗟《とっさ》にシュラインは身体《からだ》をくねらせて逃げようとした。

「恥じらっていてもこんなに濡らして、厭《いや》らしい光景だな」

閉じた太股を開かせ、下生《したば》えを濡らすほど愛液が溢《あふ》れる秘部を目前にして、アルフォンスはむしゃぶりつきたくなるのを我慢してゴクリと唾《つば》を飲み込んだ。

人差し指で濡れた下生えを掻き分け、辿り着いた秘部の割れ目をなぞった。

「ああっ」

固く閉ざされていた秘部の割れ目を指先が往復する度に、愛液が掻き混ざる水音とシュラインの声がアルフォンスの耳に届き、否応《いやおう》なしに興奮は高まっていく。

「あっ⁉」

割れ目をなぞっていた人差し指を中へと差し込む。

「痛みはないな？　媚薬の効果とはいえ、中が私の指に吸い付いて来るよ」

媚薬の効果で感度が上がり、愛液を分泌《ぶんぴつ》させていても性交の経験のない未開《みかい》の膣《ちつ》は硬い。シュラインの表情と体の反応を確認しながら、慎重に膣内へ入れた指を動かす。

膣壁が解《ほぐ》れてきて二本に増やした指は、水音を立ててシュラインの膣壁を擦り上げていく。

「あーっ、あっあっああ」

膣内に指を挿入して親指でクリトリスを軽く擦ってやれば、膣よりも強い刺激を与えられたシュラインは身をよじった。

「中の肉壁がうねって、私の指を離さない。そろそろ一度、達しておくか」

耳元に唇を近付けて、甘く、低い声でシュラインの中へ流し込む。

流し込まれた吐息と声に反応した膣は、さらに愛液を分泌させアルフォンスの指を締め付ける。

自分でも快感を高めようと、シュラインの腰が揺れだしていた。

媚薬の効果だとしても、アルフォンスが与える愛撫をシュラインが受け入れたということ。それは、アルフォンスの心に歓喜の感情を湧き上がらせ、彼女の全てを貪《むさぼ》りたくなった。

（……まだ駄目だ。媚薬で理性を失い快楽に支配されていても、シュラインの体は男を知らない。純潔《じゅんけつ》を奪うのはシュラインが達して、快感を知ってからだ）

膣内を掻き混ぜる指を動かし、腰を揺らす度に揺れる乳房に手を伸ばして強弱をつけて揉む。

下半身に力が入り、シュラインが達しそうになっているのを感じ取り、両手親指で乳首とクリトリスを同時に押し潰した。

「ひっ⁉　あぁっあああー！」

初めて快感の絶頂《ぜっちょう》を味わい、シュラインは背中を大きく反らせて達した。

「はぁ、はぁ……」

達したばかりの体は軽く痙攣《けいれん》し、弾《はじ》けた快感の余韻《よいん》で呆然《ぼうぜん》となったシュラインが、焦点《しょうてん》の合わない瞳でアルフォンスを見上げた。

「シュライン、指で達しただけでは、足りないだろう」

顔を近付けて耳朶《じだ》へ息を吹きかけただけで、膣壁は入ったままの指をきゅうきゅう締め付ける。

「あっ、はああんっ」

愛液が立てる水音と乱れるシュラインの艶姿《あですがた》が、アルフォンスの興奮を限界まで高めていった。

三本に増やした指で膣壁を擦り、ある一点を擦った瞬間、シュラインの両脚に力が入った。

「あ——！」

全身に力を入れて達したシュラインの肩が大きく上下し、熱に浮かされた瞳から涙が零《こぼ》れ落ちた。

「……そろそろ、十分解れただろう」

立ち上がった乳首を押し潰すように舐めて、唾液が糸を引く舌先をちらりと覗《のぞ》かせ妖艶《ようえん》に微笑み、アルフォンスは涙を流すシュラインの下腹を撫でた。

「アル、フォンス、さま」

呂律《ろれつ》の回らない声を絞《しぼ》り出し、シュラインはアルフォンスの盛り上がったスラックスの股間部へ、力の入らない腕を伸ばす。

「ぬかないでぇ。もっと、もっとほしい。なかをいっぱいにして。これを、ちょうだい？」

「なんっ、シュライン、貴女は、本当に……」

上目遣いに見上げるシュラインを見下ろすアルフォンスは、彼女からのお強請《ねだ》りの言葉の衝撃の大きさに驚き目を見開いた。

「あんっ」

膣中を埋めていた指を引き抜き、アルフォンスは穿《は》いているスラックスに手をかける。

「望み通りシュラインの奥に突《つ》き入れて、いっぱいにしてあげよう」

ベルトを外し、下穿《したば》きごとスラックスを脱いで痛いくらい勃起《ぼっき》した陰茎《いんけい》を取り出した。

鍛えられた筋肉が美しいアルフォンスの身体に、不似合いな程太く逞《たくま》しく表面に血管を浮き上がらせた陰茎は、重力を無視して天を向きそそり立つ。

「あ……」

理性が残っていたならば悲鳴を上げていただろうシュラインの目には、先走りの液を垂らす陰茎がとても魅力的なモノに見えたのか、視線を外せずに凝視している。

額と鼻に口付けを落として、アルフォンスはシュラインの股を開かせて太股を抱えた。

尻を伝い落ちる程愛液で溢れる秘部の入り口を、指より太く逞しい陰茎が亀頭に愛液を馴染《なじ》ませるように往復する。

「すまない。奪ってしまうよ」

熱い亀頭《きとう》が中に入り込む快感にシュラインが声を上げた瞬間、太股を抱える腕に力を込めたアルフォンスは亀頭を秘部の中へと突き入れた。

「アッ、ああ!?」

太い陰茎が中へ入る痛みで、シュラインが力んだのは最初だけだった。

「シュライン、力を抜くんだ。媚薬で痛みは、くっ、感じないはずだ」

シュラインの様子を確認しながら、アルフォンスは腰を動かし陰茎を膣内へ突き入れる。

「ふっ、あああっあっあっ」

陰茎が膣壁を擦る、快感と圧迫感《あっぱくかん》という二つの感覚によってか、シュラインの肌が粟立《あわだ》っていく。

「く、狭《せま》いな」

指で解してもなお狭い、膣内の奥へ陰茎を進めていく気持ちよさに、アルフォンスは顔を歪《ゆが》めた。

最奥《さいおう》を目指す途中で、一際《ひときわ》狭い部分に亀頭が当たりアルフォンスは動きを止めた。

「大丈夫か？」

媚薬で苦痛は麻痺《まひ》していると分かっていても、破瓜《はか》の痛みを感じていないか心配になり、太股から片手を離したアルフォンスは陰茎が入っている下腹部を撫でる。

「あっ、とめないで、もっと、おくまできて」

甘ったるい声でお強請りするシュラインが、アルフォンスの手に自分の手を重ねる。

眉間に皺を寄せて、息をのんだアルフォンスはシュラインの手を握り締め、動きを止めていた腰を動かし秘部へ押し付けてついに亀頭が膣の奥へ、子宮口《しきゅうこう》まで辿り着く。

「ああんっ」

根元まで陰茎を押し込み、隙間なく繋がった二人の肌から互いの熱が伝わってくる。

押し広げられた膣の異物感《いぶつかん》と相反《あいはん》する蕩けるような快楽から、シュラインの瞳には涙の膜が張っていった。

「シュライン、奥まで入った。苦しくないか？」

微かに頷いたシュラインの膣内は別の生き物のようにうごめき、隙間なく埋まった陰茎に律動を開始するよう催促《さいそく》し締めつける。

「中が私に絡み付いてきて、気持ちいいよ。はぁ……もう、動くぞ」

腰を動かし出したアルフォンスはゆるい動きで子宮口を穿《うが》つ。

亀頭が子宮口に当たる度に、シュラインは高い声を上げて膣壁を擦り穿たれる快感に震えた。出し入れが繰り返される度に、溢れだした愛液と肉と肉がぶつかる生々しい音が室内に響く。

「やぁ、あん、あん、あうっ」

高まる興奮と快感で、余裕のない表情になるアルフォンスも、吐き出す息を荒くする。

激しく腰を前後させ中を穿ち続ける度に、揺れる乳房を揉みしだく度に、シュラインの体は快楽の高みへと追い詰められていくようだ。

絶頂が近いのが膣壁の締め付けから伝わってきて、アルフォンスは腰の動きを速めていった。

「はぁ、奥がいいのか？」

言葉を発せられないほどの快感に乱れながら、シュラインはコクコクと頷いて気持ちよいと訴える。

汗ばむ白い肌を薄桃色《うすももいろ》に染めて涙を流すシュラインの姿と、締め付けて来る膣壁の気持ちよさでアルフォンスの欲も爆発しそうになり、歯を食いしばって仰《の》け反《ぞ》る彼女の首筋に舌を這わす。

肉厚《にくあつ》の舌で肌を舐められ、吸い上げられるむず痒さと快感に、堪えられずシュラインがアルフォンスへ両腕を伸ばし、彼の肩にすがりついた。

「ああっ！」

シュラインの下半身に力が入り、さらに陰茎を締め付ける。

急に強まった締め付けで軽く達しそうになったアルフォンスは、下唇を噛み下腹に力を入れてどうにか射精《しゃせい》感を堪えて腰の動きを速めていった。

絶頂寸前まで押し上げられたシュラインは、すがりつくアルフォンスの背中に爪を立てる。

背中に走るピリッした痛みすら快感に変わり、アルフォンスは一際強く子宮口を穿った。

「あっ、あぁああー！」

快感が絶頂まで高まり、胸と首を仰け反らせ両脚に力を込めたシュラインは盛大に達した。

子種を搾《しぼ》り取ろうと、蠢《うごめ》く膣内の締め付けが強まる。

射精を促すよう蠢く膣壁の動きにより、アルフォンスは愉悦《ゆえつ》に顔を歪ませ下腹の力を緩めた。

次の瞬間、快感が駆け抜けていき吐息と共に呻《うめ》き声を漏らした。

「もう、出るっ」

国王側の者達を欺《あざむ》くためだと自身に言い聞かせ、シュラインに惹《ひ》かれていく自分を抑えてきた。

精神を擦り減らす日々の中で、溜まった濃い精液が亀頭からびゅくびゅくと子宮口目指して迸《ほとばし》る。

「あっ、あつい……」

子宮口へ叩きつけられた精液の熱は快感となり、軽く達したシュラインの体から力が抜けていく。

絶頂の余韻で、意識朦朧《もうろう》となったシュラインの手がアルフォンスの肩から外れてシーツへ落ちた。

「シュライン？」

虚《うつ》ろな瞳をしたシュラインの半開きの唇からは荒い息が吐かれ、快感に震える汗ばむ体は脱力していて、焦ったアルフォンスは彼女の肩を揺する。

「……アルフォンス、さま……」

数秒後、焦点の合わない瞳に光が戻り、意識を取り戻したシュラインと視線が合う。

安堵《あんど》からアルフォンスは火照る彼女の頰へ口付けを落とした。

「意識が戻ってくれて、よかった。私が純潔《じゅんけつ》を奪ったせいで、貴女が壊れてしまったかと……」

仮初の妻だと割り切っていたのに、清《きよ》いままでいさせてやれなかった罪悪感と、満足感に似た名前の分からない感情により、アルフォンスの瞳から涙が零れ落ちた。

「アルフォンス、様……泣かないで」

ぼんやりとした表情のシュラインは腕を伸ばし、涙で濡れるアルフォンスの目元を指先で拭《ぬぐ》う。

指先をアルフォンスの指が絡め取り、下から見上げてくるシュラインと視線を合わせる。

見つめ合った先を期待して、シュラインの指先に口付ければ彼女は目蓋を閉じた。

「……可愛いな」

少し突き出した赤く色付くシュラインの唇が最高のご馳走《ちそう》に思えて、堪えきれなくなったアルフォンスは食らいつく勢いで唇に噛み付いた。

貪り合うように舌を絡ませ合い、互いの唾液が混じり合った甘い液体が口内に溢れ、コクリと飲み込むとアルフォンスの体が再び熱を帯び出した。少しだけ萎《な》えていた陰茎が再び勃起していく。

「はぁっ」

互いの舌先から垂れ下がる唾液の糸が切れ、シュラインの唇の端を濡らす。

上気して熱を持つ頬を一撫でして、アルフォンスは熱い耳元へ唇を近付けた。

「シュライン、疼きはどうだ？　少しは楽になったか」

頬を赤く染めたシュラインはアルフォンスを見上げて首を横に振った。

疼く体が子種を欲して、膣壁は硬度《こうど》を増す陰茎をきゅうきゅうと締め付ける。

(くっ、飲んだ量が多かったから、もっと子種が必要なのか？　何度も交わるのはシュラインの体に負担がかかる。一度、抜いてから)

腰を引こうとしたアルフォンスの太股にシュラインの両足が絡まる。

「いやっ抜かないで。アルフォンス様、欲しいの。お腹の奥が、切なくて堪《たま》らないの。もっと、もっと、子種を中にください」

欲情し蕩けた顔のシュラインからのお強請りを聞き、アルフォンスの背中がゾクゾクと粟立つ。

「溢れるくらい、シュラインの中に注いでやろう」

目を細めたアルフォンスは、少し引いた腰を勢いよく膣内へ押し込んで律動《りつどう》を開始した。

「ああんっあぁ！」

うつ伏せになり、腰と尻を突きだしたシュラインの白い背中に、玉のような汗が浮かぶ。

力が入って白くなった細い指先は、快感に堪えるようにシーツを掴む。

室内に響く尻と腰を激しく打ち付け合う音に混じって、シュラインの甲高い嬌声が響く。

「はぁ、あっあっあっ、あああぁー！」

シュラインが達すると、膣内は子種を欲して収縮して陰茎を締め上げていく。

膣壁が陰茎を締め付ける快感に抗《あらが》わず、アルフォンスは子種をたっぷりと子宮口目掛けて放った。

口の端から涎《よだれ》を垂らしたシュラインは、視点が合わない虚ろな瞳のままシーツをぼんやり眺め、糸が切れたように意識を失った。

「……シュライン」

意識をなくし力を失ったシュラインの体を反転させ、膣内から陰茎を引き抜くとコプリと音を立てて放ったばかりの精液と愛液の混じったモノが溢れ出て来る。

太股を濡らす白濁《はくだく》した液体、淡い桜色に染まった白い肌と、口付けを落とし吸い上げた乳房の鬱《うっ》血《けつ》の痕《あと》が艶《つや》めかしく見えて、膣内から初めて出した陰茎はまだ熱を放ち足りないと訴える。

（まだシュラインを抱きたいと思ってしまうなんて。私の中にこれほどの性欲があったとは……）

深い眠りに落ちているシュラインの顔色は疲労のせいで青白く、目蓋を固く閉じてピクリとも動かない。呼吸に合わせて上下する、胸元に口付ければ簡単に赤い鬱血痕が付く。

「体だけでも私の形を覚えてくれ。そして……孕《はら》め」

瞳に暗い色を宿すアルフォンスの不穏《ふおん》な言葉を知らず、眠るシュラインは擽ったそうに身動《みじろ》ぎ夢でも見ているのか、ふんわりと微笑む。

「可愛い」

湧き上がる感情のまま、アルフォンスは触れるだけの口付けを落とした。

三章　変わっていく二人の関係

体が重くて酷《ひど》く怠《だる》い。

腰と両脚に何かが巻き付いて、全く身動きが取れない。

「う、ぅ？」

喉《のど》の違和感から、ごほりと咳《せき》をしたシュラインは重たい目蓋《まぶた》を閉じたまま全身の違和感、特に股《また》の間の鈍痛《どんつう》に眠っている間に何かしたのかと、首を傾《かし》げる。

体を拘束《こうそく》するように絡《から》み付いている、重みのある温かな何かは一体何なのかと目蓋をこじ開ければ、霞《かす》む視界《しかい》に細身ながらも筋肉質な胸元が飛び込んできた。

状況が理解できず数秒呆《ほう》けた後、視線を上げるとそこには実は女性だった、と言われても納得《なっとく》するくらい綺麗《きれい》な男性の寝顔。

覚えている昨夜の記憶を掻《か》き集め、ここが自室とは違う場所、王宮内の休憩室《きゅうけいしつ》だと思い出した。

恐る恐る首を動かして、視線を下げたシュラインの思考は一気に覚醒《かくせい》した。

(何で!?　アルフォンス様から媚薬《びやく》を盛られたって言われたような、気がする……まさか嘘《うそ》でしょ)

一《いっ》糸《し》纏《まと》わぬ全裸《ぜんら》の自分は、同じく全裸で眠っている男性、アルフォンスに腰を抱かれ隙間がないくらい、密着して眠っていたのだ。

動くのが困難《こんなん》なほどの全身の倦怠感《けんたいかん》に、腰と股の間や各関節《かんせつ》、いろんな部位の鈍痛。

昨夜、アルフォンスとの間に何が起きたのか全く記憶《きおく》がなくても、前世の経験やシュラインの全身状態だけで何が起きたのか、容易《ようい》に想像はついた。

自分の胸元と腹部に散った無数《むすう》の紅《あか》い痕《あと》に気付いてしまい、一気にシュラインの全身から血の気が引いていった。

「ぎゃあああっ！」

「っ、うるさい」

頭上で不機嫌な声と舌打ちの音が聞こえて、シュラインは腰に回された腕の力を強めて抱き締《し》めてくるアルフォンスを睨《にら》んだ。

「何でっ何で、貴方《あなた》と一緒に寝ているの!?」

「何故《なぜ》、だと？　一晩中、私達はまぐわっていたからだろう」

衝撃的《しょうげきてき》な事実を告げられ、這《は》ってでも逃げようとしたシュラインの動きが止まる。

「ひっ、一晩中!?　避妊薬《ひにんやく》を！」

この世界にも、望まない妊娠《にんしん》をしないための緊急《きんきゅう》避妊薬はある。ただし、効果があるのは性交後二十四時間以内の服薬《ふくやく》のみで、焦《あせ》りの余《あま》りシュラインの声は裏返った。

「……私に抱かれたのが、子を孕《はら》むのがそんなに嫌なのか」

肉体関係を持ったと知り蒼褪《あおざ》めるシュラインの反応に、アルフォンスの声が低くなる。

「わ、わたくし達はそういう関係ではないですから！　それに、わたくしの記憶にないから、これは無効《むこう》ですっ」

「無効？　シュラインは昨夜の情事《じょうじ》は全てなかったことにする、と言うのか」

喉を鳴らすアルフォンスの瞳《ひとみ》は暗く染まり、シュラインの腰を抱く腕に力がこもっていく。

「む、無効ですわ。こうなったのは媚薬のせいですもの。そ、それにアルフォンス様は女性がお嫌いなのでしょう。恋人の方に申し訳ないですわ」

「王妃のような香水臭く、男に媚《こび》を売るような女には嫌悪感《けんおかん》しか抱けないが、私は女を抱けないわけではない」

「きゃああっ」

互いの息遣《いきづか》いを感じられるほどの距離から、熱のこもった目で見詰《みつ》められることに耐《た》えきれず顔を背けると、べろりと耳朶《じだ》を舐《な》められる。

「シュラインは他の令嬢《れいじょう》とは違う。香水臭くもなく、私に愛を乞《こ》うことも媚《こ》びることもしない。甘い香りがする度に、シュライン自身を美味《うま》そうだと思っていた」

「アルフォンス様とわたくしは、利害の一致《いっち》、割り切った関係で夫婦になったのでしょう？　それと香水臭くないのは、わたくしも香水が苦手で特注《とくちゅう》の、柑橘系《かんきつけい》の香りのオイルを好んで使用しているからです。甘い匂いはお菓子を作った後とかで、やぁ、くすぐったい」

髪の香りを堪能《たんのう》していたアルフォンスは、シュラインの首筋へ顔を埋めて汗《うず》ばむ肌を食《は》む。

「だからか、シュラインはどこもかしこも甘い。身体中《からだじゅう》を舐め回したいくらいだ」

「きゃあっ!?　どこを触っているの！　やめてっ貴方には恋人がいるのでしょう。この変態《へんたい》っ」

「くっ、ははははっ」

涙目《なみだめ》で抵抗するシュラインの手首を摑《つか》み、アルフォンスは堪《こら》えきれないと声に出して笑い出した。

「熟《う》れた林檎《りんご》のように真っ赤に染まって、私の妻は本当に可愛《かわい》らしい。やっと本来のシュラインになったな。嫌がっていても、記憶になくとも、体は覚えているだろう。昨夜は自《みずか》ら腰を揺らし、脚を絡ませて、もっと子種《こだね》を欲しいとねだっていたのだから」

恥ずかしい情報を耳元へ流し込まれ、シュラインの全身は真っ赤に染まる。

固まり抵抗を止《や》めた胸元へ舌を這わされ、認めたくない感情が体の奥底から湧《わ》き上がってくるのが分かり戦慄《せんりつ》した。

「やめ、んっ！」

止めて、と叫ぶ声は嚙《か》み付くように重ねられた唇《くちびる》によって制止され、拒絶《きょぜつ》の言葉は最後まで言わせてもらえなかった。

「破瓜《はか》の瞬間を覚えていないのならば、今から再現しようか」

「いやあぁ！　そんな気遣いはいらないー！」

「ふっ、泣き顔もそそる」

目元を赤く染めたアルフォンスは、口角《こうかく》を上げて舌舐めずりする。

力の入らない腕をどうにか動かし起き上がろうして、腰と股関節《こかんせつ》に走った激痛でシュラインは「うっ」と呻《うめ》いた。

「痛っ！　腰がぁ、い、痛い〜」

「何度もまぐわい、達《たっ》したせいだな。体中が筋肉痛になったのだろう。しばらくの間は、大人しく休んでいればいい」

体の痛みで涙を流すシュラインの頬《ほお》を撫《な》でたアルフォンスは、彼女の顔にかかる前髪を指で掻き分けてリップ音を立てて額《ひたい》に口付けた。

(どうして、どうしてこうなったの!?)

前夜の記憶は、媚薬を飲んでベッドに寝転んだ後にアルフォンスと会話したあたりから、何が起こったのか全く覚えていないシュラインにとって、今の自分の体の状態と状況から昨夜の出来事を推測するしかない。

昨夜の、アルフォンスの言う「まぐわい」で、何が彼の琴線《きんせん》に触れたのか分からない。

頭を抱えて嘆《なげ》いても、致《いた》してしまったのは取り消せない事実。

こうなったら、残り一年八ヶ月の契約期間はアルフォンスに流されないようにしなければ。

痛む体を動かしてアルフォンスに手伝ってもらい、下着とドレスを身に纏ったシュラインは震《ふる》える両足に力を入れ、立とうとしてよろめいた。傾ぐ体をアルフォンスの腕が抱き止める。

「お、下ろしてください」

「馬車まで歩けるのなら下ろそう」

全身の鈍痛、特に腰と股間の恥ずかしい部位の痛みで歩くことすらままならないシュラインを抱え、微笑《びしょう》すら浮かべた上機嫌なアルフォンスは堂々と馬車の待機場《たいきじょう》まで闊歩《かっぽ》する。

普段は感情を表に出さない王弟殿下《おうていでんか》が上機嫌で、しかも妻を横抱きにして王宮の廊下を歩いているのを目撃した者達は、驚きで目と口を開いて動きを止めた。

擦《す》れ違う者達から向けられる興味津々《きょうみしんしん》といった視線に耐え切れず、顔を真っ赤に染めたシュラインはアルフォンスの胸に顔を埋めた。

(昨夜は媚薬を飲まされた上に、強い酒を飲んだから記憶を失ったのね。これからは何が起ころうとも、アルフォンス様に抱かれることなどないようにしなければ！)

離宮《りきゅう》へ向かう馬車の中でアルフォンスの膝《ひざ》に乗せられたシュラインは、体と心の疲労で脱力しながら窓の外を眺《なが》めて拳《こぶし》を握り締めて、そう誓った。

王宮から戻った馬車を出迎《でむか》えた執事《しつじ》は、馬車の扉を開けて目にした衝撃的な光景を目の当たりにして、笑顔のまま動きを停止させた。

玄関ホールに並び出迎えた使用人達も、馬車から降りてきたアルフォンスがシュラインを横抱きにしているのを見て、その場から動けなくなった。

「シュラインを休ませる。薬湯《やくとう》と部屋の準備、それから医師を呼べ」

「は、はい！」

アルフォンスの一声で我に返った使用人達は、大急ぎでシュラインが休養《きゅうよう》できるように寝室と薬湯の準備を始めた。


一夜の過《あやま》ち、もとい、媚薬を盛られたシュラインの救済処置《きゅうさいしょち》とはいえ、アルフォンスと体を重ねてしまった夜会から離宮へと戻った日。

四肢《しし》の脱力感《だつりょくかん》は、医師に処方《しょほう》してもらった薬湯と睡眠をとったおかげで、ほとんどなくなった。残るのは腰と股関節の痛み、そして股の間、自分でも確認するのが恥ずかしい部位のみ。

(うう、下着が擦れて、痛い)

身じろぐ度に下着が擦れて、腫《は》れて赤くなった乳首《ちくび》と秘部《ひぶ》が痛痒《いたがゆ》くて、ベッドから起き上がるのも歩くのも大変な状態になっていた。

歩行が大変になるほど痛めた理由が理由のため、痛みの相談を医師にするわけにもいかず、体調不良の思い当たる理由を久しぶりの夜会で緊張《きんちょう》しながらダンスを踊ったから、にしておいた。

医師に手首以外の、服で隠れた部分の肌を見せたら激しい性交《せいこう》による体調不良だと、見抜かれてしまっただろう。

肌に散った鬱血痕《うっけつこん》を見たメイド達には激しい一夜を過ごしたことが知られてしまい、彼女達は何を勘違《かんちが》いしているのか笑顔でシュラインに接してくるようになった。

昨日、着替えをした時にメイド達が顔を赤く染めるほど、シュラインの全身には赤い鬱血痕が散っていたのだから、夫婦仲がよいものへ向かっていると思われたのかもしれない。

媚薬で記憶はなくとも、肌に残っている情事の痕跡《こんせき》がアルフォンスと幾度《いくど》もまぐわったのだと証明していて、恥ずかしさと体の痛みで動けず、シュラインは終日《しゅうじつ》自室から出られなかった。

自室で夕食を食べ終わり、薬湯を飲んで読書をしていたシュラインのもとへ、息を切らせてやって来たメイドがアルフォンスの帰宅《きたく》を知らせる。

「もうアルフォンス様がお帰りになったの？　では、お出迎えをしなければならないわね。いたっ」

「奥様、無理をなさらないでください」

メイドの手を借りてゆっくり椅子《いす》から立ち上がった時、廊下から足音が聞こえ部屋の扉がノックされ、返事をしようとシュラインが口を開いたと同時に扉が開く。

「シュライン」

ジャケットを脱ぎ、シャツの首元をゆるめたアルフォンスは真《ま》っ直《す》ぐにシュラインの側《そば》まで来ると、目配《めくば》せしてメイドを退室させる。

部屋に残されたのは、室内着の上にショールを羽織《はお》ったシュラインとアルフォンスの二人だけ。

二人きりの状況と、優しく肩を抱き寄せて体を支えてくれるアルフォンスの体温と汗の香りが混じった香りに、シュラインは心臓の鼓動《こどう》が速くなっていくのを感じて戸惑《とまど》う。

「体の痛みが治まらないと聞いたよ。痛みと腫れに効果がある薬を王宮の薬師《やくし》に作らせた」

「わたくしのために、薬を作らせたのですか？」

「ああ。少々やり過ぎてしまったと反省しているし、シュラインのことが心配だからね」

やわらかく微笑《ほほえ》むアルフォンスから「心配」と言われ、シュラインの胸の奥に温かいものが広がる、そんな不思議な気分になり胸元に手を当てた。

「立ったままでは薬が塗《ぬ》れない。そこの長椅子に座りなさい」

「はぃ？」

頷《うなず》きかけて、言われた言葉の意味を理解したシュラインは、目を瞬《しばた》かせた。

「アルフォンス様が塗って下さらなくても、自分で薬を塗ります。だって、痛いところは、その」

「自分で塗るだと？　シュラインは見えない場所を、奥まで塗れるのか？　体の何処《どこ》が痛むのかは分かっているよ。傷付けてしまったのは私が無理をさせたせいだ。私が責任を取るのは当然だろう。傷に菌《きん》が入り化膿《かのう》してしまったら、もっと大変なことになる」

真剣な表情のアルフォンスに強い口調で言われると、彼の言葉に違和感を覚えても何も言えなくなってしまいシュラインは口を閉じた。

「分かったなら、椅子に座りなさい」

スラックスのポケットへ片手を入れ、薬師が調合《ちょうごう》した軟膏《なんこう》を取り出したアルフォンスは感情のこもらない声で言う。

恥ずかしさで部屋の外へ逃げ出したくなるが、アルフォンスは治療《ちりょう》のために軟膏を塗ってくれるつもりなのだと、他意はないと、自分に言い聞かせてシュラインは長椅子に座った。

「スカートの裾《すそ》を捲《まく》り上げて」

昨夜、裸を見られていても今は媚薬も盛られておらず、明るい中で意識もはっきりしている状態で肌を見られるのは恥ずかしい。

羞恥《しゅうち》で真っ赤になった顔で俯《うつむ》いたシュラインは、目蓋を閉じてスカートの裾をゆっくり持ち上げていく。普段は隠れていて日に当たることのない、白い太股《ふともも》がアルフォンスの目の前に晒《さら》された。

「これでは塗れない。もっと両脚を開いて背凭《せもた》れに凭れかかるんだ」

「……はい」

言われた通りにシュラインは閉じていた脚を開き、背凭れに凭れかかった。

(こんな格好《かっこう》、恥ずかしい。どうしよう、アルフォンス様に恥ずかしいところを、見られてる)

下腹までスカートは捲れ上がっており、太股と下着までアルフォンスに見られている恥ずかしさからシュラインは両手で顔を覆《おお》った。

片膝を床についたアルフォンスは、そっとシュラインの太股に触れる。

太股の内側を手のひら全体で撫でられる感触に、シュラインの体が震えた。

できるなら今すぐ逃げ出したい。しかし、股の間にアルフォンスが入り込んでいて逃げられない。

「あっ」

太股から移動した指は敏感な脚の付け根をなぞる。

「下着を外すよ」

目蓋を閉じているため顔が見えないアルフォンスは、淡々《たんたん》とした口調で言いショーツの紐《ひも》を摘《つま》んで引っ張った。

左右の紐が外され、シュラインの股の間からショーツが抜き取られる。

ショーツを椅子の肘掛《ひじかけ》に掛けて、アルフォンスは指先で下生《したば》えを掻き分けていき、露《あらわ》になった秘部の亀裂《きれつ》に触れ、人差し指と親指で開いた。

「ひゃんっ」

入口を開かれて、ぴりっとした痛みが走る。驚いたシュラインは閉じていた目蓋を開いた。

「アルフォンス様、見ないでぇ」

入口の亀裂を広げて中を見られている恥ずかしさで、閉じようと太股に力を入れるが太股を摑んでいるアルフォンスの手は、閉じるのを許してくれない。

「ああやはり、何度もしたから中が擦れて赤くなっているな。薬を塗るよ」

左手で入口を広げ、右手人差し指で軟膏を一掬《ひとすく》い取り赤くなっている部分へ塗っていく、アルフォンスの手つきは優しくて少し引き攣《つ》る痛みはあってもそれ以外の痛みは感じなかった。

（あ、どうしよう。これは、駄目よ）

軟膏のひやりとした感触とアルフォンスの指が触れる感覚によって肌が粟立《あわだ》っていく。

下唇を噛んで声を堪えるシュラインの太股が揺れる。

必死で声を堪えているシュラインをよそに、膣《ちつ》の中へ人差し指を入れて赤くなっている所へ薬を塗るアルフォンスの手つきは、厭《いや》らしさなど一切ない。

(アルフォンス様はただ、薬を塗ってくれているだけなのに、気持ちいいと感じるのは、駄目《だめ》、駄目なのに……気持ちいい)

治療をしようとしているのに、アルフォンスの指が与えてくれた快感を覚えている体は指先の動きに反応してしまう。

快感を得ていると、気付かれてはいけないと出そうになる声を堪えるほど、シュラインの得ている快感は高まり体の熱が上がっていく。

全身に力を入れて堪えるのに疲れて、「もう止めて」という言葉を口にしそうになった時、膣壁《ちつへき》を撫でる指が離れた。

膣壁を撫でていたアルフォンスの人差し指が水音を立てて出て行き、そのまま秘部の上で主張するクリトリスに触れる。

「きゃあっ」

強過ぎる刺激が下半身を走り抜けて行き、シュラインは思わず肘掛けを摑んだ。

「ここも腫れている。薬を塗っておこう」

「ひぃっ」

(うそ、うそでしょ。ここにも塗るって、まさか)

愛液《あいえき》で濡《ぬ》れた人差し指で円を描くように擦《こす》られ、暴力的な気持ちよさに思わずシュラインはアルフォンスの腕を太股で挟《はさ》み込んだ。

ぐりっ、人差し指がクリトリスを押しつぶし、シュラインは大きく体を揺らす。

「ああっ！」

鋭い快感が背筋を駆《か》け抜けていき、走り抜けた快感を堪えきれずシュラインは悲鳴を上げた。

性交によって腫れてしまった秘部に薬を塗るという有難《ありがた》くない理由を掲《かか》げ、その日からアルフォンスは王宮から真っ直ぐ帰って来るようになった。

しかも、夕食まで一緒に食べると言い出し、困惑《こんわく》したのはシュラインだけで使用人達は夫婦仲が深まったことに喜び、アルフォンスが帰って来ると、退室して二人だけになるように気を配ってくれる。

「お疲れでしょうし、毎日帰って来なくてもわたくしは大丈夫です。無理をなさらないでください」

「無理などしていない。私が来たいから来るのだ」

妻宅と恋人宅に通う二重生活は大変だろうと、股間《こかん》の腫れもよくなったから毎日来なくてもいいと破れたオブラートに包んで伝えても、アルフォンスは笑うだけでまた翌日の夕刻に帰って来る。

そんな生活を半月近く続けていれば、相手をするのが面倒《めんどう》でも慣れてしまうものだ。

「ああそうだ、夜会でシュラインに媚薬を飲ませたメイドは処罰《しょばつ》されたよ。私の手で処罰したかったが、王妃がしゃしゃり出て来て無理だった」

「そうですか」

王家秘蔵《ひぞう》の媚薬をシュラインが盛られたことは、王家にとって醜聞《しゅうぶん》になりかねないと、秘密裏《ひみつり》に処理されたらしい。

この日以降、離宮の外へ出る時は必ず二人の女性騎士《きし》がシュラインの護衛《ごえい》に付くようになった。

毎日不安だった月のものも先日来て、妊娠の可能性はなくなりシュラインは胸を撫で下ろした。

だが、妊娠の心配はなくなっても別の問題があった。

「アルフォンス様の恋人はどんな方ですか？」

夫婦の部屋、実質シュライン一人で使っている部屋で、食後のフルーツタルトを食べ終わり、二人きりになったタイミングでアルフォンスへ問う。

「急にどうした？　嫉妬《しっと》か？」

「嫉妬は全くないけど、ええっと、美少年だと聞いて気になっただけです。知り合ってお付き合いを始めた切っ掛けとか、離婚後の参考にしたいと思いまして」

嫉妬はないとはっきり本音を言うと、アルフォンスは片眉を上げた。

「リアムは、確かシュラインと年齢は同じだよ。甘え上手で、子猫のような可愛らしさを持っている。雰囲気《ふんいき》と顔立ちはシュラインとは真逆だな。特殊《とくしゅ》な性癖《せいへき》を持つ貴族の男娼《だんしょう》をさせられていて、その貴族が自慢のために夜会に連れて来ていたのがリアムとの出会いだ。痛め付けられていたのを憐《あわ》れに思い、賭《か》けの代金替わりに貰《もら》ったのが切っ掛けか」

「だ、代金替わりって、それに特殊な性癖って」

不穏《ふおん》な言葉を聞き、嫌な予感がしてきてシュラインの口元が引き攣る。

「興味が湧いたか？　女装させた上に道具を使い苦痛を与えながら抱くという、なかなか歪《ゆが》んだ趣《しゅ》味《み》だったよ。体が治ったら職を与えて解放してやるつもりだったが、捨てないでくれと泣き付かれてしまってね。囲っている恋人、ということにしてしまえば鬱陶《うっとう》しい女避《おんなよ》けにもなるし、リアムに可愛らしく甘えられるのは癒《いや》される。一人立ちできるまで、屋敷を与えて世話することにしたのだ」

女装に道具を使ったプレイは、前世の記憶からみてもなかなかハードルが高い。

まさか、男娼だったという少年を憐れみ、治療と保護をするために賭け事の代金としたとは、シュラインはアルフォンスを見詰める。

以前だったら、リアムを手元に置いているのは「見目のよさ」「利用するためだ」と決めつけてアルフォンスを軽蔑《けいべつ》の目で見たのに、今は違う。表に出さない彼の優しさを知っていた。

(恋人との関係はアルフォンス様が考えればいいとして、これだけは聞かなければならないわ)

きっと大丈夫だろうと思いつつ、シュラインは手を握り締めてゴクリと唾《つば》を飲み込んでから、覚悟を決めて口を開いた。

「保護と、女性避けのためにリアム様を世話しているのでしたら、その、リアム様と体の関係はあるのですか？」

妊娠の不安が消え、残ったのは病気の不安だった。

少年を恋人にしていてもいなくても、アルフォンスは幼い頃から女性に人気があり様々な女性と浮き名を流してきた。何らかの病気を持っていたら、と思うと怖くて堪《たま》らない。

「過去も今も、私は男と交わるつもりはないよ。妊娠のリスクはないとはいえ、体の関係まで結ぶ相手は王族として選ばねば、余計《よけい》な火種となりうるからな。教養《きょうよう》を与え可愛がってはいるが、リアムを抱きたいとも思ってはいない。それから、今後は女性とも関係を持つつもりはない」

憮然《ぶぜん》とした表情でアルフォンスは答える。彼はシュラインが何を心配しているのか分かっているのだろう。

「でも、それは恋人というより……」

世話を焼いて癒されるというのは、恋人というより愛玩《あいがん》動物に近い気がする。

(この世界でも、価値観の違いは離婚理由になるのかしら？　何だか胸の奥がムカムカするわ)

価値観のズレを実感して眉を寄せたシュラインは、アルフォンスを見ないように視線を下げた。

微妙な空気のまま、椅子に座ったアルフォンスは視線を逸《そ》らしたシュラインの手首を摑む。

「私が妻にしたいと思うのは、抱きたいと思った女性は、後にも先にもシュラインだけだ」

「ふふっ、ご冗談《じょうだん》を。あと一年半はアルフォンス様の妻でいます。夫婦の営みは別ですけど」

「一年半、だけか？」

乞うように見上げるアルフォンスの声に含まれる拗《す》ねた響きに、可笑《おか》しくなったシュラインはクスクス声に出して笑ってしまった。

「そういう契約でしょう。どうか、リアム様を大事にしてください。あっ」

摑んだ手首を引かれ、よろめいたシュラインの体をアルフォンスが自分の方へ抱き寄せる。

「ちょっと、アルフォンス様」

抗議の声を無視して、アルフォンスは膝の上へ座らせたシュラインの首筋に顔を埋めた。

「はぁ、疲れているんだ。今は可愛い妻の香りを堪能したい」

「もうっ」

国王よりも有能な王弟であるアルフォンスには、軍部を統括《とうかつ》したり政《まつりごと》の決定をする等多くの仕事が、それも特に難しい案件が回されていると最近知った。

水害で被害を受けた地方復興《ふっこう》のため、寝る間を惜しんで駆け回っているとも護衛騎士から聞いた。

(疲れているなら、毎日帰って来なくても、わたくしに会いに来なくてもいいのに)

突き放してしまえばいいのに、それができない。時折見せる疲れた表情、乞うように甘えられると、断りきれず好きに甘えさせてしまう。甘えられて嬉《うれ》しいと、感じていた。

絆《ほだ》されてしまった今、面倒だと思いつつも毎日アルフォンスのために、シュラインはお菓子を作ってしまっていた。

「シュライン、そろそろ……」

首筋から顔を上げたアルフォンスは、スラックスのポケットから軟膏入りの容器を取り出す。

容器を出したということは、治療の時間が開始する。

密着していた上半身を離そうとするシュラインの両脇に手を差し込み、アルフォンスは彼女を膝の上から抱き上げてゆっくりと床の上へ下ろした。

「昨夜と同じようにテーブルに背をあずけて立ち、両手をつきなさい」

「アルフォンス様、もう薬を塗らなくても大丈夫です。きゃっ」

伸びて来たアルフォンスの指がスカート越しに股間部を撫で、シュラインは声を上げる。

「まだ、ここは赤く腫れている。中よりも敏感だから、念入りに薬を塗り込まないといけない」

ここ、と言うのがどの部位を指しているのか分かり、シュラインの顔は一気に真っ赤になった。

「そ、そこなら自分で塗れます」

「自分ではよく見えないだろう。塗り残しがあってはいけない。シュラインは手をついていなさい」

真剣な表情のアルフォンスにじっと見詰められると、彼の治療を拒否する言葉が言えなくなる。

(治療だから、逆らえない、なんて言い訳だわ。本当はわたくしも期待してしまっている)

アルフォンスから〝治療〟されて、得られる快感をシュライン自身も期待しているのだ。

分かっていても、数日にわたり行われた治療で得た快感を知る体は、誘惑《ゆうわく》に抗《あらが》えない。

言われた通りにテーブルに背を向けて、天板に両手をついた。

全身を真っ赤に染めてスカートの端《はし》を持ち、裾を捲り上げるシュラインの頬を撫でたアルフォンスは、腰で結んであるショーツの紐を引き、外した。

片膝を床につき、身を屈《かが》めたアルフォンスは軟膏を指に取り下生えを掻き分け、露になったクリトリスに塗っていく。

「……ん、はぁ」

いつも通り淡々とした手つきは、治療とはいえ恥ずかしいことをされているはずなのに、感じてしまう自分のほうがいけないのだとシュラインは思ってしまう。

堪えれば堪えるほどシュラインの体は熱を帯び、膣の奥から愛液が溢《あふ》れ出す。

アルフォンスが指を動かすたび、ぴちゃぴちゃという水音が室内に響く。

(ここに薬を塗るのは変だと分かっているのに。駄目なのに、気持ちよくて拒めないなんて)

全身に力を入れて甘い刺激をやり過ごそうとしたが、アルフォンスの人差し指がクリトリスを押し潰した瞬間、その強烈な快感がシュラインの下半身を走り抜けた。

「ぁああんっ！」

堪えていた分、強い快感となった刺激は下半身から力が抜け、崩れ落ちかけた体をアルフォンスの腕に支えられる。

軽く達してしまい、肩で息をするシュラインが上気した顔で見上げると、汗ばむ肌に張り付く前髪を指で掻き分けたアルフォンスはリップ音を立てて額に口付けた。

「んっ」

きゅうきゅう収縮《しゅうしゅく》する膣の中から、アルフォンスの人差し指と中指が引き抜かれ、シュラインは太股を揺らした。

(もう、これで終わり？　もっとして欲しいのに)

膣壁に軟膏を塗っていたアルフォンスの指を、熱に浮かされたシュラインはじっと見詰める。

「どうした？」

問われて我に返ったシュラインは、治療以上の行為を期待してしまった恥ずかしさで、全身を真っ赤に染める。

「なんでも、ありません」

赤くなった顔を見られたくなくて、勢いよくアルフォンスから顔を背けた。

軟膏を塗り終わり、乱れた心身をソファーに座るアルフォンスに凭れ掛かり整えていたシュラインは、棚の上に置かれた時計を見てハッと我に返った。

「アルフォンス様、もう遅くなってきたことですし、そろそろお帰りください」

背中を軽く叩《たた》いて帰宅を促せば、アルフォンスはシュラインの髪を一房手に取り、名残惜《なごりお》しそうに指に絡めた。

「私は幼子ではないし、護衛もいるから夜道でも大丈夫だ。それに、遅くなったらこちらで寝るつも」

「お帰りください！」

抱き寄せて密着しようとするアルフォンスの胸に手を当てて、彼との間に隙間を作ったシュラインは、アルフォンスに最後まで言わせず強い口調で言い放った。

（甘えさせても、夜は絶対に帰って貰わねば。最近やたらくっついてくるし、薬を塗るって理由で下を触らせてしまっているし。もしも泊まられたら、さっきみたく優しく触れられたら、拒み切れるか分からないわ。これ以上一緒にいたら、離れるのが寂《さび》しくなってしまう。それは駄目よ！）

疲れているアルフォンスの癒しになれればと好きにさせていても、同衾《どうきん》など絶対に嫌だ。

肩を竦《すく》めたアルフォンスは、腕の中へ閉じ込めていた彼女の体を解放した。

腰に回された腕が腹部を撫でようとするのを、手を握って止めてシュラインはアルフォンスを急《せ》かすようにして玄関ホールへ向かう。

「昼間、焼いておいたクッキーをお土産《みやげ》にどうぞ。リアム様と食べてくださいね」

「……分かった」

ピンク色のリボンをかけて可愛らしく包装されたクッキーを受け取り、アルフォンスはクッキーとシュラインを交互に見る。

「シュライン」

シュラインの後頭部へ手を伸ばし、アルフォンスはそっと彼女の額へ口付けた。

「なっ、なに、なにして」

不意討ちで口付けされたシュラインは、顔を真っ赤に染めて動揺《どうよう》で口をパクパクと開閉させる。

「おやすみ」

真っ赤に染まるシュラインの頰を一撫でして、笑いを堪えながらアルフォンスは馬車へと乗り込んだ。上機嫌で可愛らしい包装のリボンを片手で弄《いじ》るアルフォンスに、馬車で待っていたフィーゴは残念なものを見るような視線を送った。

「あのー、殿下」

「つ、動きはあったか」

声をかけられて、ようやくフィーゴの存在を思い出したアルフォンスは、緩んだ表情を見られないよう片手で顔を覆う。

「はい。王太后《おうたいごう》様からの叱責《しっせき》、王太子《おうたいし》殿下の婚約の件で元老院《げんろういん》の意見を無視したことから反発を受け、苛立《いらだ》つ事が増えていらっしゃるようです」

顔を覆った手のひらを外したアルフォンスからは緩んだ表情は消え、フィーゴが知る冷徹な王弟へと戻っていた。

「ふん、このまま自滅への道を進むか。国王と王妃は臣下を、元老院をないがしろにしすぎだったからな。引き続き、離宮周囲の警護を強化しろ」

思う通りにならないと、激昂《げっこう》した王妃が次に考えそうなことなど予測できる。

王妃に逆らえない国王は、情けないことに彼女の抑止力にはならない。

国王には、次に、王妃《よめ》と王太子《むすこ》が問題を起こした場合、それなりの処罰を受けさせることを無理矢理承諾《しょうだく》させた。

「殿下」

「何だ？」

「いくら仕事が溜まっているとはいえ心配でしたら王宮へ戻らないで、殿下が奥様の側にいらっしゃればよいのではないでしょうか」

フィーゴに指摘され、アルフォンスは膝の上の包装されたクッキーを見詰める。

「……シュラインは私を信用していないからな」

「そりゃあ、まぁ信用されないのは当然というか、自業自得でしょうね」

「ああ、分かっている」

婚約解消されたばかりのシュラインに求婚した理由が、「利用するためだ」と正直に話して契約だと割り切って貰い結婚したのだ。

いまさら、シュラインを護ろうとしても信用されるわけがないと分かっていた。自嘲《じちょう》の笑みを浮かべて、アルフォンスは窓の外を見る。

「ついでにお聞きしますけど、あっちの方はどうします？　殿下にお会いしたいという内容の手紙が来ていましたよ」

「……しばらくは行けないと、返答しておいてくれ」

「決断は早くした方がいいですよ。二年を待たず、本当に嫌われて出て行かれても探しませんし、私は奥様の味方をしますからね」

「シュラインは出て行くなど、薄情なことはしない……」

二年以内に自分が捨てられる可能性もあるのだと、気が付いてしまったアルフォンスの言葉尻は沈んだ声になった。

「ま、頑張ってください」

お土産を渡される度に、デレデレしているアルフォンスを冷めた目で見ていたフィーゴはそれ以上何も言わず、護衛騎士へ渡す伝令文を頭の中で組み立てていた。

雲一つない晴天の下、王宮へ向かう馬車の中は暑く、扇《おうぎ》で扇《あお》いでも生温《なまぬる》い風が顔に当たるだけ。

久し振りに締めたコルセットが苦しくて、息苦しさを少しでも紛らわそうとシュラインは深呼吸を繰り返す。

「大丈夫か？」

隣に座られるのは暑苦しいからと向かい側に座るように頼み、渋々といった体《てい》で向かいの席に座ったアルフォンスもさすがに「暑い」とジャケットを脱ぎシャツの釦《ボタン》を外していた。

「母上もこんな時期に茶会など開かなくてもよいのにな」

「えぇ、っと、王太后様のご都合もあるのですよ。きっと」

同意しかけて、シュラインは首を横に振る。

王太子ヘンリーの婚約発表時、避暑のため離宮で静養されていた王太后は王都へ戻ると直ぐに、アリサの王妃教育の手配を始めたとアルフォンスから聞いた。

今回開かれる茶会は、王太后にとって今後の展開を都合のよいものにするためのもの、何らかの思惑があってのものだろう。

だが、参加者はシュラインの他に王妃とアリサだけということで、楽しいお茶会にはならないと招待された時点で分かっている。

そして、お茶会以外にもう一つ、シュラインには納得できないことがあった。

「アルフォンス様こそ大丈夫なんですか？」

何故、王宮からの迎えの者がアルフォンスなのかということ。

今日は朝から元老院議員達との会議があり忙しいはずだ。途中で抜け出して、アルフォンスの立場と仕事は大丈夫なのかと心配してしまう。

「可愛い妻が心配で、朝から政務に集中できなくてね。側近《そっきん》達に執務室《しつむしつ》から追い出されたんだ」

「もうっ」

爽《さわ》やかな笑顔で言われてしまい、シュラインは恥ずかしくなり横を向いた。

頬が熱いからきっと真っ赤になっているだろう。

（心配しているから来たんじゃなくて、これはアルフォンス様の計算だわ。仲睦《なかむつ》まじい姿を王妃側の者に見せつけるためのパフォーマンスなのよ）

早くなる心臓の鼓動を抑えようと、シュラインは必死で自分にそう言い聞かせる。

王太后と王妃の手前、仲良くしていると見せたいのだと思いつつ、嬉しいと思っている自分もいて、どうしたらいいのか分からなくなるのだ。

「不安ならば、体調不良で欠席ということにしてもかまわない」

「大丈夫です。今回のお茶会は王太后様にも何かお考えがあってのことでしょうから」

確かに茶会は不安だけれど、不安の半分は対応に困るアルフォンスの言動のせいだ。

少しずつ、シュラインの中でアルフォンスの存在が大きくなっていく。でも、それを彼に悟《さと》らせてはいけない。

馬車が王宮の敷地内へ入り、覚悟を決めるためシュラインは扇を持つ手に力を込めた。

王太后宮の手前まで付いてきたアルフォンスに見送られ、シュラインは門をくぐる。

使用人に案内されたのは、応接間やホールではなく庭園に面した部屋だった。

開け放たれた窓から吹き抜ける風と、庭園に設置された噴水《ふんすい》が涼しさを演出してくれている。

「随分遅かったじゃないの。待ちくたびれましたわ」

「シュライン様、私はともかく王妃様を待たすのはよくないわ」

「申し訳ありませんでした」

先に到着していた王妃は口元を歪め、アリサは嘲笑《ちょうしょう》を浮かべる。

離宮は離れていますからと、言いたくなるのを抑えてシュラインは頭を下げた。

「皆さんよく集まってくださったわ」

部屋へ入って来た王太后は、自然な動作でシュラインの隣へ座る。

メイドがティーカップへ紅茶を注ぎ、見た目だけは華やかな茶会が開始された。

「王家に嫁す女性同士、交流を持ちたくて茶会を思い付いたのです。特にアリサ嬢とお話をしたくて。急にお呼びたてしてごめんなさいね」

やわらかな口調とは違い、アリサを見る王太后の目は全く笑ってはいない。

シュライン相手に嫌みを言っても、王太后には何も言えずに愛想笑いを返したアリサの表情が強《こわ》張《ば》る。

「ヘンリーとの婚約発表は、わたくしは全く関知していなかったので驚きましたわ。まさか、わたくしの不在時に夜会を開催するなんて。一言相談して欲しかったわね」

「申し訳ありません。陛下《へいか》にお任せしてしまい、お義母様《かあさま》へのご報告を怠ってしまいましたの」

王太后と王妃の表情は笑顔だが、二人の間に見えない火花が散っているのを感じ、シュラインのティーカップを持つ手が震えた。

テーブルの上には色とりどりの菓子が並んでいるが、高貴な女性たちの参加する華やかなお茶会が開かれている室内には、冷たい空気が満ちていた。

「貴女《あなた》がどんな言い訳を並べても、女性の招待者への連絡調整は王妃の役目ですよ」

主催者《しゅさいしゃ》の王太后は口元に笑みを作っていても、王妃へ向ける視線は鋭く目元は全く笑っていない。

「嫌だわぁお義母様ったら、ヘンリーの新しい婚約については、私からより、陛下から伝えられた方がお義母様も良いでしょう?」

ウフフッ、可愛らしく笑う王妃の頬がピクピク動いているのを見てしまい、シュラインの背中を冷や汗が流れ落ちる。

わざと苛つかせる態度で答える王妃に、王太后は怒気《どき》ではなく冷気を感じさせる冷笑を深めた。

(うわぁ、お二人の関係がここまで悪かったとは。これを見てアリサ嬢はどう感じているのかしら)

長年蓄積《ちくせき》された嫁姑《よめしゅうとめ》の関係が垣間《かいま》見えてしまい、シュラインは黙って二人のやり取りを見守るしかない。寒々とした空気の中、アリサも無言で紅茶を飲んでいた。

「そうだわ。アリサ嬢は男爵《だんしゃく》令嬢でしたわね。慣れない王宮での王妃教育は負担ではありませんか?」

「お義母様、ご心配ありませんわ。アリサの身分について煩《うるさ》く言う者達もおりますが、アリサは懸《けん》命《めい》に次期王妃として学んでいますわ。それに、とても心優しい子ですの。ヘンリーのためにと、毎日菓子を作り持ってきてくれています。ねぇ、アリサ」

話を振られたアリサは、瞬時に満面の笑みを作り頷く。

「はい、ヘンリー様はいつも喜んで食べてくださっています。そう言えば、シュライン様は手作りの贈り物はしてくれなかったから嬉しいと、おっしゃってましたわぁ」

目を細めて言うアリサの言葉の端々に、自分に対する侮蔑《ぶべつ》の響きが含まれているのを感じたシュラインは、顔に無表情の仮面を貼り付けて内心では「べぇっ」と舌を出した。

(手作りの贈り物、ですって？　あらまぁ、わたくしが作った物は拒否されたのにアリサ嬢からなら受け取るのね。というか、この王妃に王妃教育なんてやれているのかしら？)

すでに忘れかけている、過去の記憶となっている元婚約者とのノロケ話をされても、いまさらだ。嫉妬も落胆《らくたん》も感じずお幸せに、としか言いようがない。ただ、分かりやすく敵意を向けてくるアリサが未来の王妃、国母となれるのか心配になった。

「まぁ、それは仲睦まじいこと。王妃教育の合間にお菓子作りができるだなんて、余裕があるのね。素晴らしいわ。では、教師を追加するように言っておきましょう。ルフハンザ伯爵夫人にも淑女《しゅくじょ》教育の依頼をしておきますね」

「ルフハンザ伯爵夫人、ですか？」

名前を聞いた瞬間、王妃の顔色が一気に変わる。

厳しい淑女教育で有名なルフハンザ伯爵夫人からは、貴族社会のルールとマナー、王妃に必要とされる品格について学び、彼女の厳しい指導にシュラインは何度も泣かされた記憶があった。

(あの様子では、王妃はルフハンザ伯爵夫人のご指導を受けたけれど耐えられなかったのね。アリサ嬢も、学園での自由な行動を考えたらルフハンザ伯爵夫人の指導は耐えられないだろうな)

顔色を悪くした王妃が口を閉じてしまい、そこで会話が途切れる。

横を向いたシュラインと王太后の視線が合い、彼女は悪戯《いたずら》を思い付いた子どものように笑った。

「そうだわ。シュラインもアルフォンスに毎日お菓子を作ってあげているのでしょう？　昨日もシュラインが作ってくれたと、執務室で嬉しそうにチェリーパイを食べていたと聞いたわよ」

「アルフォンス様が？」

アルフォンスの話が出るとは思っていなかったため、シュラインの口から上擦った声が出た。

嬉しそうに食べる彼の姿が容易に想像できて、シュラインの顔は真っ赤に染まる。

「今朝も、茶会の事を気にして挨拶《あいさつ》に来たし、そのうちここへ顔を出すかも知れませんね」

「失礼いたします」

言い終わったのを見計らい、近付いた侍従が王太后に耳打ちする。

「あらあら、噂《うわさ》をすれば。やっぱり、来ましたね」

カチャリ、と扉が開く。

メイドに先導され入室した人物を見て、シュラインは目を見開いた。

「ア、アルフォンス様？　どうしてここに？」

「シュラインに逢いたくて、息苦しいだけの会議を抜けて来た」

蕩《とろ》けるような微笑みをシュラインへ向けたアルフォンスは、王妃とアリサには目もくれずに、優雅な足取りで真っ直ぐ彼女の元へ向かった。

突然の訪問理由が、「シュラインに逢いたくて来た」と、頭の中にお花畑ができたようなことを言われても、アルフォンスとは一時間前に王太后宮の手前で別れたばかりだ。

困惑したシュラインが見上げれば、アルフォンスは多くの令嬢を魅了《みりょう》してきたであろう貴公子《きこうし》の微笑を浮かべていた。

「アルフォンス、貴方、何故ここへ？」

椅子から立ち上がった王妃を冷たく一瞥《いちべつ》して、用はないとばかりにアルフォンスは視線を外す。

シュラインの座る椅子の背凭れを掴み、彼女の髪に触れる。

「シュライン」

流れる動作で身を屈めたアルフォンスは、膝の上へ置いていたシュラインの手を取り恭《うやうや》しく口付けた。

(ちょっと、こんな場所で何するのよ!?)

王妃とアリサの前で、仲睦まじい振りとはいえ見せ付けるのは何か意図があってやっているのだと思いつつ、ここまでやられると恥ずかしいとか呆《あき》れを通り越してしまい、シュラインは苦笑いするしかなかった。

呆れ混じりの生温い眼差《まなざ》しを息子《むすこ》へと向けた王太后は、片手で額を押さえて深い息を吐いた。

「アルフォンス、シュラインを置いて戻るつもりは……ないのでしょうね」

「ええ。可愛い妻を母上と義姉上《あねうえ》との諍《いさか》いに巻き込ませたくはありませんから」

サラリとアルフォンスが答えれば、王太后の顔から表情が消える。

カタンッという音がした方を見て、シュラインは後悔した。

顔を赤くした王妃がテーブルを掴み、視線で射殺さんばかりにシュラインを睨み付けていたのだ。

「王妃様、どうされたのですか？」

気遣うアリサの声も耳に入らない様子で、王妃はシュラインを憎々しげに睨む。

（何故、王妃に睨み付けられなければならないの？　わたくしは何もしていないわよ。睨むならアルフォンス様でしょう）

　断りなくお茶会に登場し、王妃に無礼な態度をとったのはアルフォンスだ。シュラインへ怒りを向けるのはお門違《かどちが》いである。

「では母上、私と妻は退出してもよろしいですか」

　王妃からの粘着質《ねんちゃくしつ》な視線を浴びても、アリサから熱のこもった視線を送られてもどこ吹く風といったアルフォンスは、涼しい顔で王太后に退出の許可を貰おうとする。

「今頃、会議が進まなくなり元老院は混乱しているでしょうね。仕方ないわ。シュライン、アルフォンスを連れて行ってちょうだい」

　額に手を当てた王太后に頼まれてしまったら、シュラインには頷くしか選択肢はない。

「王太后様、王妃様、アリサ様、申し訳ありません」

「では、母上、義姉上、失礼します」

　申し訳ないと頭を下げるシュラインを尻目に、アルフォンスはニヤリと口角を上げた。


　王太后宮から辞したシュラインは、アルフォンスに手を引かれ王宮へと向かう。

　指と指とを絡ませたいわゆる恋人繋《つな》ぎなのは、密着されるのは暑いから少し離れてほしいと、お願いしたからだ。

　日射しを避けて木陰《こかげ》を歩く気遣いはありがたいが、手を繋いで歩く二人の後ろに護衛騎士がいると思うと、恥ずかしくて堪らない。

「どういうつもりですか」

何故、会議を抜け出してお茶会中の王太后宮へ来たのか。

何故、あんな恥ずかしいことをして自分を連れ出したのか。

涼しい顔で少し先を歩くアルフォンスに問いたいことは沢山《たくさん》あった。

「あの場から抜け出すいい口実になっただろう？　私としては、あんな殺伐《さつばつ》とした茶会に参加などしたくはないし、可愛い妻に負担など与えたくはないからな」

「アルフォンス様」

茶化すように言うアルフォンスをシュラインは睨む。

ばつが悪そうに、繋いでいない方の手で口元を覆ったアルフォンスは、足を止めてシュラインを横目で見た。

「あの王妃の鼻を明かしてやりたかったのと」

そこで言葉を切り、アルフォンスは繋いだ手に力を込めた。

「……心配だった」

先程、王妃へ喧嘩《けんか》を売るような大胆な行動をしたアルフォンスは、たった一言の本心を口にするだけで顔を赤らめて照れてしまった。

照れているアルフォンスは、自分よりも年上なのに幼く見えて可愛いじゃないかと、シュラインの苛立ちは凪《な》いでいく。

(可愛い……これがギャップ萌《も》えというやつかしら？　はぁ、わたくしって単純だったのね)

「アルフォンス様は心配性ですね」

吊《つ》り上がっていた眉は下がり、一文字に結んだ口元はゆるんでしまいそうになる。

「シュラインのこととなると、弱くなると最近気付いた」

未《いま》だに赤い顔を見せまいと、横を向いてしまったアルフォンスに手を引かれ、王宮の建物の手前にある庭園の一角に設置されたガゼボへ辿《たど》り着いた。

木陰にあるガゼボは涼しく、吹き抜ける風が火照《ほて》った肌を冷やしてくれる。

アルフォンスに手を引かれ、シュラインもベンチに腰掛けた。

「会議に戻らなくていいのですか？」

「シュラインが一緒にいるのに、急いで戻る必要はないだろう」

「もうっ！」

この甘ったるい男は誰だろうか。見た目は変わらないのに中身だけ砂糖菓子になったのか。

恋人に夢中になっている王弟と偽装《ぎそう》結婚したのではなかったのかと、シュラインは首を傾げた。

最近のアルフォンスは糖分過多で、側にいると落ち着かず逃げ出したくなる。

初めて表へ出してくれた可愛らしい一面を見てしまった以上、シュラインは会議へ戻ろうとしない彼を叱ることができなかった。


お茶会の日の夜、不機嫌なアルフォンスが持って来たのは王太后からの手紙だった。

王太后の直筆の手紙に書かれていたことは、主に二つ。

お茶会の途中、シュラインがアルフォンスと共に退席した後、目に見えて苛立った王妃がティーカップをひっくり返したことと、シュラインが作った菓子を食べたい、というもの。

「母上の分まで作るのは大変だろう。私から断っておくよ」

「いいえ。王太后様に食べていただけるなんて光栄なことです。わたくし、頑張って作ります」

「……私の食べる分が、いや、分かった。母上には伝えておく」

「はい。明日、王太后様へ持って行けるように準備しますね。アルフォンス様、ごゆっくりしていてください」

侍女に手紙を預けたシュラインは、駆け足で部屋を出て行った。

部屋に残されたのは、渋面《じゅうめん》のアルフォンスと笑いを堪えたフィーゴのみ。

「……何だ？」

「いえ、殿下にそんな顔をさせるとは、素晴らしい奥様だと思っただけです」

「そうだな。少しゆっくりするか」

苦笑いしながらアルフォンスは椅子に座り、シュラインが用意した焼き菓子に手を伸ばした。


アルフォンスから手紙を受け取った翌日、朝からエプロンを着けたシュラインは調理場に立ってシンプルなロールケーキを作った。

出来上がったロールケーキは、王宮へ向かうアルフォンスに託した。

ロールケーキを食べた王太后からていねいなお礼の言葉と共に、次に食べたいお菓子のリクエストがされていた。


「ふふっ、我ながら見た目も可愛くできたわ」

「奥様、すごく美味《おい》しそうです」

淡いピンク色のクリームでデコレーションしたケーキを見て、手伝いをしていたメイドから感嘆の声が上がる。

今回は「クリームと果物《くだもの》がたっぷり入ったケーキ」をリクエストされて、前世の記憶を元に早朝から張り切って作った木苺《きいちご》のピューレ入りのショートケーキ。

特別に作らせたケーキ箱にショートケーキを入れ、昼食を抜くことが多いアルフォンスへ渡すサンドイッチも用意して、侍女二人と共にシュラインは王宮へ向かった。

「王弟殿下の執務室と王太后宮を訪問します」

「はっ、お気を付けて」

「ありがとう」

馬車から降りたシュラインは、出迎えた衛兵にアルフォンスの執務室へ行く旨を伝える。

お菓子を届けるため王宮を訪れるのは今回で三度目ともなると、衛兵とも顔見知りになっていた。

衛兵は敬礼して、シュラインと侍女達を見送ってくれた。

本音は、王太子やアリサと顔を合わせてしまう可能性がある王宮へは向かわず、真っ直ぐに王太后宮へ行きたいところだ。

だが昨夜、ケーキ作りの材料を揃《そろ》えていたのをアルフォンスは知っているし、せっかく作ったサンドイッチも渡さなければならない。

王太后からリクエストされたケーキを持参すると知っているアルフォンスを無視し、王太后宮へ向かったら彼が拗ねて後々面倒なことになると、治療を受けてから今日までの短期間で知った。

（食事を持って行かないと、アルフォンス様は何も食べてくれない。これは健康管理のためよ！）

ケーキの箱と軽食入りのバスケットを抱えて、王宮の奥へ向かって歩く。

王弟の配偶者《はいぐうしゃ》であるシュラインと擦れ違う度に、使用人達が通路の両端へ寄り頭を下げる。

低頭されることに慣れず、早く執務室へ向かおうと歩む速度を早めるシュラインの前方から、華やかな一団がやって来るのが見えて小さく「げっ」と呟《つぶや》いてしまった。

金糸の薔薇《ばら》の刺繍《ししゅう》と縫い込まれている宝石の輝きが目立つ、朝から目に優しくない深紅色のドレスを着た王妃を先頭にして、その後ろをアリサと侍女達が付き従って歩いている。

国王夫妻の居住区画から離れたこんな場所で王妃に会うとは思わなかった。もしかしたら、シュラインが登城《とじょう》したのを知りわざわざここまで来たのかと、勘ぐってしまう。

眉《まゆ》を顰《ひそ》めたくなるのを抑えて、表情筋に力を込め平然とした表情の仮面をつける。

「あらぁ、ごきげんよう」

カーテシーをするシュラインを見下ろす王妃は、扇で隠した唇の端を上げた。

「王妃様、アリサ様も、ご機嫌麗《うるわ》しく」

「登城して真っ先に、わたくし達へ挨拶をしに来ないとは失礼ではなくて？　貴女はいつからわたくしを無視できる立場を得たのかしら？」

挨拶の言葉を言い終わる前に、王妃は鋭い口調でシュラインを叱責する。

理不尽な叱責だと思っても王妃の方が身分は上、奥歯を噛み締めぐっと堪えた。

「申し訳ありません。王太后様とアルフォンス様に用事がありましたので、その後にご挨拶へ伺うつもりでした」

「まぁー！　王太后様を優先するだなんて！　王妃のわたくしを蔑《ないがし》ろにしてもよいと思っているのね！」

王太后と聞いた瞬間、王妃の目は見開かれいつもは垂れている目が吊り上がった。

廊下中に王妃の甲高い声が響き、遠巻きにやり取りを見ていた者達が逃げるように下がっていく。

「蔑ろになど思ってはおりません」

「では、どういうつもりだったのかしら？」

「不快に思われたのでしたら申し訳ありません。王太后様とのお約束の時間が迫っておりましたので、後程にと思ってしまいました」

「お黙りっ！　そんな言い訳など必要ないわ！」

目を吊り上げた王妃は、怒鳴り声を上げると共に扇を持つ腕を振り上げた。

バシッ！

「きゃあっ！」

勢いよく振り下ろした扇がシュラインの頬へ当たる。

頬を叩かれた衝撃で体が傾ぎ、持っていたケーキ箱が床へ落ちた。

「シュライン様っ！」

よろめいて転倒したシュラインの顔をさらに殴打しようと王妃が振り下ろした扇を、護衛騎士が自らの腕で受け止める。

床へ倒れたシュラインを真っ青な顔色で侍女が抱き起こし、扇の先端が当たりできた頬の擦り傷にハンカチをあてた。

「あらあら、大変」

顔を赤くする王妃から離れて、傍観するアリサは口元に手を当て愉《たの》しそうに目を細めた。

「貴女がアルフォンスの妻となったのは、生意気にも王太后に取り入ったからでしょう？　ヘンリーの婚約者になった時も気に入らなかったのに！　アンタみたいな悪役令嬢がアルフォンスの妻だなんて、卑《いや》しい女だこと！」

一気に捲し立てた王妃は、護衛騎士と侍女に庇《かば》われるシュラインを憎々しげに見下ろした。

「悪役令嬢？」

この世界では聞きなれない言葉、でも前世の記憶では聞き覚えのある言葉が王妃の口から出たことに驚き、侍女に抱えられたシュラインは目を見開いた。

（今、王妃の言った悪役令嬢って、どういうことなの？）

扇で叩かれた頬と転倒した際に捻《ひね》った足首の痛みと、王妃から言われた言葉の意味に混乱したシュラインは、頬を押さえて狼狽《うろた》える。

「悪役は悪役らしく、地べたに這っていなさい！」

ガツンッ！

叫ぶと同時に王妃は片足を上げ、高いヒールの踵《かかと》で床を踏み鳴らした。

殴打しても怒りが収まらない王妃は、謝罪の言葉を伝えても許してはくれないだろうと、シュラインは焦る。こんなに目立つ場所で騒いだら、騒ぎを知った誰かがアルフォンスに連絡してしまう。

それに、王妃と揉《も》め事《ごと》を起こしたと一気に広まれば、社交界で敬遠されかねない。

（こちらに大して非がないとしても、王宮で王妃相手に騒ぎを起こしてしまうなんて。アルフォン

ス様やお父様にご迷惑がかかってしまう。責を問われたら……どうしよう）

打開策はないかと周囲を見渡した時、シュラインは大きく目を見開いた。

「悪役、卑しい女とは、誰のことだ」

静かだが威圧感《いあつかん》のある声が王妃一行の背後から聞こえ、勢いよく一同は振り返った。

「ア、アルフォンス？　どうして!?」

「これだけ大騒ぎをしてくれたら、私へ知らせが来るのは当然だ。それよりも、誰が卑しいだと？」

静かな声で問うアルフォンスの表情は、怒気以上の圧力、刃物を彷彿《ほうふつ》とさせる鋭さを含んでいた。

冷笑を浮かべたアルフォンスの迫力に圧《お》され、顔を強張らせた王妃はじりじりと後退《あとじさ》る。

「シュラインを妻にと選んだのは私だ。兄の婚約者を陥《おとしい》れ王妃の座を得たような貴女に、シュラインを貶《おとし》める資格はない」

「な、何ですって、わたくしはこの国の王妃ですよ！」

「だから何だと言うのだ」

アルフォンスから発せられる威圧感に耐えきれず、「ひっ」と王妃の侍女から悲鳴が漏《も》れた。

「私の妻へのこの仕打ち、必ず貴女へお返ししよう」

冷笑をさらに深くするアルフォンスは、逆らう者全てを破壊しつくす魔王のようだ。

〝冷徹な王弟殿下〟からの圧力を受けた王妃の侍女達は、みな震え上がっていた。

「アルフォンス！　貴方はっ」

「義姉上、その見苦しい姿をまだここで晒すおつもりですか？」

王宮の中央、高官達も利用する通路には多くの官僚や使用人達が通っていた。

遠巻きに様子を窺《うかが》う者達の多さに気付いた王妃は、羞恥と怒りで全身を赤く染める。

体を震わせた王妃は、踵《きびす》を返すと逃げるように去って行った。

「うふふっ、アルフォンス様、シュライン様、お騒がせして申し訳ありませんでした」

一礼したアリサが、上目遣いにアルフォンスを見て王妃の後を追った。

傍観《ぼうかん》していた官僚達へ仕事に戻る様に命じ、アルフォンスはシュラインの肩を抱いて彼女の顔を覗《のぞ》き込《こ》んだ。

「大丈夫か」

扇で叩かれて赤くなった頬を避けながら、指先で顔の輪郭《りんかく》をなぞる指先が優しくて、シュラインの中で堪えていた悲しさと悔しさが湧き上がってくる。

「アルフォンス様、わたくしは大丈夫です。でも、ケーキが」

床へ落ちたバスケットは侍女が拾ってくれていた。

バスケットの中に入っていたケーキ箱が無事か確認して、シュラインはガクリと肩を落とした。

サンドイッチの箱は無事だが、ケーキの箱は無惨《むざん》にひしゃげてしまい斜めに片寄ってしまった。

中身を確認しなくともケーキは潰《つぶ》れて崩《くず》れてしまっているだろう。

「せっかく、作ったのに、食べてほしかったのに……」

堪えていた思いを口に出せば、ポロポロとシュラインの目から涙が零《こぼ》れ落ちた。

アルフォンスの人差し指が零れる涙をそっと拭《ぬぐ》う。

「形は崩れてしまっても味は変わらない。後でもらうよ」

痛ましげに眉を寄せ、シュラインの額へ口付ける。

そうしてシュラインの背中と膝裏へ腕を回し震える体を抱き上げた。

「じ、自分で歩けますっ」

「駄目だ。頬を打たれて転倒した際、手首と足を痛めただろう。大人しく運ばれなさい」

下ろして欲しいと訴えるシュラインに微笑みかけ、アルフォンスは執務室へ向かって歩き出した。

＊＊＊

クッションを敷き詰めたヘッドボードに背中を預け、ベッド上で上半身を起こしたネグリジェ姿のシュラインは、読み終わった本を閉じてベッドサイドに置いた。

テーブルの上に置かれた新しい本と読み終わった本を交換するため、顔を上げて部屋の隅に控えている侍女に目配せする。

「奥様、続巻でございます」

「ありがとう」

左頬、左手首と左足首に軟膏を染み込ませた布を貼ったシュラインは、侍女から手渡された続巻を受け取る。

本の交換くらい自分でやりたいところだが、アルフォンスにより食事と入浴、トイレ以外はベッドから下りるのを禁止されてしまった。常に女性の護衛騎士と侍女が側にいる状況では、こっそりベッドから出ることもできず大人しく読書をしているしかない。

飽きないようにと、アルフォンスは流行《はや》りの恋愛小説や冒険小説を大量に用意してくれた。といっても、動きを制限された生活は暇で、療養二日目にして早くも読書には飽きてしまっていた。

痛めていない方の手の甲で、大量の文字を読んで疲れた目を擦る。

（悪役令嬢、ね。わたくしを叩いた時、激昂した王妃は〝悪役令嬢〟と言ったわ。流行りの恋愛小説には、意地悪な令嬢は出てきても悪役と呼ばれる令嬢は出て来ない。王妃は何故、わたくしのことを悪役令嬢と言ったのだろう？）

いくら考えを巡らせても、この世界で出て来ない言葉を口にした理由は一つしか思い浮かばない。

シュラインは開いていた本を閉じてクッションに凭れ掛かった。

「はぁー」

「大丈夫ですか？　シュライン様は何も悪くありませんし、私達は皆シュライン様の味方でございます。お気にならさないで療養なさってください」

溜《た》め息《いき》を吐《つ》き項垂《うなだ》れたシュラインの横で侍女は鼻息を荒くする。

「ねぇ、テラスに出るくらい、駄」「駄目です」

言い終わる前にキッパリ言われてしまい、シュラインは言葉に詰まる。

王妃から身を挺《てい》して庇《かば》えなかったことを悔いて涙ながらに謝罪してきた彼女は、床に頭を擦り付けてシュラインへ生涯《しょうがい》の忠誠を誓った。そのせいなのか、侍女の中で一番厳しく過保護だ。

「殿下の指示により、手首と足首の捻挫《ねんざ》、頬の腫れが治まるまでは外出禁止、厨房《ちゅうぼう》へ行くのも殿下が許可されるまで禁止です」

「うぅ、分かっています」

女性騎士からも念押しされてしまったら、もう引き下がるしかなかった。

「ふう……」

読みかけの本のページに栞《しおり》を挟み、枕元へ本を置く。

テーブルの上の置時計を確認し、もう日暮れ時だと気付いた。

もう少ししたら、王宮から仕事を抜け出したアルフォンスがやって来る。

シュラインが怪我《けが》をしてからというもの、一日二回、昼食前と夕食前になると彼は王宮を抜け出して離宮へ来るのだ。

(そうだ、あの時のアルフォンス様は怖かったなぁ。怒気、殺気？　あの王妃が怯《おび》えるくらい、凄《すご》く怒ってた。冷静なアルフォンス様でも激怒することがあるのね。その理由がわたくしだなんて)

今にも王妃を殺《あや》めてしまうのではないかと思うくらい、殺気と怒気が入り交じった恐ろしいオーラを放っていた。数年前まで、辺境の小競り合いに騎士団に混じって出陣していた猛者《もさ》でもあるアルフォンスが本気を出せば、息を吐く間もなく王妃を殺害できるのだと理解した。

重傷ではないし、ここまで安静にしなくても大丈夫だからと伝えても、彼はシュラインの様子を見に来る。心配してもらえるのは純粋に嬉しいけれど、こうも大事にされたら勘違いしてしまう。

(もしかしたら、わたくしを契約上ではなく本当の妻として扱ってくれている？　ううん、そんなことはないわ。ちゃんと契約書を作成しているし。大事にされているのが、勘違いだったら……悲しすぎるわ。わたくしが揺れては、駄目なのよ)

ベッドの上で抱えた膝に顔を埋める。

ここまで大事にされてしまったら、利害関係から心配されているのではなく彼に愛されているのではないかと、自惚《うぬぼ》れてしまいそうになる。

部屋へ運び込まれた夕食から、美味しそうな匂いがする。

日中、ほとんど動かなかったせいで、あまり空腹を感じていなかったはずのシュラインのお腹《なか》が、ぐぅっと鳴り空腹を訴えだす。

お腹の音を響かせてしまい、恥ずかしさからベッドの上で転がりたいのに、傍《かたわ》らにいるアルフォンスは小さく笑うだけで離れてくれない。

「はい、口を開けて」

チーズの香りが食欲をそそるリゾットをスプーンで掬い、アルフォンスは甲斐甲斐《かいがい》しくシュラインの口元へ運ぶ。

捻った手首に負担をかけないように、アルフォンスからいわゆる「はい、あーん」をされているのだ。

「あの、アルフォンス様」

捻った手首は左手首でシュラインの利き腕は右。痛めた手首は使わない、と言いたいのに言えない。否、言わせてもらえない。

「シュライン」

笑顔でスプーンを持つアルフォンスの圧力に屈し、シュラインは口を開けた。

熱すぎず冷ましすぎず、丁度良い温かさのリゾットが口一杯に広がる。

「わたくし、自分で食べたいのですけど」

「駄目だ。治るまで私が食べさせる」

昨夜も今日の昼食時にも、同じやり取りをしたばかり。一日二回も王宮から抜け出して、彼の扱う仕事は大丈夫なのかと心配になる。


夕食を食べ終わっても、アルフォンスはシュラインの側から離れようとしない。

ソファーに座るシュラインの手首と足首の湿布《しっぷ》を、楽しそうに貼り替える彼を見ていると、段々と胸の奥から胃もたれのようなむかつきが生じてくる。

(以前の彼はこんな感じで、傷を負ったリアム様の世話を焼いていたのかしら？)

負傷したことでアルフォンスの中で世話を焼く対象が、リアムからシュラインへ移っただけだとしたら、少し寂しい。

「アルフォンス様、そろそろ別宅へお帰りになる時間ではありませんか？」

「駄目だ。貴女が眠るまで側にいる」

「えぇ～？」

つい、子どもっぽく唇を尖《とが》らせてしまった。

唇を尖らせ首を横に振って拒否するシュラインに、アルフォンスは「ぶはっ」と吹き出した。

「私が側にいて嫌がる女性はシュラインくらいだ」

「はぁ、それはそうでしょう」

社会的地位と財力を持った素敵な男性が側にいたら、大概《たいがい》の女性はときめき頬を赤らめるだろう。

契約上の偽装結婚だと割り切ったシュラインでさえ、最近はアルフォンスが近くにいると落ち着かない気分になるのだから。

「わたくし、昔から一人寝が好きなので、誰かが傍にいると寝付けないのです」

「今後、ベッドを共にすることを考えて、慣れるために手を繋いでいようか」

「えっ⁉」

膝の上に置いていた手を引っ込める前に、アルフォンスの手に捕らわれ指と指が絡まる。

「今後って、まさか一緒に寝るつもりですか？　それは駄目です。もう早く別宅へ帰ってください」

「嫌だ」

至極《しごく》愉しそうに喉を鳴らすアルフォンスに抱き上げられて、抗議の声を無視されたシュラインはベッドへ運ばれてしまうのだった。

＊＊＊

精神を鎮め安眠できるよう、特別に調合させた薬湯を飲ませた後、眠るまで手を繋いでいると言い張るアルフォンスへ文句を言いつつ、シュラインはすんなり目蓋を閉じた。

「本当に、無防備《むぼうび》だな」

警戒しているようで無防備な、実年齢よりも幼く見えるシュラインの寝顔が可愛らしくて、布を貼った頬に軽く触れるだけの口付けを落とす。

このままシュラインを抱き締めて眠りたいところだが、片付けなければならない仕事が執務机の上に山積みとなっている。

軟膏を塗りかえた時に確認した扇の先端が擦った傷は、幸いにも痕が残るような深い傷ではないが、殴打《おうだ》された頬は腫れ内出血で青く変色していた。

遠くから見えた王妃がシュラインを殴打したのを見た瞬間、全身が沸騰《ふっとう》するかと思うくらい体の内から怒りの感情が湧き上がった。

もしも、王妃がアルフォンスの手が届く範囲にいたならば、王宮ではなく帯刀《たいとう》していたら……自分を抑えられる自信はなかっただろう。

「おやすみ」

眠るシュラインの滑らかな手触りの髪を一撫でし、名残惜しい感情に蓋《ふた》をしたアルフォンスは部屋を出た。

部屋を出て直ぐに、前方に立つ人物に気付いたアルフォンスは足を止める。

「言いたいことがあるのなら早く言うがいい」

「殿下は、お嬢様をどうされたいのですか」

瞳に暗い光を宿したスティーブは、敵意を隠さずにアルフォンスへ問う。

「シュラインは私の妻だ」

「お嬢様との婚姻《こんいん》期間は、二年間だけという契約ではなかったのですか？　何故っ」

「母上から打診された時は離婚前提の婚姻のつもりだった。だが、今は手離す気はない。理由は、お前が一番分かっているだろう」

拳を握り締めたスティーブの表情が悔《くや》しげに歪んだ。

「では、あの方はどうされるおつもりですか」

「いずれお前の力を借りる。それまでは、暴走するなよ」

「……御意」

頭を垂れたスティーブは、感情を封じ込めるように胸に手を当て、玄関ホールへ向かうアルフォンスを見送った。


王宮へ戻るため、離宮を出たアルフォンスが馬車へ乗り込むと、黒装束《くろしようぞく》の男が音もなく入口から入り護衛騎士の隣へ座る。

「殿下、読み通りあの方と接触しているようです。いかがいたしますか？」

「フッ、ククク ッ」

情報収集のため放っていた影からの報告に、アルフォンスの口から乾いた笑いが漏れた。

「あの女が、シュラインへ手を上げた時の目撃者は多い。一方的に絡み激昂しシュラインに傷を負わせ、私との関係は悪化したと周囲に知れてしまった。王太后からは叱責され、元老院からは糾《きゆう》弾《だん》される。それらが重なり媚を売っていた連中は保身のため離れていく、となればあの女は耐えられんだろうな。その苛立ちが何処《どこ》へ向かうかなど分かりきっている」

あの女達の行動はある程度予測し、予測しうる全ての行動への対応は考え、逃げられぬよう退路も塞《ふさ》いである。長い時間をかけた包囲網《ほういもう》は、あの狡猾《こうかつ》な女でも突破できないだろう。

『うぅ、ケーキが……』

常に気丈に振る舞い、人前で沈んだ姿を見せまいとするシュラインが流した涙。彼女の涙を見た瞬間、アルフォンスの内に稲妻《いなづま》が走った。

体を震わせ涙する泣き顔が可愛い。抱き締めてどろどろに甘やかして慰めてやりたい。

泣き止んで欲しい。悲しみに沈む顔よりも、満開の花のような笑顔が見たい。

反面、涙を流す彼女がいじらしくて、もっと泣き顔を見ていたい。

自分以外の者に泣かされるのは許せないが、泣かせてみたいという歪んだ感情が生じる。

理不尽《りふじん》な婚姻を受け入れ、女という生物に関心を抱けなかったアルフォンスの心変わりまでさせた、稀有《けう》な存在。そんなシュラインを傷付け泣かせた罪は重い。

（さて、どうしてやろうか……）

幼い頃から抱いていた王妃への嫌悪感と相俟《あいま》って、憎悪というどす暗い感情が湧き上がる。

嫌悪感しかないあの女には、処刑など生温い処罰など与えはしない。じわりじわりと追い詰めた末に発狂してしまえばいい。

（シュラインを泣かせていいのは、私だけだ）

「フィーゴ、王宮へ戻り次第動く」

「よろしいのですか？」

アルフォンスの纏う雰囲気が変わったのに気付き、フィーゴからは軽い口調は消え、王弟の忠実な側近の顔となる。

「期は熟した。次の満月に決行すると伝えよ」

「はっ」

黒装束の男はアルフォンスへ頭を下げ、扉を開くと走る馬車から飛び降りた。

馬車の窓に付けられているカーテンの隙間から見えた夜空には、上弦の月が光り輝いていた。

四章✦まさかの展開に震え、抑えていた想いを自覚する

甘ったるいフレーバーティーの香りが充満した豪華な部屋の中央で、アリサは両手を胸に当ててうっとりとした笑みを浮かべながらくるりと一回転した。

ピンク色のドレスの裾《すそ》が満開の花のようにふわりと広がる。

「やっぱり、彼の方が素敵よね」

クスリと笑ったアリサが胸に抱いているのは、宮廷絵師に描かせた二枚の姿絵《すがたえ》。

姿絵を胸に抱いたまま、アリサは顔を動かして後ろを向く。

「ねぇ、例のアレを私に分けて頂戴《ちょうだい》な」

「何をするつもり？」

気だるそうにソファーへ寝そべるこの部屋の主は、俯《うつむ》けていた顔を上げた。

「私達が欲しいモノは一緒でしょう？」

「何が言いたいの」

ソファーの背凭《せもた》れを摑《つか》み、体を起こした女性はアリサを睨《にら》む。

「貴女《あなた》には監視がついているし、しばらくは自由に動けないのでしょう？　だから、私がアレを使って彼を手に入れるの。睨まなくても、彼を手に入れたらちゃんと分けてあげるわよ」

「貴女は、本当に怖いわ。私よりもずっと怖いことを考えるのね」

乱れた髪を掻《か》き上げた主の視線の先には、アリサの抱く絵姿があった。

愉《たの》しげに口角を上げたアリサは、猫のように目を細める。

「怖い？　貴女がやり出したことじゃない。あの子は私が指示しなくても動く気満々だわ。だからね」

胸から離した絵姿のうち、一枚をテーブルに置く。

「邪魔《じゃま》な悪役令嬢《れいじょう》には消えて貰《もら》わなきゃ」

恍惚《こうこつ》の表情を浮かべ、アリサは腕に残った絵姿を見詰《みつ》める。

姿絵には、軍服を着て帯刀《たいとう》した凜々《りり》しい姿のアルフォンスが描かれていた。

＊＊＊

外せない政務があるため、昼食時に来られないからと早朝に離宮を訪れたアルフォンスは、寝起きで寝癖《ねぐせ》のついた乱れた髪とネグリジェ姿のシュラインとは違い、きっちりとジャケットを着た仕事仕様の姿だ。

ここ数日は、休憩を兼ねて離宮へ訪れていたアルフォンスは、ジャケットを脱いでシャツの襟元《えりもと》をゆるめた格好だったため思わずシュラインは凝視してしまった。

「どうした？」

「はっ！」

かっちりとした姿で後光のような朝日を背にした彼の眩《まぶ》しさに、直視しているうちに目がチカチカしてきてつい視線を逸《そ》らす。

(朝日で髪が煌《きら》めいているせいで美貌《びぼう》と色気が全開になっているわ！　朝日を背にしていると、眩し過ぎて直視できない！　でも、負けちゃ駄目よ。今日こそ言わなければ)

逸らしていた視線を戻し、シュラインは椅子《いす》に座ったままアルフォンスを見上げた。

「傷が痛むのか？　それとも体調を悪くしたのか？」

身を屈《かが》めたアルフォンスの顔が近付き、シュラインの胸がドキリと跳ねた。

「いいえ。そうではありません。ただ、早朝にアルフォンス様がいらっしゃるのが不思議だと思っただけです」

「そうか。では、これからは朝も共に過ごせるようにしよう」

微笑《ほほえ》むアルフォンスの言葉に頷《うなず》きかけて、ハッとなったシュラインは動きを止める。

(あれ？　朝も共に過ごす？　流されるところだった……危なかったわ。もし迫られたら、アルフォンス様を拒否しきれるか分からないもの)

頷いてしまっていたら、毎日帰って来るアルフォンスに流されてしまい、彼と同衾《どうきん》する流れになってしまいそうだ。

シュラインの焦《あせ》りをよそに、アルフォンスの指が頬《ほお》に貼っているガーゼをなぞる。

「ゆっくりしていきたいところだが、今日は時間がない。傷の確認をしよう。シュライン、じっとしていなさい」

「う、はい」

頬をなぞっていたアルフォンスの指が、肌に負担をかけないようゆっくりガーゼを剝《は》がしていく。

「傷は、治ってきたようだ。あとは、早くこの内出血《ないしゅっけつ》が治まればいい。取り寄せた軟膏《なんこう》がよく効いてくれたな」

息を吐いたアルフォンスは、テーブルの上に置かれた硝子《ガラス》の箱から取り出したガーゼに慣れた手つきで軟膏を塗り、まだ少し内出血が残っている頬へ貼る。

「手首と足は痛むか？」

床に片膝《かたひざ》をつき、アルフォンスは慣れた手つきで左手首の包帯を外していく。

「少し、でも大分よくなりました」

「よかった」

手首の腫《は》れを確認して、手の甲を撫《な》でたアルフォンスは頬と同じようにガーゼを貼りかえる。

次に下方へ伸びたアルフォンスの手は、足首の包帯を外していく。

「腫れは治まってきたが、足首はまだ内出血がひどいな」

頬と手首と同様に、アルフォンスはヘラで軟膏を塗ったガーゼを足首に貼り包帯を巻いていく。

「んっ」

スカートの裾が捲《まく》れ上がり、露《あらわ》になった太股《ふともも》にアルフォンスの吐息がかかり、シュラインは下腹部の奥が疼《うず》いてしまうのを止めようと下唇《したくちびる》をきつく結んだ。

「早く治ってくれ」

包帯を巻き終わったアルフォンスの指が脹脛《ふくらはぎ》に触れ、まじないのつもりなのか彼は足首と足の指にちゅっとリップ音を立てて口付けた。

（はぁ、もう終わり？　そうよね、湿布《しっぷ》を代えるだけだもの。わたくしは何を期待しているのよ！）

湿布を貼りかえるだけだと分かっているのに、アルフォンスの指が肌に触れるだけで背中が粟立《あわだ》つ感覚がする。

腫れた秘部の治療で覚えてしまった快感を得たいと、また疼く場所を触れてもらえるかもしれないという、厭《いや》らしい期待をしている自分がいて、シュラインは眩暈《めまい》がしてきた。

「痛むのか？」

「い、いいえ、くすぐったかった、だけです」

「そうか」

布巾で指を拭《ぬぐ》い、立ち上がったアルフォンスから視線を逸らし、シュラインは数回深呼吸して乱れてしまった呼吸を整える。

「体調は問題ありません。あの、アルフォンス様。痛みは治まってきましたし部屋の外へ、気分転換に庭へ出たいのです。部屋にばかりこもっていたら、息が詰まります」

扇《おおぎ》で叩《たた》かれてできた擦過傷《さつかしょう》と内出血で青くなっていた頬も、捻《ひね》った手首と足首も安静とアルフォンスと侍女《じじょ》達の献身的な看病により大分治ってきた。

侍女と護衛騎士の監視下でもかまわないから、もうそろそろ部屋の中から出たい。

「外へ、か」

口元へ手を当てたアルフォンスは、少しだけ思案してニヤリと笑った。

「そうだな。貴女が、可愛《かわい》らしくおねだりしてくれたら、考えようか」

「っ⁉」

目を細めたアルフォンスは愉しそうに口角を上げた。

意地悪そうな笑みを浮かべたアルフォンスに見詰められ、シュラインは彼の期待する〝おねだり〟をしなければ許してもらえないと理解して、恥ずかしさに体が震えそうになる。

異性に対して、可愛らしいおねだりをするなんて、今まで一度もしたことはないし前世の記憶にもなかった。

でも、この軟禁生活から抜け出せるのと一時の羞恥《しゅうち》、どちらが自分にとって重要かとシュラインは脳内でシミュレーションする。可愛らしく甘えておねだりする自分の姿を想像して、羞恥心から両手で顔を覆《おお》って身悶《みもだ》えたくなるが、軟禁状態から脱出するためなら耐えられるはずだ。

握った両手を胸元に当て、シュラインはアルフォンスの真正面に立ち、彼との距離を縮めた。

「アルフォンス様、お願い。外に出たいの」

かつて学園生活で目撃した、ヘンリーに甘えるアリサの仕草《しぐさ》を思い出して、彼のジャケットの肘《ひじ》部分を摑んで上目遣《うわめづか》いに見上げる。

笑みを消して何も言わないアルフォンスを見上げ、これでは駄目なのかと不安と羞恥心からシュラインの眉尻《まゆじり》が下がっていった。

「だめ？」

頑張ったのに駄目なのかと悲しくなり、シュラインの瞳《ひとみ》に涙の膜が張っていく。

「……ぐっ」

右手で胸を押さえ、苦しそうに呻《うめ》いたアルフォンスはグッと目を瞑《つむ》った。

「まさか……破壊力が、こんなに、くっ」

「アルフォンス様？」

片手で顔を覆ってブツブツ呟《つぶや》くアルフォンスに、何か気に障《さわ》ったのかとシュラインは戸惑《とまど》う。

「はぁ、すまない。これ以上は私がもたない。部屋の外へ出ることを許可するかは、後々連絡する」

「えっ、あのっ、アルフォンス様、どうかされました？」

突然、シュラインに背中を向けたアルフォンスは片手で顔を覆い、足元をふらつかせながら部屋から出て行ってしまった。

「ぷっくく、奥様はお気になさらず、では私も失礼いたします」

口元と肩を震わせながら護衛騎士も、一礼してアルフォンスの後を追って行った。


夕陽の朱《しゅ》と夜の藍色《あいいろ》が混じり合う空になる時刻、高級住宅街の外れに建つ屋敷の二階、大通りが見渡せる窓の前で少年は道行く馬車を眺《なが》めていた。

待ち焦がれている相手が乗った馬車は一向に現れない。

儚《はかな》げな美少女にしか見えない、少年の長い睫《まつげ》毛は悲しみで小刻みに震えた。

「今日もアル様はいらっしゃらないの？」

落胆した声で少年は背後に立つ執事《しつじ》へ問いかける。

「はい。急ぎの案件があるらしく時間が確保できないと」

「そうは言っても、奥様のところには通っているのでしょう！」

がしゃんっ！

握り締めた拳《こぶし》で窓枠を叩き、窓硝子が派手な音を立てて揺れる。

「やっぱり、あの方の教えてくれた通りなんだね。アル様は、僕よりも奥様が大切なんだ」

街へ買い物に出た時に、偶然知り合った新しい友達が教えてくれた情報は、少年に激しい衝撃と悲しみを与えた。

『王宮に勤めている知人が教えてくれたわ。貴方《あなた》の王子様は奥様に本気で夢中になっているそうよ』

あの時は違うと一笑《いっしょう》に付したけれど、彼女の教えてくれた情報は正しかったのだ。

「僕は、また捨てられるの？」

涙を浮かべた少年は体を震わせ、執事の腕にすがり付く。

「リアム様」

目蓋《まぶた》を伏せた執事は少年の肩へ腕を回し、彼を慰《なぐさ》めるように背中を摩《さす》った。

「私めにお任せください」

優しく労《いたわ》るように背中を摩る手のひらの動きとは違い、執事は暗い光の宿った瞳と口元を歪《ゆが》め、少年を抱き寄せた。

＊＊＊

療養という名の軟禁生活は一週間続き、手首と足首の捻挫《ねんざ》の腫れと痛みは大分治まった。

ベッド上のみだった行動範囲も、室内を歩くまで許可されシュラインは量を調整しながら離宮の女主人としての仕事を再開していた。

「……以上が、殿下からのお言付《ことづ》けでございます」

「アルフォンス様は、他には何か言ってなかった？」

昼食後、王宮から届けられたアルフォンスからの言付けを告げる側仕《そばづか》えのメイドへ、シュラインはソワソワしながら問う。

「いいえ。『大人しくしているように』としかおっしゃいませんでした」

「そんなぁ！　ひどい！」

淑女《しゅくじょ》にあるまじき声を上げて、シュラインはガックリと肩を落とす。

(可愛らしくおねだりしろ、だなんて無茶苦茶なことを言われて、わたくし頑張ったのに。あんな、あんなに、恥ずかしかったのにぃ)

メイドの前だというのに、持っていたペンを握り締めたシュラインは眉を吊《つ》り上げた。

(外へ出ていいも悪いも、何も言わないだなんて！　わたくしの頑張りは何だったのかしら!?)

部屋に一人だったら、叫び声を上げて近くに置いてあるクッションを殴っていただろう。

「シュライン様？」

ソファーのクッションを睨み付けるシュラインをメイド達が心配そうに見る。

「な、何でもないわ」

誤魔化《ごまか》すようにシュラインは、痛めていない方の手を上下に動かし焦って熱くなった顔を扇《あお》いだ。

コンコンコン。

扉を叩く音が聞こえ、部屋の隅《すみ》に控えていた護衛騎士が扉へ近付き、ノックした相手を確認する。

「執事がシュライン様にお伝えしたいことがあるそうです。いかがいたしますか？」

「通してあげて」

もしかしてアルフォンスからの伝言を持って来たのかもしれない、と期待に高鳴る心臓の鼓動《こどう》を深呼吸して抑えたシュラインは、冷静を装い執事の入室を許可する。

「失礼いたします」

黒髪をきっちり後ろへ撫でつけ、黒縁《くろぶち》の眼鏡《めがね》をかけた長身の若い執事は入室してシュラインと目があうと、胸に手を当てて頭を下げた。

(あら?)

完璧《かんぺき》な執事の態度なのに、妙な違和感を覚えた。

一瞬だけ鋭い視線を向けられた気がして、シュラインは記憶にあるこの離宮で働く使用人達の顔と名前を思い浮かべた。離宮の使用人達のほとんどの者は顔と名前を把握《はあく》しているつもりだが、訪ねて来た黒髪の若い執事は見たことがない。

「貴方、お名前は?」

警戒した声でシュラインが名を問うと、執事の肩が微《かす》かに揺れた。

「ニコラスと申します。奥様、殿下から外出についてお言付けを預かって参りました。静養中でも息抜きは必要だと、『庭の散策までならば許そう』とおっしゃっていました」

「まぁっ!」

言付けを聞いたシュラインの表情が一気に明るくなる。

執事に抱いた違和感は、外へ出られる嬉《うれ》しさによって上書きされて、頭の中から消え失せていた。

一週間ぶりに庭園へ出たシュラインは、庭師の青年とニコラスに先導され見頃となっている花壇の場所まで案内されていた。

久しぶりの外歩きは体力面が不安だったが、後方には護衛騎士達が控えている安心感もあり、庭園の奥まった場所まで移動したシュラインは額の汗を拭う。

「あちらに咲いているダリアが、丁度見頃でございますよ」

「そうなの？　教えてくれてありがとう」

庭師の青年とダリアの花を見に向かったシュラインの背中を見送り、汗一つかいていないニコラスは眼鏡の奥で目を細める。


「奥様、こちらでございます」

「すごい綺麗《きれい》。貴方が育ててくれたのね。ねえスティーブもそう思わない？」

庭師の青年の引き攣《つ》った笑みに気付かず、シュラインは後ろにいるだろう従者と侍女の方を振り向いた。

「スティーブ？　レイラ？」

周囲を見渡して、姿の見えない従者とメイドの名を呼ぶが彼らからの返事はない。護衛騎士の姿も見えないことから、彼らと離れてしまったようだ。

(庭園で皆とはぐれることとなんてある？　いくら広い庭とはいえ、後ろを歩いていた皆が私に声一つかけず離れるなんておかしい。護衛の姿も見えないし、何か変だわ)

「久し振りに歩いて疲れたわ。部屋へ戻りましょう」

離宮へ戻ろうと歩き出した時、シュラインの側の生け垣《いがき》の葉がカサカサと音を立てて揺れた。

ガサガサという葉が揺れる音と、早足に近付いて来る足音にシュラインは拳を握って身構える。

がさりっ。

生け垣を掻き分けて人影が目前に現れ、シュラインは「ひっ」と悲鳴を上げかけた。

「シュライン様」

全身を強張《こわば》らせて固まるシュラインに、突然現れた人物はやわらかく微笑む。

「お怪我《けが》はよくなりましたか？」

鈴を転がしたような甘ったるく可愛らしい声と、風に靡《なび》くストロベリーブロンドの長髪を目にして、止まっていたシュラインの思考が動き出す。

「なっ、アリサ様？　何故《なぜ》、ここに？」

外出用のシンプルなクリームイエローのワンピースを着たアリサは、驚くシュラインの薄く内出血の色が残る頬を凝視した。

「私ね、シュライン様に謝りたくて来たの」

「何を、でしょうか？」

先触《さきぶ》れなく現れたアリサの考えが分からず、シュラインの口から硬い声が出た。

「この前、王妃様が貴女に酷《ひど》い事をしたでしょう？　あの時は、止められなくてごめんなさい」

謝罪の言葉を口にするアリサは、確かに口調だけでなく表情からも謝罪の気持ちが感じられる。

しかし、妙な違和感を覚えてシュラインは一歩後ろへ下がる。

「それから」

視線を逸らし数秒口ごもった後、アリサは苦笑いを浮かべた。

「王妃教育を受けて私は王妃に向いてないって、王妃になるのを諦《あきら》めた方がいいと分かったわ。シユライン様はよく何年も耐えられたわね。厳しい王太后《おうたいごう》から庇《かば》ってくれないヘンリーにも腹が立つし、王妃教育はもう嫌だわ。だから、もうヘンリーはいらない。貴女にお返しするわ」

王太子を「いらない」と笑顔で言うアリサに、シュラインの背筋を冷たい汗が流れ落ちた。

「だから代わりに、アルフォンスを私に頂戴？」

「なに、んー!?」

口を開いたシュラインの鼻と口元に、背後から回った誰かの手によって布が当てられる。

口を押さえる手の甲に爪を立てても、布を当てる手の主、庭師の青年の腕はびくともしない。

鼻の奥が刺激される臭いがした瞬間、シュラインの視界は真っ白になり意識が途切れた。

＊＊＊

肩までのやわらかそうな亜麻《あま》色の髪をした、アーモンド形の大きな瞳の可愛らしい後輩を背中に庇い、黒髪黒目の青年はシュラインを睨み付けていた。

「お前は可愛いげの一つもないし、浮気されても仕方ないじゃないか」

悪びれもしない彼と、彼の背中に隠れている後輩の勝ち誇《ほこ》ったような、ニヤついた笑みに全身の血が沸騰《ふっとう》しそうになった。

こんな女に言い寄られて、アッサリと結婚間近の彼女を捨てる男と付き合ってしまった自分の見る目のなさに情けなくなり、溜《た》め息《いき》を吐《つ》いてしまう。

「お前は俺がいなくても大丈夫だろうけど、彼女は俺がいなきゃ駄目なんだ」

「そうですか。私は貴方がいた方が駄目になりそうね。お二人でお幸せになってください」

半ば投げやりな調子で吐き捨てると、元恋人達はグニャリと歪み別の色彩を纏《まと》っていく。

黒髪黒目の青年は金髪碧眼《へきがん》の王子様、ヘンリーへ、亜麻色の髪の後輩はストロベリーブロンドのアリサへと変わる。

『シュライン様申し訳ありません。私が、私がヘンリー様を好きになってしまったせいなのです』

『アリサ、君は悪くない。僕が君を選んだんだ』

新緑色の大きな瞳を潤《うる》ませ、謝罪の言葉を口にしたアリサの肩をヘンリーが優しく抱く。

『運命の恋、ですか。そのような方に巡《めぐ》り逢《あ》えてよかったですね』

祝福してあげようと口を開いたのに、出てきたのは皮肉混じりの言葉。ヘンリーに対して恋心はなくとも、婚約破棄を告げられて全く傷付かなかったわけじゃない。

前世の記憶が戻ってから、自分には恋愛結婚なんて期待しても無駄だと理解していたのに、いつか誰かに愛されるのではと、僅《わず》かな希望を捨てきれない自分もいたのだ。

涙が零《こぼ》れてしまいそうで、シュラインは二人へ背中を向けた。

『シュライン』

聞き覚えのある心地よい声が聞こえ、弾《はじ》かれたように振り返ると……冷たい光を宿した瞳をしたアルフォンスがシュラインを見下ろしていた。

『なぜ、貴方がここに？』

『だって、ヒロインの私がアルフォンス様を欲しくなっちゃったんだもの』

呆然《ぼうぜん》とするシュラインへ見せつけるように、アルフォンスの後ろから現れたアリサは彼の腕を胸に押し当てるように両腕で抱き締めて、愉しそうに嗤《わら》った。

＊＊＊

身動《みじろ》ぎした拍子に、硬い何かに肩が当たりシュラインの意識が浮上していく。

霞《かす》む視界で確認できたのは、硬く冷たい木の床。

床の上に横向きに寝ていた体の、下敷きになっている腕を動かそうとしても、痺《しび》れて動かせない。

無理矢理指先を動かして、ズキリという鈍い痛みが手首に走り意識がはっきりしてくる。

「えっ？」

自分がどんな状態になっているか、体の痛みから理解したシュラインは大きく目を見開く。

指先は動かせても腕が動かせないのは、両腕が後ろ手に縛られているためで、床板の冷たさを肌に感じるのは床の上に転がされているからだった。

「何、これ……」

後ろ手に縛られている状態では、もがいて体の向きは変えられても起き上がることはできない。

周囲を確認しようと、上半身と首を動かしてカーテンの閉められた薄暗い室内を見渡した。

カビ臭く埃《ほこり》っぽい室内には、一人寝用のベッドとランプが置かれたサイドテーブルしかなく、ここはあまり使用されていない使用人の部屋のようだ。

（まさか、誘拐《ゆうかい》された？　目的はわたくしを使ってアルフォンス様を脅《おど》すこと？　いいえ、違うわ）

意識を失う前の事を思い出し、シュラインは下唇を噛《か》む。

庭園へ現れたアリサは、アルフォンスを「頂戴」と言ってきた。庭師の青年が協力者ならば、見慣れぬ執事も彼女の手下か。

（まさか、アリサはアルフォンス様を誘惑《ゆうわく》するつもり？　わたくしとヘンリー様の婚約を破棄《はき》させて王太子《おうたいし》の婚約者となったのに、何を考えているのよ!?）

ガチャリ、ギィ……。

両手首を縛っている紐《ひも》を外そうとして、指を伸ばし紐の結び目を引っ張っていると、金具を軋《きし》ませて扉が開き、室内へ入ってきた人物の足音と共に床板が振動する。

緩慢な動作で顔を上げたシュラインを足音の主は見下ろした。

「目が覚めた？」

肩までのやわらかそうな栗《くり》色の髪と大きな瞳、小動物を彷彿《ほうふつ》させる可愛らしい顔立ちは、前世の恋人を奪っていった後輩に似ている。ただ彼女と違うのは、少し低めな声と性別だった。

「はじめまして、奥様」

腰を折って顔を近づける彼の首には、女性にはない喉仏《のどぼとけ》があったのだ。

「貴方は、リアム様？」

顔を上げたシュラインを見下ろして、彼は薄紅色の形のよい唇を上げて肯定の笑みを作る。

「何故、貴方がここに？　貴方はアリサ様に協力しているのですか？」

「へぇー随分と冷静なんだね。流石《さすが》、アル様が選んだ方だ。何故って？　僕はずっと貴女に会いたかったんだよね」

床に膝をつき、さらに身を屈めたリアムの親指と人差し指がシュラインの顎《あご》を掴む。

「奥様を庭へ誘い出したニコラスは、僕のことが大好きなんだよ。体を許して好きに抱かせてあげれば、何でも言うことを聞いてくれるんだ。今回も僕のお願いを聞いて奥様を誘い出してくれた」

「何、それ」

顎を摑むリアムの親指が、啞然《あぜん》と呟くシュラインの唇をなぞる。

「アル様、一人立ちしなさいって言うんだ。結婚しても可愛がってくれると思ったのに、酷いよね」

クスクスと笑うリアムの目は全く笑っておらず、シュラインの顔に自分の顔を近付ける。

「ねぇ、女嫌いのアル様を落とすなんてすごいね。どんな手を使ったの？　僕がどんなに誘惑しても駄目だったのにさ」

「どんな手を、と聞かれても分からないわ。わたくしは偽装《ぎそう》結婚のつもりだったのに、アルフォンス様がぐいぐい来るのだもの」

見た目は美少女でも、顎を摑んでいるリアムの指の力は強い。

互いの息を感じ取れるくらい近い距離で、偽装結婚とはいえ夫が可愛がっているリアムと見詰め合うのは耐えきれず、シュラインは目を逸らした。

「でもね、もうじきアル様と奥様は離婚することになるんだ。今頃、アリサ様が薬を使ってアル様を夢中にさせているよ。えっと、何だっけ？　アリサ様は、快楽堕《お》ちにするって言っていたかな？」

「はっ？」

リアムの口から出たおそろしいアリサの企《たくら》みに驚き、逸らしていた視線を戻したシュラインは呆然と、無邪気な顔で笑う彼を見詰めた。

「奥様は悪役令嬢なんでしょう？　悪役令嬢は断罪されなければならないんだって。悪役令嬢の結末は幸せになってはいけない。追放されるか、処刑されなければならないんだって。残念だね」

可愛らしい顔を歪めて嗤うリアムと、前世の恋人を奪った後輩の顔が重なって見えて、シュラインは湧き上がってくる恐怖で体を震わせた。

頭を鈍器《どんき》で殴られたような衝撃を受け、一瞬意識が遠退《とおの》きかけた。リアムに顎を摑まれたまま、シュラインは顔を左右に動かす。

「な、何を言っているの？　アリサ様がアルフォンス様と結ばれるなんて、薬を使うなんて許されるわけないじゃない！　彼女は王太子の、ヘンリー殿下の婚約者なのよ！」

元老院《げんろういん》が認めた王太子の婚約者、シュラインから略奪して顰蹙《ひんしゅく》を買ったというのに、王太子の現婚約者となったアリサが既婚者の王弟へ鞍替《くらが》えするなど、姦通罪《かんつうざい》で捕らえられるどころか、王族に対する反逆罪で彼女の親類は全て処刑されるだろう。

「よく分からないけれど、婚約破棄はしないでアル様とも繫《つな》がりたいんだって。逆はー、とか言っていたかな？　アリサ様は、王太子殿下よりアル様の方が大人で格好いいから欲しいんだって。王太子殿下は下手《へた》くそでつまらない、アル様の方が上手そうだからって。理由が酷いし怖いよね」

笑いを堪《こら》えて話すリアムとは違い、シュラインの顔からは血の気が失せていく。

(逆はーとは、逆ハーレムのこと？　まさかアリサは、わたくしと同じ、前世の記憶があるの？　逆ハーレムを作ろうとする残念な考えのヒロインなら、アルフォンス様は……！)

ぎりっ、と下唇をきつく嚙んでシュラインは顔を上げた。

「わたくしを解放してください」

真《ま》っ直《す》ぐリアムの目を見るシュラインの顔色は悪いままだが、体の震えは治まっていた。

「何故？　僕が？」

「貴方はアルフォンス様を好いているのでしょう？　このままアリサの好きにさせていいの？」

「好いているよ。上手《うま》くいったら、アリサ様は僕を愛人にしてくれるって約束してくれたんだ」

「愛人って、アリサの愛人？」

逆ハーレムに憧れているアリサは、リアムをも攻略したのか。どうやって攻略したのかと疑問に思い、彼が変態から性的虐待《ぎゃくたい》を受けていたことを思い出した。

潜在的に被虐嗜好《ひぎゃくしこう》を持っていたとしたら……嫌悪感《けんおかん》でシュラインの体が鳥肌立つ。

「ふふっ、奥様はどっちだと思う？」

顔を顰《しか》めるシュラインに対して、ほんのりと頬を染めたリアムは意味深な笑みで返した。

バタンッ、ギィイ……。

ゆっくりと扉が開き、ジャケットを脱いだニコラスが部屋へ入ってくる。

「今から奥様は彼に凌辱《りょうじょく》されなければならない。痛くしないようにするし、僕も手伝うよ。ニコラスに抱かれるのが嫌なら、薬を使って気持ちよくしてあげるから、抵抗はしないでね」

「なっ、絶対に嫌よ！　冗談じゃないわっ！」

体を捻って逃れようとするシュラインの肩を掴み、リアムは彼女の体を床へと押し付けた。

＊＊＊

婚約者の素行について相談したいことがあると、甥《おい》のヘンリーから呼び出されたアルフォンスは、王宮の奥にある国王一家の居住区画へやって来ていた。

幼い頃に生活していた懐かしい場所だが、今は国王一家が住まうこの区画には足を踏み入れたくもなかった。とはいえ、母親と現婚約者に振り回されている哀《あわ》れな甥の願いを断るのもどうかと思い、執務を終わらせたアルフォンスはヘンリーの私室の扉を叩いた。

「アルフォンス様、お待ちしておりました」

ノックの返事は若い女性の声。

ヘンリーではない声にアルフォンスが眉を顰《ひそ》めた時、勢いよく扉が開く。

扉を開けたのが、ヘンリーの婚約者アリサだと分かり、アルフォンスの動きが止まった。

「……何故、貴女がここにいるのだ?」

「ヘンリー様が王妃様に呼ばれてしまったため、戻られるまで私がお相手しますわ」

「こう見えても私は多忙でね。他の予定があるので長くは待てない。三十分だけ待とう。そして、貴女が私の相手をする必要はない」

腕に絡ませようとするアリサの手を振り払い、アルフォンスは室内へ足を踏み入れた。

王太子の私室へ入室させるわけにはいかず護衛のフィーゴは隣室で待機させて、アルフォンスは部屋の中央に置かれた椅子に座り目蓋を閉じ、ジャケットの内側に忍ばせた懐刀《ふところがたな》へ触れる。

三十分が過ぎても、呼び出したヘンリーは姿を現さない。代わりに、アリサがアルフォンスの側に張り付き一方的に話し掛けていた。

(ちっ、煩《うるさ》い女だ。早くシュラインに逢いに行きたいのに、邪魔だな。ヘンリーからの相談内容によっては、今夜は兄上と話をしなければならない。片付けなければならない案件を処理して、日付

が変わる前にシュラインのもとへ行くのは……無理だな）

卓上時計で時刻を確認し、アルフォンスは舌打ちしたくなった。

「ヘンリーはまだ戻らないのか？　これ以上、時間がかかるのならば、いったん戻らせてもらう」

「もうすぐ、いらっしゃいますわ。それよりもお茶のおかわりはいかがですか？」

ティーポットを手にしたアリサはアルフォンスのティーカップへ紅茶を注《そそ》ぐ。

距離が近くなったアリサから香る甘ったるい香りが鼻をつき、アルフォンスは顔を顰めた。

「……貰おうか」

甘ったるい香りを振り払うために、ティーカップを手に取ったアルフォンスは中身を一気に呷《あお》る。

アルフォンスが紅茶を全て飲み干し、喉仏が上下するのをアリサはじっと見詰めていた。

「っ!?」

紅茶が喉の奥を通り過ぎ、異変に気付いたアルフォンスは目を見開いた。

ガチャンッ！

ほとんど空になったティーカップを叩き付けるようにテーブルに置き、ソーサーとぶつかったカップが派手な音を立てる。

「お前、何を盛った!?」

片手で喉元を押さえて険しい目付きになるアルフォンスを見て、アリサは嬉しそうに笑った。

「気付くとは流石ですね。紅茶に入れたのは、王家に伝わる媚薬《びやく》です。アルフォンス様はよくご存じでしょう」

白い腕を伸ばしたアリサは、喉を押さえるアルフォンスの肩へ触れる。

「この媚薬には即効性があるって聞いたわ。ねぇ、どうですか？　興奮して来ましたか？　私が欲しくなってきたでしょう？」

クスクス笑いながら、アリサは苦し気に上下するアルフォンスの胸を指先で触れる。

「触るな。お前など欲しくない。私が欲しいのは、ただ一人」

「言わせないわ」

首に腕を絡ませて抱き付いたアリサは、胸を押しつけてアルフォンスの唇を食《は》むように塞《ふさ》ぎ、彼が続けようとした言葉を口腔《こうこう》内に封じる。

「くっ」

滑《なめ》らかでやわらかな女の肌の感触が、アルフォンスの力の入らない体にとって甘く痺れる毒となり襲いかかる。

抱き付くアリサを押し退け、椅子から立ち上がるも媚薬に冒され始めた体では体重を支えきれず、力が抜け膝から崩れ落ち絨毯《じゅうたん》へ倒れてしまった。

「抗《あらが》わないで。大きな声を出しても護衛騎士は来ないわよ。ヘンリー様がここから離れた場所へ連れて行ったわ」

片膝をつくアルフォンスの背中へ、妖艶《ようえん》に笑うアリサが抱き付いた。

抱き付くアリサを振りほどこうとするアルフォンスの力が入らない手を握り、息を荒くして汗ばむ彼の首筋へアリサは唇を押し当て、ちゅうっとリップ音を立てて吸い上げる。

「ウフフ、アルフォンス様ぁ、苦しくなってきたでしょう？」

背後から耳元へ、息を吹きかけたアリサは甘ったるく囁《ささや》き、首筋から指を這《は》わせていきアルフォンスの胸元へ伸ばす。

「離せっ」

プツリ、プツリとアリサの細い指先がジャケットを、次いでシャツの釦《ボタン》を外していく。

「アルフォンス様が私を抱いてくれたら、やって来たヘンリー様と侍女達が証人になってくれるの。アルフォンス様は欲望のまま私を抱いて、中へたっぷり子種を出してくれればいいのよ」

密着させたアルフォンスの背中に胸を押し当てるようにして、アリサは釦を外したシャツから見える彼の肌へ触れた。

「ねぇ、アルフォンス様。我慢しないで私を抱けば、私の方がシュライン様よりイイと分かるわ。私がいっぱい気持ちよくしてあげる。そうしたら、シュライン様では物足りなくなるわ」

顔にかかるアルフォンスの髪を掻き分け、耳朶《じだ》へ口付けながら優しく囁いた。

「くっ、触るな。私と体を重ねたら、貴様は姦通罪で処刑されるぞ。シュラインから奪い取った、ヘンリーとの婚約を破棄するつもりか」

「えぇー？　媚薬を抜いてあげるのでも姦通罪になるの？　ヘンリー様との婚約を破棄したら罪に問われるなら、じゃあそのまま結婚するしかないのね。そうだわ！」

唇を尖《とが》らせていたアリサは、ニヤーッと三日月のように目を細めた。

「皆、私の恋人になればいいじゃない。私は分け隔《へだ》てなく、同じように愛することができるわ。アルフォンス様の大事なリアムも可愛がってあげる。だから、一緒に気持ちよくなりましょうよ」

「貴様っ」

「うふふ、鍛《きた》えているだけあって、ヘンリー様なんかよりずっとずっと素敵だわ。アルフォンス様に抱かれているシュライン様が羨《うらや》ましくなっちゃう。ここもそうだけど、下も素敵なんでしょうね」

シャツの前を開けさせ、露になったアルフォンスの腹筋から大胸筋に手を這わせて撫でた。

人差し指の腹で乳首を擦《こす》られ、アルフォンスの体に力が入る。

「くっ、離れろ」

憎々しげに睨むアルフォンスの唇へ口付けようと、彼の頬に手を添えて背伸びをしたアリサがゆっくり顔を近付けてくる。

腕を絡ませるアリサから香る、甘ったるい香りが濃くなっていく。

甘い香りに噎《む》せそうになったアルフォンスが、緩慢《かんまん》な動作でジャケットの内側へ手を伸ばした時、勢いよく扉が開いた。

「アリサ！　これ以上は駄目だ！」

悲鳴に近い声が響き、ビクリッとアリサが体を揺らした。

アリサの動きが止まったのを見逃さず、アルフォンスは彼女の体を容赦《ようしゃ》なく床へ投げ飛ばした。

「きゃあぁっ！」

絨毯敷きとはいえ、受け身も取れずに床に体を強《したた》か打ち付けて、アリサは悲鳴を上げる。

「う、うぅ」

痛みのあまり直ぐには動けずに、涙を浮かべたアリサは小さく呻いた。

「何で、ヘンリーが？」

媚薬に冒されたアルフォンスが欲にのまれ、アリサを組み敷き彼女を貪《むさぼ》り始めたら隣室へ待機させていた侍女が部屋へ踏み込む、というシナリオだったのに。

直前で難色を示し、部屋から遠ざけていたヘンリーの登場で、アリサの頭の中は大混乱となる。

「どうしてよっ！」

痛みで起き上がれずに顔だけを上げたアリサへ、嫌悪感も露な表情のアルフォンスは悠然と立ち上がった。

「フンッ、あと十数秒遅かったら斬っていたぞ」

ジャケットの内側から取り出した懐刀を見て、ヘンリーの顔色は蒼白になる。

「何故、アルフォンスは動けるの⁉　何故、ヘンリーは私の邪魔をするのよ！」

怒りで顔を赤く染めたアリサの側へ近付くこともせず、扉の前で立ちすくんでいたヘンリーは苦痛に顔を歪めた。

「何故だと？　愛した女が他の男に抱かれるのを許す男だと、ヘンリーを軽んじていたのか！」

「ひっ」

アルフォンスの怒号《どごう》を受けアリサは体を震わせる。

「殿下！　ご無事ですか⁉」

バタバタと足音を響かせ参上した騎士達は、床に倒れて呻いてるアリサの両腕を持ち、無理矢理立ち上がらせる。

「貴様が私を手に入れようと動いていると、少し前にヘンリーが苦悩の末に告白したのだ。以降、貴様の行動は全て影に監視されていた。王妃を上手く操り隠《かく》れ蓑《みの》にして、シュラインを傷付けようとするお前を野放しにしておくわけがなかろう？　だが、まさか私に媚薬を盛ろうとするとは。幼い頃より兄上から疎《うと》まれてきた私は、生き延びるために毒への耐性をつけてきた。大概の毒は効かんよ」

クツクツ喉を鳴らすアルフォンスは、残忍ささえ感じさせる冷笑を浮かべた。

「もっとも、媚薬はヘンリーの手で効果を薄められていた。とはいえ、王族を害そうとするとはな。この場で切り捨てられても仕方あるまい」

シュッ、カランッ。

懐刀を鞘《さや》から引き抜いたアルフォンスは鞘を放り投げた。

放たれる鋭い刃《やいば》のような殺気に、比喩《ひゆ》でなく室内の温度が下がっていく。

「嘘《うそ》よ、私はヒロインなのに。何で、何で、私を好きになってくれないの？　ヒロインは愛される、そういうシナリオでしょう」

目を見開いたままのアリサは、呆然と懐刀の切っ先を自分へ向けているアルフォンスを見上げた。

「何のことだ？　狂ったか」

吐き捨てたアルフォンスは、床へ落ちて割れたティーカップの破片《はへん》をバキリッと踏む。

「叔父上《おじうえ》！」

駆け寄ったヘンリーは、アルフォンスの足下へ跪《ひざまず》き床に額を擦り付けた。

「どうか御慈悲を、この場で命を奪うことだけはお待ちください」

涙を浮かべて懇願するヘンリーの姿に、チッとアルフォンスは舌打ちした。

「その女の処罰は後だ。フィーゴ、後は任せたぞ」

「はっ」

罠《わな》だと分かっているのに、主を王太子の部屋へ行かせることに最後まで反対していたフィーゴは、何か言いたげに口を開きかけてグッと堪え、頭を下げた。

「アルフォンス！　待ってよ！」

乱れたジャケットを整え、部屋から出ようとしたアルフォンスの背中へ、アリサは声をかけた。

「今頃、シュラインはリアムに凌辱されているわよ。執事も交《まじ》えてぐちゃぐちゃに犯されても、貴方の妻でいられるかしら！　あはははははっ！」

「ア、アリサッ」

ゲラゲラと笑いだしたアリサの異様な様子に、彼女を庇っていたヘンリーも顔色を青くする。

「黙らせろ」

「あははは、むぐぅっ」

騎士の一人が猿轡《さるぐつわ》を嚙ませても、アリサは唸《うな》り声《ごえ》を上げ続けた。

連行されていくアリサとヘンリーを見送り廊下へ出ると、外に控えていた元老院議員達と視線が合う。

元老院議員達が頷いたのを確認して、アルフォンスは走り出した。

＊＊＊

無表情で背中を押さえるニコラスの力は強く、床へ這いつくばるシュラインが手足を動かして踠《もが》いてもその場から動けない。

押さえつけられている痛みを我慢して顔を上げ、正面に立つリアムを睨んだ。

「うぅ、誰が貴方達なんかに好き勝手にされるもんですかっ」

「フフフッ、ここには助けも来ないし、逃げられないんだからさ。諦めて奥様はニコラスを受け入れなよ。嫌なら薬を使ってあげるし、アル様の事を忘れて気持ちよくなりなよ」

腕組みしてベッドの脇に立ち、駄々《だだ》っ子《こ》に言い聞かせるようにリアムは心底愉しそうに嗤う。

「私を放しなさい！　そんなの嫌に決まっているでしょう！」

自由に動かせる両足をバタバタと動かして、必死の抵抗をするシュラインの肩を掴んだニコラスは、簡単に彼女の体を仰向《あおむ》けにひっくり返す。

目を白黒させるシュラインを縦抱きに抱え、ニコラスはベッドへと歩き出した。

「危ないので暴れないでください。奥様も床の上ではしたくはないでしょう」

普段寝ているベッドとは違う、木組みの硬い感触が伝わる敷布へと下ろされる。

ぎしり……。

ベッドを軋ませて無表情のニコラスはシュラインの上へ覆い被《かぶ》さった。

「やぁ、止《や》めてっ」

首筋を撫で下ろし、胸元へと触れる手から上半身を捻って逃れようとするも、ブラウスの胸元を飾るフリルを引っ張られて、ビリビリ布の破れる音がする。

強い力で体を押さえ付けるニコラスからは、優しさなど欠片《かけら》も感じられない。

淡々と作業をこなすように彼はブラウスの釦を外していく。

「いやぁ！　放しなさい！」

「ちっ、面倒だ」

抵抗するシュラインを押さえながら、釦を外す作業が面倒になりニコラスはブラウスの合わせを力づくで引き千切《ちぎ》る。

引き千切られたブラウスの布地と共に釦は弾け飛び、ベッドの上と床へ転がった。

(怖いっ！　アルフォンス様は優しかったのに、この男に触られるのは気持ち悪い！)

じわり、滲《にじ》み出た涙で視界が歪む。視界の隅《すみ》に愉しそうに嗤うリアムの顔が見えて、瞳から涙が零れ落ちないようにシュラインは下唇を噛んで堪えた。

千切られて布切れと化したブラウスを床へ放り、下着から零れんばかりの乳房《ちぶさ》が露になる。

シュラインの動きに合わせて揺れる乳房を目にして、息を荒くしたニコラスは手を伸ばして強い力で左乳房を掴んだ。

「痛っ！　止めて！」

力を込めて乳房を揉《も》まれる痛みで、顔を歪めたシュラインの目尻から涙が零れ落ちる。

ただ強い力で揉まれても痛みしかなく、粘着質なニコラスの視線と顔にかかる荒い息が気持ち悪くて、必死で両足をバタバタと動かして抵抗した。

必死でニコラスから逃れようとするシュラインの姿を見て、リアムは「あれ？」と首を傾《かし》げた。

「何故嫌がるの？　奥様とアル様には恋愛感情はないって思っていたけど、違うの？　ニコラスに抱かれて、不貞を働いたってアル様と離婚すればいいじゃないの。そして、アル様をアリサ様に譲って国外へ行けばいいじゃないか。それがハッピーエンドってやつなんでしょ？」

リアムの口から発せられた『ハッピーエンド』、その言葉を耳にした瞬間、シュラインの全身の血液が沸騰した。

「いいわけ、いいわけあるかぁー！」

ドカッ！

叫びと共に動かせる部位を全力で動かした結果、丁度体を浮かせたニコラスの股間《こかん》へシュラインの膝が勢いよく当たった。

「ぐへぁっ!?」

潰《つぶ》れた蛙《かえる》のような呻き声を上げたニコラスの顔面は土気色《つちけいろ》になり、脂汗《あぶらあせ》を額に浮かべシュラインの胸へ顔を埋《うず》めた。

「ひぃっ!?　は、離れなさーい」

両足でニコラスの腹部を蹴りまくり、彼の体はベッドの下へと転がり落ちる。

「何で二度もアリサなんかに譲らなきゃならないのよー！　ヘンリー殿下だけで満足しなさいよっ！　アルフォンス様は駄目っ！　わたくしの旦那様なのよっ!!」

ドキャッ！　バァンッ！

叫びに呼応するように、部屋の外から轟音《ごうおん》が響き、扉が木《こ》っ端微塵《ぱみじん》になる。

飛び散る扉の破片はリアムを襲い、彼は痛みと衝撃に目を大きく見開いた。

「なんっ、あぁっ!?」

振り返ったリアムは、破壊された扉から現れた黒い影に顔面を殴られ床へ転がる。

「シュライン様っ！　ご無事ですか!?」

「スティーブ!?」

悲痛な声を上げて部屋へ飛び込んできたのは、今にも泣き出しそうな顔をした従者だった。

ベッドへ駆け寄ったスティーブは、ブラウスを引き千切られ下着が露になっているシュラインを直視しないよう目を逸らしながら、手首を縛る紐を慎重に外す。

「く、見張りは、どうした」

殴られた際に切れた唇を押さえ、リアムは立ち上がった。

屋敷の内と外には、アリサが用意した兵士が警備にあたっていたはずなのに、彼らの姿はない。


「お前達の協力者は全て捕らえた」

気配もなく扉の方から発せられた声。

弾かれたように振り返ったリアムは、幽霊でも見たかのように驚愕《きょうがく》のあまり固まった。

「何で、何で、アル様が……アリサ様は、どうして」

「アリサとかいったか、あんな女に私が誘惑されると思っていたのか？　お前と一緒にするな」

眉一つ動かさず、アルフォンスは酷薄《こくはく》さを感じさせる表情で答える。

「え……？」

硬直するリアムへは目もくれず、ベッドへ向かったアルフォンスは先程とは打って変わり、スティーブに支えられ上半身を起こしたシュラインへ慈《いつく》しみを込めた、優しい笑みを向けた。

「シュライン、よく泣かずに耐えたな」

「アル、フォンスさまっ」

震える声でアルフォンスの名前を口にして、シュラインの瞳からは堪えていた涙が零れ落ちた。

呆然と立ち尽くすリアムには目もくれず、シュラインの側へ行ってしまったアルフォンスの背中

へ、悲痛な声を上げて彼は手を伸ばす。

「アル様！　待って！」

指先がジャケットへ触れる寸前、背後から現れた武骨な手がリアムの腕を摑む。

腕を摑んだ騎士の強い力により、リアムはアルフォンスから引き離され、抵抗できないよう手首を捻りあげられた。

「ううっ、アル様、僕より奥様を選ぶの？」

騎士に捕らえられ拘束《こうそく》されたリアムは、涙を浮かべすがるようにアルフォンスへ問う。

羽織《はお》っていたジャケットを脱ぎ、シュラインの肩にかけたアルフォンスは、首だけ動かしてリアムの方を向く。

「リアム、お前の身分を解放し望む物も与えていたのに、お前はそれ以上を望み過ぎたのだ」

「望む物？　僕が着飾っても褒めてくれないし、抱いてくれなかったでしょう？　奥様の方を大事するし、僕は、僕だけを見て欲しかっただけだよ。僕を手放さないって言ってほしかったんだ」

声を震わすリアムの姿は、弱々しい美少女にしか見えず、彼の腕を拘束する騎士の力が弱まる。

泣き笑いのような表情で問うリアムを見ても、アルフォンスの表情から険しさは消えず、眉間《みけん》の皺《しわ》は深くなっていく。

「私は情に訴え懐へ入ろうとする、あざとい者は嫌いだ。犯した罪を忘れ、見た目に騙《だま》されるなよ」

「申し訳ありませんっ」

リアムを拘束している騎士は慌ててゆるめかけた手の力を強める。

「お前の境遇と植え付けられた考えは憐《あわ》れだとは思う。知識を与え考えを修正しようとしたが、無理だったようだ。越えてはならぬ一線を越えてしまった以上、もう許されない」

恋慕《れんぼ》と嫉妬《しっと》だけならば、自分へ依存してくるだけならば、リアムの身元引き受け先を優良貴族や豪商の中から探すつもりだった。しかし、シュラインを誘拐したことで彼は罪人となった。

「王妃と男爵《だんしゃく》令嬢に唆《そそのか》され手を貸し、私の妻を誘拐監禁し痛め付けた罪は重い。私が法を覆《くつがえ》すことは許させない。お前は法により裁かれなければならぬ」

視線をさ迷わせ、リアムは事態を打開できる方法を探す。しかし、泡を吹いて床へ倒れるニコラスは騎士達によって縄でぐるぐる巻きにされている。

この場から逃亡したくとも、腕を拘束する騎士と新たに両脇を騎士達に囲まれ、リアムは身動きすらできなくなった。

「罪人を連れていけ」

「アルさまぁ！　僕の、僕の話を聞いて！」

涙を流してリアムは抵抗するも、聞き入れられることはなく騎士達に引《ひ》き摺《ず》られて行った。

破壊された扉から入った風がカーテンを捲《めく》り、満月の光が薄暗い室内へ入り込む。

「アルフォンス様、その、よかったのですか？　貴方は彼のことを大事にされていたのでしょう」

言いながらシュラインはアルフォンスを見上げる。

髪は乱れていても、シャツは少しも乱れておらず、情交の痕跡だと思われるものは一つもない。

ほぅと、シュラインは安堵《あんど》の息を吐いた。

「よいも何もリアムは罪を犯した。それに大事な、王妃一派を叩き潰すための証人でもある」

フッと弱々しく笑ったアルフォンスは、膝を折って身を屈める。

目線が同じになり、切なげに眉尻を下げた彼と視線が合い、シュラインの心臓がドキリと跳ねた。

「シュライン、無事でよかった」

壊れ物を扱うように、アルフォンスはシュラインを優しく抱き締める。

普段は、ミントのような爽《さわ》やかな香りがするアルフォンスの体から汗の臭いがして、彼が全速力で駆け付けてくれたことが分かった。

ニコラスに触れられた時は、鳥肌が立つくらい気持ちが悪くて堪らなかったのに、アルフォンスの香りと体温に包まれる安心感で体から力が抜けていき、歓喜の感情が湧きあがってくる。

(触れられて嬉しい……困ったわ。わたくしはいつの間にか、こんなにも彼に心を許していたのね。もう、認めるしかないわ)

リアムからアリサの企みを知らされた時、ニコラスから押し倒された時、最初に浮かんだのはアルフォンスの顔と彼が奪われてしまうという絶望感。

「助けに来てくれて、ありがとうございます」

抱き締めるアルフォンスへ体を預け、彼の胸へ顔を埋めて目蓋を閉じた。

シュラインの髪を撫でたアルフォンスは、手首の擦り傷と胸元の鬱血痕《うっけつこん》を確認して顔を顰めた。

「シュライン……すまなかった」

拘束により痺れて感覚が戻らない腕は力をなくし、縛っていた紐が擦れてできた擦過傷と内出血で手首は変色して、胸元には指の痕がくっきりとついていた。

傷付いた手を包み込むように握ると、ピクリとシュラインは肩を揺らす。

「スティーブ、シュラインを連れて離宮へ戻れ」

「アルフォンス様は？」

埋めていた顔を上げたシュラインの頬を、アルフォンスは人差し指で撫でる。

「この後処理と、済ませなければならないことがある」

「後処理、ですか？」

至近距離でアルフォンスの顔を見てハッとした。

目元が赤く顔色も悪い彼の表情は、明らかに普段より精彩を欠いているようだ。

「顔色が悪いですわ。もしや、アリサ様に何かされたのですか」

まさか、との思いで胸が苦しくなる。リアムは、アリサが薬を使いアルフォンスを誘惑して彼を手に入れるつもりだと、言っていた。

(もしも、わたくしが以前盛られた薬、媚薬を使われていたら)

媚薬を使ったアリサの企みが未遂で済んだとしても、自分を見失い記憶がなくなるほど媚薬の効果は強力だと、シュラインは身をもって体験した。

その効果とアルフォンスは今も抗っていることになる。鋼《はがね》の精神力を持っていたとしても、その苦しみは想像を絶するもののはずだ。

「少し誘惑されただけだ。あの女は王族に対する不敬罪で捕らえた。私が色仕掛けされて引っ掛かる相手はシュラインくらいなのに、愚かな女だ」

「も、もうっ、アルフォンス様ったら！」

シュラインの頬へ触れていたアルフォンスの手が動き、親指の腹で彼女の唇をなぞる。

「フッ、本当のことだよ。……今、シュラインと共にいたら、私は自分を抑えられなくなる」

「えっ？」

「シュラインを甘やかしてあげたいのだが、兄上と話をつけてこなければならない。私がいなければ話が進まないのでね。話がまとまり次第離宮へ戻る。その後は、」

顔を近づけ耳へ触れたアルフォンスの唇から流し込まれた言葉。

言葉の意味を理解して、シュラインは大きく目を見開いた。

「え、あ」

「駄目か？」

切なく沈んだ声で、懇願するように言われてしまえば「嫌」とは言えない。

「お帰りを、お待ちしておりますわ」

これから重大な話し合いをしなければならないアルフォンスへ、もう少し気のきいた想いを伝えてあげたいのに、これがシュラインの精一杯の激励。

全身を真っ赤に染めたシュラインは、肩にかけられたアルフォンスのジャケットを、まだ力の入らない指先で手繰《たぐ》り寄せてブラウスの釦がとんではだけた胸元を隠した。

傷付いたシュラインを、スティーブと彼女の護衛騎士に任せてアルフォンスは王宮へ戻った。

走り回る兵と使用人達の様子から、何事かが起こったのだと察し、奥へと進んでいき……王族の居住区画の惨状を目にして絶句する。

「これは、また」

焦《こ》げた臭いが充満した建物の内壁は、煤《すす》で真っ黒になり目が痛くなるほどの華美な装飾も、見るも無惨《むざん》に焼け焦げていた。

兵達は消火活動で水浸しになったカーテンや絨毯を運び出し、使用人達は炎による被害をまぬかれた什器《じゅうき》や室内装飾品を確認するため、慌ただしく動き回っている。

「ククッ、凄《すさ》まじいな」

自己顕示欲《けんじよく》が強く、自己中心的な我《わ》が儘《まま》で過激な女だと知ってはいたとはいえ、ここまでのことをやらかしてくれるとは。

肩を震わせるアルフォンスの口から乾いた笑いが漏《も》れた。

「申し訳ありません。王妃が捕縛に抵抗して火を放ちました。幸い小火《ぼや》で済みましたが……」

国王一家の居住区画以外の延焼は防げたが、内装のほとんどが焼け焦げてしまった王と王妃の部屋は大掛かりな改装が必要になるだろう。

「まぁいい。いずれ全て改装するつもりだったからな」

王妃の好みでフリルや花柄に飾り立てられていた部屋は、アルフォンスからしたら国王と王妃の部屋にしては趣味が悪過ぎる。しかし、ここまで短慮で愚《おろ》かな女だったとは思ってもいなかった。

アルフォンスの眉間の皺が深くなっていく。

「火を放てば多く犠牲者が出るのに、全く救いようのない女だな。それで、王妃はどうした？」

「すぐに拘束し、今は北の棟へ拘置しています。錯乱状態で、意味不明のことを口走っているとか」

「多少手荒な扱いとなっても、自害はさせるなよ」

周囲の進言を聞き入れず、あの女を王妃の座に据え続けていた国王に対しても、怒りの感情が沸々《ふつふつ》と沸き起こってくる。

「陛下《へいか》はどうした？」

感情を排除し無表情となったアルフォンスの声から、底冷えする怒りの感情を感じ取った騎士は、ゴクリと唾《つば》を飲み込む。

「すでにいらっしゃっています」

騎士に先導されて入った会議室は重く沈んだ雰囲気に満ちていた。

元老院議員達も勢揃《せいぞろ》いし、上座に座った疲れきった表情の国王はアルフォンスへ視線を向けた。

「兄上、お待たせしてしまい申し訳ありません」

「随分と遅かったな。お前がいない間に色々あったのだよ」

「王妃が派手な火遊びをしたそうですね」

冷笑を浮かべたアルフォンスの言葉に、こめかみを押さえた国王は深い息を吐いた。

「全て覚悟の上か？」

「ええ。既に元老院からは承認され、高位貴族達も納得済みです」

学生時代に兄がやらかした婚約破棄騒動に端を発した、貴族達の王族への不満の高まりに、早くからアルフォンスはこのままでは内乱が起こるという危機感を抱《いだ》いていた。

成人となった頃より足固めを進め、ヘンリーがシュラインの婚約を破棄した時に、覚悟を決めた。

「我等と共に我が国の未来を憂《うれ》えてくださったのはアルフォンス殿下でございます。我等はアルフォンス殿下のご意志に従います」

元老院議員長の言葉に、議員達も一斉に頷く。

「王妃の捕縛は、度重《たび》なる浪費と我が妻への暴行、さらに隣国の王族との密通容疑という罪状からです。このままでは反乱が起こりかねませんでしたから。ああ、王宮へ放火した罪も加わりました」

淡々と王妃の罪状を並べるアルフォンスからの圧力に耐えきれず、国王は両手で顔を覆った。

「隣国の……まだリリアはアイツと繋がっていたのか」

「兄上の最大の過《あやま》ちは王立学園が始まって以来の不祥事、兄上や高位貴族の子息や隣国の王子を虜《とりこ》にし、王太子の婚約破棄騒動を引き起こしたような女を王妃に迎えたこと。さらに、そんな女に自由を与えすぎたことでしょうか。私ならば欲しい女の逃げ道を全て塞ぎ、囲いこみますよ」

顔を覆っていた手を外した国王は、全てを諦めたように遠い目をして、自嘲《じちょう》の笑みを浮かべた。

「私が退位しなければ反旗《はんき》を翻《ひるがえ》すのはお前か、アルフォンス」

その問いには答えず、アルフォンスは元老院議員長へ目線で合図を送った。

頷いた元老院議員長は椅子から立ち上がり、懐から一枚の書状を取り出す。

「此度《こたび》の王妃が犯した罪の一端は陛下にも責があります。享楽に狂う王妃を諫《いさ》め、増長させていなければ、そして臣下の声に耳を貸してくだされば、我らはここまではやらなかったでしょう」

国王へ見えるよう、側までやって来た議員長は書状を両手に持ち広げた。

「兄上、国王として最後の責務を果たしてもらおう」

書状に書かれた内容と、書状の半分以上を埋め尽くすほぼ全ての高位貴族達の署名を目にして、抵抗しても無駄だと理解した国王は力なく項垂《うなだ》れた。

五章 ✦ 契約ではない、夫婦としての決断

療養《りょうよう》と言う名の軟禁《なんきん》状態から庭へ出られたと思ったら、突然現れたアリサと彼女の協力者によって拉致《らち》された。

拉致の実行犯は、アルフォンスの恋人のリアム。初対面の彼から無邪気《むじゃき》な悪意を向けられ、未遂《みすい》だったとはいえ執事《しつじ》に暴行された。

拘束《こうそく》されていた手首の擦《す》り傷、強い力で押さえられた背中と摑《つか》まれた乳房《ちぶさ》には痣《あざ》ができて、身じろぐだけで鈍痛《どんつう》がしてこの日の出来事は夢ではなかったとシュラインへ伝える。

「奥様、お体に障《さわ》ります。どうかお休みください」

「アルフォンス様のお帰りを待っているわ」

心配するメイド達にシュラインは首を振って答えた。

アルフォンスが王宮から帰ってきたのはシュラインが眠気に負けかけ、ソファーに凭《もた》れてウトウトと微睡《まどろ》んでいた深夜だった。

扉の開閉音で眠りへと落ちかけた意識が覚《さ》め、上半身を起こしたシュラインへ向かってアルフォンスは「すまない」と眉尻《まゆじり》を下げ、疲れきった表情で微笑《ほほえ》んだ。

「おかえりなさい」

覚醒《かくせい》しきっていない思考で発した声は嗄《かす》れていて、肘掛《ひじか》けを持ちソファーから立ち上がったシュラインが一歩を踏み出そうとして、両足に力が入らずクラリと体が傾《かし》いだ。

「シュラインッ！」

よろめき転倒しかけたシュラインの体は、駆け付け腕を伸ばしたアルフォンスが抱き止める。

抱き寄せられたシュラインは、アルフォンスと視線が合った瞬間、彼に抱き締められていた。

目蓋《まぶた》を閉じれば唇《くちびる》へやわらかくてあたたかな感触が触《ふ》れる。

「んっ、はぁ」

触れるだけだったアルフォンスの唇は、シュラインの反応を確かめながら徐々に食《は》むようなものへと変わっていく。

唇を離したアルフォンスの舌先がシュラインの下唇へ触れ、催促されるように閉じていた唇を開けば、するりと彼の舌が口腔《こうこう》内へと入り込んだ。

熱いアルフォンスの舌がシュラインの舌を捕らえ絡《から》みつく。

絡みつき時折吸い上げる舌の動きに翻弄《ほんろう》されつつ、拙《つたな》い動きで応えればシュラインの体を抱き締める力が強くなる。

ちゅくちゅく。

互いの舌を絡ませる音が静かな室内に響き、この水音が部屋の外に聞こえてしまっていないかとシュラインの気が一瞬逸《そ》れ、アルフォンスの舌を軽く噛《か》んだ。

「つ！」

噛まれた痛みに目を細めたアルフォンスの舌が離れ、口内から抜け出ていく。

顔を離したアルフォンスの舌先から垂れ下がる唾液《だえき》の糸が切れ、シュラインの唇の端を濡《ぬ》らした。息も絶え絶えになったシュラインの肩を抱き、上気して熱を持つ頬《ほお》を一撫《ひとな》でしたアルフォンスは、熱い耳元へ唇を近付ける。

「やってくれたな」

口腔内から溢《あふ》れそうになっている互いの唾液が混じり合った甘い液体をコクリと飲み込み、耳元へ熱い吐息を流し込まれてしまい、シュラインの体が熱を帯《お》び出した。

「シュライン、もっと貴女《あなた》の熱を感じたい」

「アルフォンス様、わたくし、わたくしは……」

高まる互いの熱と、彼から発せられる甘い雰囲気《ふんいき》を感じ取り、背中が粟立《あわだ》つ。早く押《お》し退《の》けなければ後戻りができないという恐怖と、このまま流されてしまいたいという相反《あいはん》する思いが生じ、シュラインの脳内は混乱していた。

返答に迷うシュラインを抱くアルフォンスの腕に力が入り、彼女の首筋に口付けを落とす。

二人の間の隙間はなくなり密着するアルフォンスの香りが、シュラインの思考を麻痺《まひ》させて体の奥から痺《しび》れが生じてくる。

「あっ」

背中を撫でるアルフォンスの手は腰から尻を撫で、シルクのネグリジェが肌を擦《こす》る感触がくすぐったくてシュラインは体を揺らした。

「……嫌か？」

アルフォンスが首筋に埋《うず》めていた顔を上げ、密着していた二人の間に僅《わず》かな隙間が生まれる。

「やはり、私に抱かれるのは嫌か？」

切なそうに瞳を揺らして言う彼は本当に寂しそうで、シュラインの胸がズキリと傷《いた》んだ。

「嫌、ではありません。でも、アルフォンス様は違うと分かっているのに、怖いのです」

襲われた恐怖を思い出してしまい、シュラインの体が小刻みに震え出す。

震えるシュラインを抱き締め、頭頂部に口付けたアルフォンスは彼女の背中へ回している腕を動かし、そっと抱き上げた。

「すまない。あの男に触れられた場所を確認させてくれ。シュラインが嫌だと感じたらすぐに止《や》める。怖い思いをさせてしまい、すまなかった」

「アルフォンス様っ」

首に腕を回し抱き着くシュラインを横抱きにして、アルフォンスはゆっくりと歩き出した。

大股《おおまた》に室内を歩きあっという間にベッドへ辿《たど》り着くと、シュラインをベッドの上へ横たわらせる。

顔の横に手をつき、覆い被《かぶ》さるアルフォンスから視線を逸らすことができず、シュラインの背中がゾクリと粟立つ。

「あの男に何をされた？」

問うアルフォンスはシュラインの下唇を人差し指で撫でる。

「あの男は……唇に触れたのか？」

「唇は、触れられていません」

「唇以外は？」

「背中と腕を押さえつけられて、服を破られて胸をっ」

質問にシュラインが答えると、唇に啄《ついば》むようなアルフォンスの口付けが落ちる。次は顎を、首筋から下へと下がっていき鎖骨《さこつ》に口付けてから顔を上げた。

口付けを落とす唇と一緒に、首筋を撫でていた大きな手はやがて胸に辿り着きネグリジェの上から膨《ふく》らみを撫でる。

「胸は何をされた？」

もう片方の手が胸元で結ばれていたリボンを解《ほど》き、はらりとネグリジェの合わせが解ける。

「胸は、摑まれて、揉《も》まれてっ……ぁんっ」

露《あらわ》になった両乳房に残った指の痕《あと》を見て、目を細めたアルフォンスは右手で鬱血痕《うっけつこん》を一撫でしてから乳房を包み込み、弱い力で優しく揉み始める。

親指の腹が乳房を擦る甘い刺激で、シュラインの口から声が漏《も》れる。

「痛むか？」

「そこは、んっ、痛くはありません」

「指の痕を付けるなど……シュラインの肌に私以外の男が痕を残すことは、許せない」

独占欲と怒りの感情を露にするアルフォンスの手は、もう片方の乳房を包み込み揉み、立ち上がった乳首を人差し指と親指で摘《つま》んだ。

体を揺らしたシュラインの上半身からネグリジェが滑《すべ》り落ち、下腹部までの肌がアルフォンスの目前に晒《さら》け出される。

「シュライン、下にも触れて平気か？」

「あんっ、はい」

熱に浮かされた赤い顔で頷《うなず》くシュラインの唇に軽く口付けて、アルフォンスは腰で止まっているネグリジェを脱がしていく。

太股《ふともも》に触れる指の感触は嫌ではなく、もっと触れて欲しいという思いからシュラインは、足を動かしてネグリジェを脱がすのを手伝う。

ショーツのみとなったシュラインの太股の付け根へ伸びた指先は、クリトリスを布越しになぞる。

「ここに触れるのは嫌か？」

「あっ、触れてください。アルフォンス様の指で、嫌な記憶を全部、上書きしてください」

「分かった」

乳房から手を離したアルフォンスは下方へと移動する。

下着を横にずらして侵入した指は、下生《したば》えを搔《か》き分けて愛液で泥濘《ぬかる》み熱くなった秘部へ辿り着く。

人差し指が秘部の入口をなぞるように動き、その指の動きによって薬を塗られていた時の快感を思い出し、シュラインは吐息が漏れそうになる口元を押さえる。

(指がわたくしの中に……恥ずかしいけど、これは薬を塗られている時と一緒よ。アルフォンス様は怖くない。もっと、もっと奥まで、触れて欲しい)

襲われた恐怖よりも、アルフォンスの優しい手つきに上書きされたいという気持ちが勝り、シュラインはシーツを握り締める。

アルフォンスも興奮しているのが表情から分かり、胸の奥と子宮の奥がきゅうっと切なくなった。

「濡れているな」

なぞっただけで奥から溢れ出す愛液と、真っ赤な顔で声を我慢して目蓋を閉じるシュラインの顔を見て、クッと喉を鳴らしたアルフォンスは太股を抱える手を動かし大きく脚を開いた。

「きゃあっ！　そんな、見ないでください」

濡れた秘部がアルフォンスの前に曝《さら》されてしまい、慌てて手を伸ばして隠そうとしたシュラインは羞恥《しゅうち》で顔を真っ赤に染める。

薬を塗るという理由で見られていたとは言え、今回は愛撫《あいぶ》されながら見られているのだ。

恥ずかしさで脚を閉じようとしても、太股を抱えるアルフォンスの腕が許してはくれない。

「ここは赤く腫《は》れて、この下は周りを濡らすほど蜜《みつ》が溢れ出ている。本当に可愛《かわい》いな」

秘部の入口をなぞっていた愛液で濡れる人差し指を見せつけられ、熟《う》れた林檎《りんご》のように真っ赤に染まったシュラインは両手で顔を覆った。

「そんなこと、言わないでください」

恥ずかしくて逃げたくとも、アルフォンスが太股を抱いているため動けず、シュラインは涙目で彼を睨《にら》むしかできない。

「ふっ、指を入れるよ。痛かったら言いなさい」

再び入口をなぞり出した指がツプリと中へ入っていく。

記憶に残っていない媚薬《びやく》を盛られた夜と、薬を塗っていた時に指が往復したことを覚えている膣《ちつ》内《ない》は、すんなりとアルフォンスの指を受け入れて締め付けだす。抜き差しする指が立てるくちゅくちゅという水音と、この刺激を快感だと認識しているシュラインの口から漏《も》れる息が自分のものだと思うと、恥ずかしくて堪《たま》らない。

指による快感に気を取られていると、指先とは違うヌルリとしたモノが秘部をなぞった。

「えっ？　だめっ、そこはぁっ、きたな、あぁんっ」

指とは違う、熱くて柔らかい舌の感触に戦慄《せんりつ》する。

股の間にアルフォンスが顔を埋めて、秘部を舐《な》めているという彼から与えられる快感よりも視覚からの衝撃で、シュラインの目から羞恥の涙が零《こぼ》れ落ちた。

「汚くはない。シュラインの体は全て甘く、可愛らしい」

「あっ、やだぁ、ナカを舐めないで、あぁっ」

恍惚《こうこつ》の表情を浮かべたアルフォンスは、膣内へ入れた指で入口を広げて舌を差し込み、ペチャペチャと音を立てて愛液を舐める。

舐めるだけでなく溢れる愛液を吸われ、シュラインは唇を噛んでも声を堪《こら》えることはできずにシーツを握り締めて「あっあっ」と喘《あえ》ぐ。恥ずかしくて堪らないのに気持ちよくて、小刻みに腰が揺れてアルフォンスの顔に秘部をもっと押し付ける形になる。

「腰が揺れている。気持ちいいか？」

「あんっこれ、気持ち、いい、です」

口角を上げたアルフォンスは、快感を受け入れて喘ぐシュラインの膣内から舌を抜き、自己主張し始めたクリトリスを尖《とが》らせた舌先でつついた。

「あぁっ！　それ、止めてぇ、変になっちゃうっ」

クリトリスを口の中に含み、舌先で転がされるのは強すぎる快感で、思考全てが白くなっていく。

舌で舐められる刺激から逃《のが》れようと、脚を動かしたいのにアルフォンスの腕は許してくれない。

「もっと、変になればいい」

膣内の指は二本に増やされ、クリトリスは舌で舐められる。

羞恥心よりも彼の指と舌が与える感触に、子宮の奥が疼《うず》き「もっと奥に刺激が欲しい」という欲がシュラインの内に湧き上がる。

涙を浮かべて自分の腹部を見れば、愛液を舐めとるアルフォンスの瞳と視線が合う。彼の唇が、恥ずかしい液で濡れて光って見える淫猥《いんわい》で背徳的《はいとくてき》な光景に、興奮が高まっていく。

「あん、あああっあ～」

切なくなるくらい高められた快感が、出口を求めて渦《うず》を巻いていく。身体中《からだじゅう》を愛撫され、秘部の奥を見られて舐められて、恥ずかしいのに気持ちいい。

強く吸い上げられクリトリスへ軽く歯を立てられ、シュラインの目の前が真っ白に染まった。

「ひっ、あぁあああー！」

下半身から全身へと走り抜けた強烈な快感によって、ビクンと上半身を大きく仰《の》け反《ぞ》らせたシュラインは治療目的以外で、初めての絶頂を迎えた。

絶頂の余韻に浸《ひた》る余裕もなく、乱れたシュラインの呼吸が少しだけ整ってきたところで、膣内に埋め込まれているアルフォンスの指は律動《りつどう》を開始した。

「あんっ、ああっ」

三本に増やされた指でナカを掻き混ぜられて、すっかり蕩《とろ》けきった膣からぐちゃぐちゃと厭《いや》らしい水音が室内に響く。

クリトリスを解放したアルフォンスは体を起こし、喘ぎながら助けを求めるように口を開閉するシュラインの唇に口付ける。

「んんっ」

貪《むさぼ》るように舌を絡ませ合い、膣内へ埋めた指をバラバラに動かすと溢れる愛液がアルフォンスの手首を伝い落ち、シーツに染みを作った。

「ああんっ、そこ、ダメ、んっ」

「ここがいいのか」

「ああっ」

快感が高まっていき今にも弾《はじ》けそうになった時、膣内へ埋められていた指はズルリと愛液の糸を引いて抜かれてしまった。

「あっ……なん……」

「そんな顔をするな。私も限界だ。これ以上のことを、続きをしても大丈夫か？」

この続きは何をするのか、とは考えるまでもなかった。

膣内に埋まっていたものがなくなって寂しい。蕩けたここに熱いモノを突き入れて、切なく疼く奥を突き上げて欲しい、という焦燥感《しょうそうかん》がシュラインの心に湧き起こる。

「アル、フォンスさま、もっと、してください」

息も絶え絶えになったシュラインは、上気した表情で瞳に涙を浮かべて限界を訴える。

ひくつくクリトリスと赤く色付いた乳首を撫でられ、「あんっ」と甘い声が口から漏れた。

「いいのか？」

「……はい」

真っ赤な顔で目蓋を閉じて頷いたシュラインを見下ろし、息を吐いたアルフォンスはベッドから下りるとシャツの釦《ボタン》を外していき、バサリと床へ放る。次にスラックスの前をくつろげ、下穿《したば》きと一緒に一気に脱いだ。

獲物を前にした肉食獣のような、情欲に染まった瞳を向けられて「早く彼に抱かれたい」と蕩けきっていたシュラインの思考は、アルフォンスの裸体を目にして一気に覚醒した。

（うそ、こんなにも大きいの？　わたくし、媚薬を飲んだ時、コレを中に受け入れたの？）

鍛え上げられた肉体、見事に割れている腹筋の下に存在している赤黒い陰茎《いんけい》。亀頭《きとう》から先走りの液が垂れ落ちるのを見て、シュラインはゴクリッと唾《つば》を飲み込んだ。

前世の記憶、付き合っていた相手の陰茎を思い起こして比較するにしても、朧《おぼろげ》気な記憶過ぎてあてにならない上に、アルフォンスのソレは大きすぎる気がした。自分の中の許容量を超えるであろう太さと長さに身の危険を感じて、怠《だる》くて重い身体を無理矢理起こそうと両腕に力を込める。

ベッドへ上がったアルフォンスは、呆然《ぼうぜん》としているシュラインの太股を撫でた。

「シュライン」

媚薬で理性を失っているのではない、シュラインが自分の意思で求めてくれていて、陰茎を見詰めているというだけでアルフォンスの胸は高鳴り、臍《へそ》まで立ち上がった陰茎は更に太さを増す。

「偽装《ぎそう》ではなく、本当の夫婦になろう。初夜のやり直しだ」

目を丸くするシュラインの両脚を己の肩に掛けると、アルフォンスは熱く昂《たかぶ》った自身を秘処へあてがい、ゆるゆると抽挿《ちゅうそう》を開始した。

「あっ、んぁ」

指より太い熱く硬い亀頭が膣内を広げ、奥へと押し込められていく。

「んっ、アルフォンス様のが、はいってくる、はぁ……」

押し上げられているようなナカの圧迫感はあっても、ぐずぐずに蕩けきった膣は容易に長大な陰茎を飲み込んでいく。

夜会で媚薬を摂取して、初めて体を重ねてから久しぶりの挿入。

まだ全て入り込んでいないのに、膣は猛《たけ》る陰茎を旨そうに咥《くわ》え、子種を欲して蠢《うごめ》きだす。

「くっ」

陰茎を締め付けられる気持ちよさに、達しそうになりアルフォンスは下半身に力をいれる。

「はっ、シュライン、痛くはないか？」

腰を進めるアルフォンスの眉間に皺が寄り、気持ちよさそうに息を吐く。

彼が感じてくれているのが嬉しくて、陰茎によって膣が広がる圧迫感と僅かな痛み、そして快感に喘いでいたシュラインの膣内がきゅっと締まった。

「ぁあっ、大きくてナカがいっぱい広がっているの、はぁっ、アルフォンス様、どうしよう、気持ちいい……ぁあぁっ！」

膣内に入っているアルフォンスの陰茎が更に太さと熱を増して膣の奥、子宮口を突いた衝撃でシュラインは叫び声を上げた。

子宮口をノックされる度に与えられる快感に驚き、はくはくと口を動かして酸素を取り込む。

「シュライン、はぁ、可愛い、愛している」

耳元で囁《ささや》かれた甘い言葉によって、堪えきれずシュラインはアルフォンスの背中へ腕を回した。

容量を増した陰茎を、アルフォンスは遠慮なしにグッと奥に押し込み、軽く腰を引く。

隙間なく膣を押し広げている陰茎を許容し、子種を催促して絡みつく膣壁《ちつへき》の気持ちよさに顔を歪《ゆが》めたアルフォンスは、ゆっくりと腰を動かし始める。

腰が擦れあう度に、ぐちゃぐちゃと厭らしい水音と高い喘ぎ声が室内に響いた。

「は、ふっぁ……あ、やぁあ」

抽挿を繰り返す度に溢れ出た愛液が尻へと垂れ、結合部から溢れた愛液は泡立ち互いの下生えを濡らしていく。

穿《うが》つと同時に立ち上がった乳首を指で捏《こ》ね繰り回されて、シュラインは堪え切れずにアルフォンスの肩にしがみ付いて嬌声《きょうせい》を上げた。

「アッ、あぁっ。やっ、それだめぇっ、そんなにしたら、もぉっ変に、何かがきちゃう」

「駄目ではなく気持ちがよいのだろう？　私ももう、達しそうだ。シュライン、共に達しよう」

激しくなる腰の動きに合わせて、子宮口を穿つ陰茎の動きも速く深くなる。

最奥をガツンッと穿たれて、シュラインの中で快感が一気に弾けた。

「やぁっ、あぁあぁー！」

「ぐっ」

シュラインが達すると同時に、快感に顔を歪ませたアルフォンスも呻《うめ》き声を漏らす。

収縮する膣壁の動きに抗《あらが》わず、子宮口の奥へ押し付けた亀頭から白濁した精液を吐き出した。

「ああ、熱い……」

流し込まれた精液の熱さを感じ、アルフォンスが自分の中で達してくれたことが嬉しくて、シュラインは彼の腰に足を絡ませた。

「シュライン、愛しているよ」

「わたくしも、アルフォンス様が、好き……です」

肩にしがみつかせていた手をアルフォンスの頬へと伸ばすと、彼の手のひらが優しく包み込み労《いたわ》るように握った。

口元へ持っていったシュラインの指先へ口付けを落とし、甘噛みする。

快感が弾けたばかりの体は軽く痙攣《けいれん》して、弾けた快感の余韻《よいん》に朦朧《もうろう》となっていたシュラインは、嬉しそうに微笑むアルフォンスを見上げる。

「蕩けた顔をして、はぁ可愛いな。困ったなこれでは、一回では足りない」

「え？」

苦笑いしたアルフォンスは、力が入らないシュラインの肩と腰へ手を差し入れ、くるりと体をうつ伏せにした。

「あっ」

体を動かされ、膣内に入っていた陰茎が抜け出て行く。

後ろからシュラインの尻穴とその下、ぽっかりと空いた膣から白濁した体液が流れ出てくるという、卑猥《ひわい》な光景にアルフォンスはゴクリと唾を飲み込んだ。

「なに、するの」

首を動かしてシュラインは後ろを向く。

問いには答えず、アルフォンスはシュラインの上に覆い被さり、太股の隙間から射精したばかりだと言うのに、もうすでに勃起《ぼっき》して脈打つ陰茎を侵入させる。

「ああっ」

太股に垂れる体液を纏《まと》わせる、熱くて硬い陰茎の感触にシュラインは体を揺らした。

身じろぐと、白濁した体液がコプッと溢れ出てくる秘部は、陰茎の行く先に期待してさらに愛液を分泌して疼きだす。

「アルフォンス様、待ってこの体勢って」

恥ずかしくて嫌で堪らないのに、この後に得られる快感への期待と恐怖に体が震えた。

「後ろから、入れるよ」

「は、あああっ！」

一度射精してもなお熱く硬い亀頭が入口を擦り、ナカへと入り込んでいく甘い快感にシュラインは声を上げて枕を摑んだ。

「後ろからだと、奥まで届く。先ほどとは角度が変わって、いいだろう？」

「奥、ぐりぐりしない、ぁあー！」

ぐちゅぐちゅっ、ぱちゅん。

正常位よりも密着度が増した水音とアルフォンスが腰を動かす度にベッドがギシギシ軋《きし》む音、そしてシュラインの荒い息遣《いきづか》いが室内に響く。

「はっ、シュラインッ、貴女は私の妻だ」

「あっ、ああっ」

陰茎が子宮口を穿ち、下生えと睾丸《こうがん》がクリトリスを擦る快感に悶《もだ》え、喘ぐシュラインの口から飲み込めない唾液が零れ落ちた。

「離れることは許さない。誰にも渡さない。くっ」

背後から抱きしめるアルフォンスはシュラインの首筋を甘噛みした。

独占欲丸出しの台詞《せりふ》を言われて、痛みと快楽がまぜこぜになりもう何がなんだかわからなくなる。

頭の芯から蕩けるような快楽に、シュラインの瞳には涙の膜が張っていく。

「やぁ、あん、あん、あん、あうっ」

普段、冷静な表情を崩さないアルフォンスが快感の高まりと共に、上気した余裕のない表情になっていき、吐き出す息を荒くしている、それだけでシュラインの胸の中に満足感が広がっていった。

シュラインの反応を見ながら、緩《ゆる》く、時には激しくアルフォンスは腰を前後させる。

陰茎が子宮口を穿つ度に、シュラインは快楽の高みへと追い詰められていった。

「わ、わたくし、もぅ」

「はぁ、達するといい。私も、くっ」

嗄れた声で囁いたアルフォンスの指が、揺れる乳房を揉みながら乳首を押し潰した瞬間、高められた快感が一気に高みを駆け上がり、シュラインの思考を真っ白に染め上げていった。

「やあああぁ〜！」

ビクビクビクッ、と激しく体を痙攣させシュラインは太股に力を入れシーツを握りしめて達した。

「はぁはぁ」

達して蠢く膣壁の締め付けに逆らわず、恍惚の表情になったアルフォンスは子宮口目掛けて大量の精液を迸《ほとばし》らせ、亀頭を奥へと押し込みシュラインの上に覆い被さった。

カーテンの隙間から射し込む光が眩《まぶ》しくて、うっすらと目蓋を開いたシュラインは霞《かす》む視界で見えたモノへ、やわらかく微笑み目蓋を閉じて体を擦り寄せた。

（あれ……？）

分厚いカーテンを閉めた記憶はなく、いつ自分が眠ったのか記憶がない。

ガバッと、勢いよく目蓋を開き、隣に寝ている人物が誰か確認して大きく目を見開いた。

（きゃああ！）

驚きのあまり上半身を動かすが、叫び声だけは口に手を当てて何とか喉の奥に押し止めた。

早鐘を打つ心臓を落ち着かせようと、剝《む》き出しの胸へ手を当て深呼吸を繰り返す。

下半身を動かして、膣の奥からトロリとした液体が溢れてくるのが分かり、一気に昨日の出来事を思い出した。

（昨日は、誘拐されて襲われてアルフォンス様に助けられた。そして……）

深呼吸を繰り返すと徐々に気持ちが落ち着き、早鐘を打っていた心臓の鼓動も安定してくる。

息を吐いてから、シュラインはゆっくりと顔を上げて腰を抱く相手を見上げた。

腰に腕を回して眠っているのは、昨日までは名ばかりの夫だと思っていたアルフォンス。

彼と共に朝を迎えたことは、初夜と媚薬を盛られた夜と今回のみ。

初夜は、さすがに別々に眠るのはどうかという結論になり、同じベッドの端と端に別れて眠り、触れられることもなかったため回数には入らないかもしれない。

媚薬を盛られた翌朝は、全裸で眠っていた状況とアルフォンスから肌を重ねたと聞き、混乱して取り乱してしまい侍女達から聞いていた情事後の甘ったるい雰囲気を味わう余裕などなかった。

昨夜の情事を思い出して、両手で顔を覆ったシュラインは羞恥で全身を真っ赤に染める。

（リアムの執事に襲われた時は、触られるのが本当に気持ちが悪かったのに、アルフォンス様に触れられるのは平気で安心したわ。アルフォンス様に抱き締められて一つになれたのは、頭の中が真っ白になるくらい気持ちよかった。これが、好きな相手と通じあった嬉しさということなの？）

熱を持つ頬へ手を当てて、しっかりと目蓋を閉じて眠るアルフォンスを見詰めた。

（媚薬を飲んだ時は、しっかり見る余裕はなかったな。男性なのに羨《うらや》ましいくらい綺麗《きれい》な肌だわ。それに綺麗な顔、睫毛《まつげ》も長いのね）

今まで体を密着させたことはあっても、意識してアルフォンスの顔を見詰めたことはない。

昨夜、初めて触れた彼の髪は見た目以上にやわらかく滑《なめ》らかだと知った。

きめの細かい肌に長い睫毛が影を落とし、薄い唇は少しだけ開いて時折浅い息を吐く。

実年齢よりずっと幼い寝顔は可愛らしく見えるのに、目元にできた隈《くま》が彼の蓄積《ちくせき》した疲労を物語っており、シュラインは腹部へ回された大きな手に自分の手のひらを重ねた。

この大きな手のひらが体中を這《は》い、敏感な乳首や秘部を愛撫していたなんて意識すると、未《いま》だに違和感の残る秘部が甘く疼き出す。

昨夜、背後から何度も貫かれ、一緒に達したアルフォンスはシュラインに覆い被さり、荒い呼吸を繰り返した。

暫《しばら》くの間、シュラインの耳朶《じだ》を食んで首筋に口付けて絶頂の余韻に浸った後、アルフォンスは額から流れた汗を手の甲で拭《ぬぐ》い蕩けるような笑みを浮かべ、「愛している」と告げた。

それ以降は、アルフォンスに甘やかされとてつもなく甘美で蕩けるような時間を過ごした、としか表現できない。

思い出すだけで恥ずかしくなり、シュラインは両手で顔を覆いベッドの上を転げ回りたくなった。

「アルフォンス様……」

目蓋を閉じたままの綺麗な顔へ手を伸ばす。指先でそっと頬に触れ、形のよい唇へ触れたいのを我慢して鼻先へ触れる。そして、人差し指と親指でギュッと鼻を摘んでやった。

鼻を摘んでから数十秒後、アルフォンスの肩が小刻みに震え出し「ブハッ」と、声を出して口を大きく開いた。

「はぁ、はぁ、こらっ」

荒い息を吐くアルフォンスは少しも寝惚《ねぼ》けた様子はなく、自分の鼻を摘んでいたシュラインの指を絡めとる。

「狸寝入《たぬきねい》りなんてしているからでしょう」

クスクス笑うシュラインを見たアルフォンスは、ぐっと唇を噛んで目蓋を閉じた。

「どうしたの？」

「やはり、私の妻は可愛い。と、再確認した」

「なっ」

起き上がりかけたシュラインの上半身をベッドへ押し留め、アルフォンスはリップ音を立てながら顔中へ口付けを降らした。

甘い雰囲気に流されかけたシュラインは、空腹を訴える腹の音で我に返ると突き飛ばす勢いでアルフォンスの腕の中から脱出した。

「きゃあっ」

這うようにベッドから下りようとして、先にベッドから下りたアルフォンスに抱え上げられた。

「動けるのか？」

「うう、壁伝いに歩いていけば、何とかなります」

「それでは下ろせないな」

足腰に力が入らないシュラインは、アルフォンスに横抱きにされて寝室から移動した。

二人とも素肌にガウンを羽織《はお》っただけなのは恥ずかしくて、着替えをしたいと訴えたのだが全く聞き入れてもらえず、シュラインは横抱きされたままアルフォンスの膝へ座らされる。

テーブルにはいつの間にか用意されていた遅い朝食。スープからは湯気が立ち、でき立てのチーズオムレツも並ぶ。

(そういえば、誰も起こしに来なかったな)

昨夜から今朝の様子を使用人達は知っているのだと思うと、シュラインはいたたまれない気分になり身を縮めた。

介護状態、否、親鳥ならぬアルフォンスが甲斐甲斐《かいがい》しく口元へ運ぶ朝食を咀嚼《そしゃく》して飲み込む。

全ての料理は食べやすい一口サイズにカットされており、使用人達の気遣いを感じさせた。でもこの後、彼らに会うときどんな顔をしたらいいのか分からない。

アルフォンス自ら食後の紅茶を淹《い》れて、やっと彼の膝の上から解放され椅子《いす》へ座ることができた。

「いまさらだけど、貴方は狡《ずる》いわ」

隣へ座るアルフォンスを見上げ、シュラインは唇を尖らす。

「あんな場面で『抱きたい』だなんて言われたら、断れないじゃない」

昨日、リアムと執事によって誘拐された屋敷で、アルフォンスがシュラインの耳元で囁いた言葉。

『兄上と話がまとまりしだい、離宮へ戻る。その後は、貴女を抱きたい』

直接的な言葉は嫌ではなく、抱きたいと言って貰《もら》えたことが嬉しかった。

婚約者だったヘンリーを奪ったアリサから誘惑《ゆうわく》されても振り払い、可愛がっていたリアムより自分を選んでくれた事実が嬉しくて涙が出てきた。

何よりも、アルフォンスのことを〝好ましい〟と、シュライン自身も〝欲しい〟と思ってしまったことに気付き、彼の帰りを待っていたのだ。

「嫌だったか？」

身を屈《かが》めたアルフォンスの手が、頬を包み込むように触れる。

「……嫌じゃない」

媚薬を飲まされたのに、シュラインを気遣い優しく抱いてくれた。

抱いていいかと、確認したアルフォンスを積極的に受け入れたのはシュラインなのに、今さら嫌だと言うはずないじゃないか。

自ら彼を受け入れてしまったら、一見すると冷静で感情を露にしない彼の熱を知ってしまったら、隣国へ渡るという未来が遠ざかると分かっていたのに。

離婚が難しくなると分かっているのに、ニコラスに触れられた部分の上書きをアルフォンスに頼んでしまっていた。

（それに、あんな顔をされたら……負けちゃうじゃない）

「もっと欲しい」とねだってしまった時、アルフォンスが見せた笑顔は胸がきゅうっと締め付けられるくらい、本当に可愛かったから。

『アルフォンス様はわたくしの旦那様』だったか？　そんな可愛らしいことを言われたら、我慢できなくなるだろう」

ガバッと、勢いよくシュラインは顔を上げた。

「ちょっ、聞いていたの⁉」

悲鳴に似た声を出して、シュラインの顔は耳まで真っ赤に染まる。

「私の妻は可愛いな」

椅子から立ち上がり顔を背《そむ》けようとするシュラインを抱き寄せ、アルフォンスは彼女の額と唇へ口付けを落とした。

「偽装ではなく正式に私の妻となって欲しい。私の妻はシュライン以外、考えられない」

「お断りします」

即答して頭を下げれば、ピシリとアルフォンスは固まっていた。

「大事な話はちゃんとした場所、そうね、わたくしに求婚してくださるのならば、契約を持ちかけてくださったあの時と同じ庭園でしてください。その後で、二年後も結婚生活を続けるか、二年後貴方《あなた》と離婚するかを考えます」

裸にガウンを羽織り朝食後という、雰囲気も何もあったものではない状況で言われても頷けない。にっこりと微笑むシュラインとは対照的に、苦渋の表情を浮かべてアルフォンスは頭を抱えた。

頭を抱えていた時間は十数秒ほどで、顔を上げたアルフォンスはクツクツと喉を鳴らして笑った。

「最初からやり直しが必要か。当然、だな」

微笑んだアルフォンスを見て、シュラインは「ひっ」と引き攣《つ》った悲鳴を上げた。

「君をどろどろに甘やかして、私の愛を徹底的に知ってもらうことにするよ」

愉悦《ゆえつ》の表情で恐すぎる発言をしたアルフォンスの瞳に、仄暗《ほのぐら》い光を見付けてしまいシュラインは背中に冷たいものが走った。

（ヤバイ、変なスイッチを入れちゃったかも……）

冷徹な王弟殿下《おうていでんか》の危険なスイッチを押してしまったようだと、シュラインは涙目で対抗策を考えるのだった。

＊＊＊

薄暗い室内へ、天井《てんじょう》の上部にある鉄格子《てつごうし》のはめられた窓から朝陽《あさひ》が射し込み、朝だと分かる。

この狭く息苦しい棟《とう》へ王妃リリアが閉じ込められ、早くも五日が経《た》っていた。

鉄の扉を「出して」と叩《たた》いても、叫んでも誰も来ない。

罪を犯した高位貴族や、王族を一時的に収監するため用意された室内は、寝具やソファー、テーブルが置かれ本棚にはありとあらゆるジャンルの本が並べられている。

牢《ろう》にしては豪華とはいえ、二十年近く過ごした王妃の間に比べればここの居心地は最悪だった。

「何故《なぜ》、こんなことに。ハッピーエンドは迎えたのに。私はこの国の王妃になれた」

ソファーへ腰掛けたリリアは、赤いマニキュアが先端だけ剝《は》げた親指の爪を嚙む。

十五歳で王立学園に入学して、王太子《おうたいし》を攻略して彼の妃《きさき》となり全て順調だったはずだ。

「アリサが欲を出したから、かしら？　あの娘が勝手に動いて、余計な真似《まね》をしたからっ」

きつく嚙んだ下唇が切れ、口内へ鉄錆《てつさび》の味が広がった。

リリアは、サーパス子爵《ししゃく》とメイドとして勤めていた母との間に生まれた、貴族の庶子《しょし》だった。

娘から見ても母は可憐《かれん》な容姿をしていて、多くの男性使用人達が憧れを抱《いだ》いていたらしい。

平民だった母親は正妻としては迎えられなかったが、愛人として別邸を与えられリリアを産んだ。

母親によく似たリリアも可愛らしい顔立ちをしており、サーパス子爵は彼女を認知してそれなりの教育と生活をさせてくれた。

王立学園入学の一年前になると、別邸から本邸へ住まいを移したリリアは、サーパス子爵令嬢《れいじょう》として恥ずかしくないよう本格的な淑女《しゅくじょ》教育を受け、王立学園入学に備えた。

薄いピンク色の花が咲く木々が立ち並ぶ道を通り抜け入学式に向かう時、舞い散る花弁《はなびら》が雪のようだと感じたリリアの中で、不思議な感覚が生じたのを今でも覚えている。

壇上に立った新入生代表の生徒、この国の王太子ヘリオットを見て、不思議な感覚は風船が膨らむように大きくなり、弾けた。

「あ、これってゲームじゃないの？」

唐突に脳裏《のうり》に蘇《よみがえ》ったのは、見知らぬ部屋で長方形の板を見詰める自分だった。

黒髪黒目の平凡な顔立ちをした少女、女子高生という学生だった前世のリリアが何故人生に幕を下ろしたかは思い出せない。

混乱した彼女の目前で、夢中になっていたゲームのオープニングと同じ光景が広がる。

ゲームと似た世界に転生したのだとしても、ここはゲームの中ではない。

混乱していても、失敗してもリセットはできないだろうことは理解した。

この日の夜、蘇った記憶を整理しながら攻略対象キャラ達の性格と将来性を考慮《こうりよ》し、三年間の学生生活で誰から攻略していくのか、エンディングは誰と迎えるのかを慎重に考える。

「当然、王太子ヘリオットルートよね」

攻略の難易度と将来性、変態、ヤンデレ趣味のキャラは除外して、最高位の女性となれる王太子に狙いを定めることにした。

それからは、王太子を始めとした攻略対象キャラと出逢《であ》い、順調にイベントをこなしていく。

「無理をしないでください。私の前だけは、ありのままの貴方でいいのです」

「何があっても、私は貴方の味方だから」

時には甘やかし、時には姉のように叱り、次期国王となる彼が背負う重圧に同情しつつ励まし、ヘリオットの好感度は順調に上がっていく。

台詞を覚えるくらいやり込んだゲームの選択肢は間違うわけもなく、悪役令嬢の嫌みと女子達の嫌がらせは恋愛のいいスパイスとなってくれた。


「シャーロット・トレンカ！　お前が企《くわだ》てたリリアへの数々の嫌がらせ、もはや看過《かんか》する事はできない！　よってお前との婚約は、今この時をもって破棄させてもらう！」

長かった三年間の学生生活最後の日、ついに迎えた悪役令嬢断罪イベント。

スポットライトに照らされたダンスホール前方の壇上に立ったヘリオットは、唖然《あぜん》とする婚約者だった公爵《こうしゃく》令嬢へ向かって高らかにそう宣言した。

攻略対象キャラ達に守られ、ヘリオットの婚約破棄宣言を聞いていたリリアはほくそ笑んだ。

だが、悪役令嬢と婚約破棄した王太子は、ヒロインと結ばれハッピーエンド……にはならず、学園を卒業しても王妃と元老院《げんろういん》が反対してリリアの立場は宙ぶらりんの状態となっていた。

国王夫妻と王太子が親子喧嘩《げんか》をしている間に悪役令嬢は修道院送りにはならず、海を渡った先の海洋産業で富を得ている国の貴族へ嫁《とつ》いでしまい、リリアは不安で眠れない日々を過ごした。

こんなことならば、学園へ留学していた隣国の第三王子を攻略すればよかったと何度も後悔した。

「婚約を反対されるだなんて、王妃様は私を嫌っているのよ」

瞳を潤《うる》ませて悲しげに言えば、ヘリオットは面白いように動揺してくれる。

「違うっ！　母上が厳しいのは、リリアに立派な王妃になって欲しいだけなんだよ」

「でも、こんなに厳しくされたら、お腹《なか》にいる貴方の赤ちゃんが苦しむわ」

俯《うつむ》いたリリアは、まだ平らな腹部を撫でる。

一瞬、惚《ほう》けた顔をしたヘリオットは直《す》ぐに破顔し、リリアを抱き締めた。

「リリアッ、本当に？」

(恋は障害があった方が燃え上がるのよ。悪役令嬢は退場させて、次は婚約に反対する母親が邪魔《じゃま》をして私との間で板挟みとなっている。可愛そうなヘリオット。でも、赤ちゃんができたと知ったから弱腰の彼も庇護欲《ひごよく》を擽《くすぐ》られて頑張ってくれるわね。これで彼は絶対に私を捨てないわ)

妊娠が判明し、さすがに子ができてしまったのにリリアを放逐《ほうちく》するわけにはいかない。

さらに新聞社がこの情報を掴み、王家の醜聞《しゅうぶん》として市井《しせい》に広まってしまった。

こうして、王妃と元老院から王太子との婚姻《こんいん》を反対されていた可哀相《かわいそう》な子爵令嬢は王太子妃となることが決まり、一時期市井では身分差を乗り越え結ばれるという内容の、貴族と平民の恋愛小説や芝居が流行《はや》ったという。

離宮で暮らし始めたリリアが、王太子ヘリオットの年の離れた妹や弟と顔を会わせたのは、結婚式の三日前だった。

(妊婦を真っ先に座らせないとはどういうことよ！)

悪阻《つわり》を理由にリリアは離宮で静養していたため顔会わせが遅れたのだが、当のリリアは国王一家との挨拶《あいさつ》の間、立たされていたことに腹を立てていた。

「アルフォンスと申します。義姉上《あねうえ》、よろしくお願いします」

王妃の傍《かたわ》らから進み出た少年は、恥ずかしそうにはにかむ。

「まぁ」

妊婦への気遣いが足りないという不満は、第二王子のアルフォンスに会って一気に吹き飛んだ。

(なんて、可愛いのぉ！)

アルフォンスと名乗ったヘリオットの弟は、淡い金髪に白い肌、大きな碧《みどり》色の瞳をした物語に登場する天使そのもの。

吊《つ》り目で生意気そうなアルフォンスの双子の姉エレノアよりも、よほど女の子のような可愛い容姿をしていた。

(お腹の子がアルフォンスみたいに可愛いければ、育児も頑張れるかもしれないわ)

悪阻で寝込むことがあっても、まだ見ぬ我が子に期待を抱き下腹部を撫でた。

そして、予定日超過でやってきた陣痛《じんつう》に二日間苦しみ抜き、男児を出産する。

生まれた息子《むすこ》は可愛く天使のようだったし、初めて抱いた時は涙を流した。しかし、産めば一番愛《いと》おしい存在になると思っていた息子は、授乳が面倒になったのと毎夜の夜泣きに睡眠の邪魔をされるのが嫌で、生後三ヶ月になるころには世話は全て乳母《うば》へ丸投げになった。

薄情だと思いつつ、息子の世話よりも自分の体形を妊娠前へ戻す方に興味が移っていく。

ハッピーエンドを迎えた後は、未来の王妃の座を手に入れて夫の権威を使いリリアを害するモノ全てが排除できる。全ての物事はリリアの意に沿《そ》うように動いていると確信していた。


王太子妃となり五年ほど経ったある日、ヘリオットから告げられた内容に、リリアは驚きのあまりティーカップを取り落としそうになった。

「アルフォンスに婚約者を!?」

「アルフォンスも十三歳、王族としては婚約を結ぶのが遅いくらいだ。リリアがアルフォンスを気に入っているのは知っているが、これはもう決定したことなんだ」

体調を崩した国王の代わりに政務をこなしていたヘリオットは、用件だけ告げると側近達に急《せ》かされ部屋から出ていった。

「アルフォンスに婚約者なんて……」

ギリッと奥歯を噛み締める。

成長期に差し掛かったアルフォンスは、背も伸び始めてもまだ少女のような可憐さは失われておらず、中性的な線の細い美少年となっていた。

前世で夢中になっていた、とあるアニメの主人公とアルフォンスの姿が重なり、何かと理由を付け彼を呼び出しては茶会や散策に付き合わせていたリリアは、扇《おうぎ》を握る手に力を込める。

（だから最近は呼び出しても、忙しいと言って来てくれなかったのね！　アルフォンスに婚約者だなんて、駄目よ！）

前世、様付けまでしていた推《お》しキャラとよく似た、可愛い可愛いアルフォンス。

常に傍らに置いておきたかったし、彼が攻略対象キャラだったら真っ先に攻略したかったのに。

（いっそのこと、アルフォンスの童貞を奪って男にしてあげようかしら。快楽落ちさせて、私から離れられなくなったら……それも愉《たの》しいわね）

顔を歪めたリリアの中に、沸々《ふつふつ》と歪んだ欲望が湧き上がってくる。

王太子妃となってからのリリアは、欲しいものは我慢せず全て手に入れてきたのだ。可愛いアルフォンスへの欲を我慢するなど、考えられなかった。

翌日、ヘリオットに強請《ねだ》り王家に伝わる媚薬を手に入れ、アルフォンスの婚約者の侯爵《こうしゃく》令嬢へは牽制《けんせい》のため刺客《しかく》を送り込んだ。

まず、侯爵令嬢が乗った馬車が思惑通りに〝運悪く〟賊に襲われた。

横転した馬車から投げ出された令嬢は、全身を強く打ち命を落としてしまう。この結果に、少々胸を痛めたが数日後にはそれどころではなくなった。

計画では、婚約者の事故に心を痛めたアルフォンスが、〝誤って〟媚薬を飲んでしまって苦しんでいるところに、〝偶然〟出会《でくわ》したリリアが優しく介抱してあげるつもりだった。

ところが、アルフォンスはリリアの手を振り払い、自室へ逃げて鍵をかけ閉じこもってしまったのだ。

そして数日後、自力で媚薬を抜いたアルフォンスが同盟国へ留学すると、義母から知らされたのだ。

「婚約者の侯爵令嬢も亡くなり、アルフォンス自身も何者かに毒を飲まされました。このままではアルフォンスの命が危ないと判断し、陛下《へいか》とわたくしの二人で留学を決めました。貴女が何を言おうと無駄です。これは決定したことですから」

反対意見は義母に切り捨てられ、十日後にはアルフォンスは留学のため同盟国へ行ってしまった。

この頃から、リリアの思惑《おもわく》通りにいかないことが増え出した。

茶会や舞踏会の開催、ドレスや装飾品まで義母に口出しされて、鬱憤《うっぷん》が溜《た》まっていく。

王妃と王太子妃の不仲は貴族内に知れ渡り、リリアの立ち居振る舞いに眉を顰《ひそ》めていた社交界に影響力を持つ貴族女性からは敬遠され、社交も上手《うま》くいかない。

最たるものは、息子ヘンリーの婚約者を義両親に決められたことだった。

「お義母様《かあさま》！　ヘンリーの婚約者を決めたとは、どういうことですか!?　ヘンリーには私のように恋愛結婚をして欲しいのですっ！」

双眸《そうぼう》に涙を浮かべ、リリアは両手を胸に当て反対を訴えた。

ヘリオットならば、直ぐにその訴えを聞き入れてくれただろう。だが、義母は鼻で嗤《わら》った。

「恋愛、ですって？　臣下や他国とよりよい関係を築くための政略結婚は王族の義務です。特に、ヘリオットの行いで王族に失望して離れてしまった臣下の信頼と忠義を取り戻すため、こちらも誠意を見せなければなりません」

「母上、そのような言い方は」

「ヘリオット、貴方は黙っていなさい！」

王妃に睨まれたヘリオットは、唇をきつく結んで俯く。

椅子に座り静観していた国王は、椅子の肘掛けを支えにして立ち上がり口を開いた。

「そなたが騒ごうと覆《くつがえ》ることはない。ヘンリーの婚約者は、カストロ公爵令嬢に決定した」

「カストロ公爵ですって!?　あの、シャーロット様の従兄弟《いとこ》じゃないの！」

「仕方あるまい。シャーロット嬢との婚約を一方的に破棄したことで、トレンカ公爵家とカストロ公爵家は王家から距離を置いてしまった。両公爵家との繋《つな》がりを強くするために、これは必要な婚約なのだ」

病に蝕《むしば》まれてもなお威厳を失わない国王へ、さすがのリリアも言い返すことはできなかった。

正式にヘンリーの婚約者となったシュラインは、王妃教育を受けるために頻繁《ひんぱん》に登城《とじょう》し、義母からの評価を上げていく。

国王が病に倒れ、ヘリオットが国王に即位してからも王太后《おうたいごう》が目を光らせているせいで、リリアは王妃としての仕事から逃れられず窮屈《きゅうくつ》な思いを強《し》いられていた。

「気に入らないわ」

デビュタントを迎える貴族の子息、令嬢達のために開催された舞踏会。

婚約者としてヘンリーの傍らに立つシュラインは、かつてリリアが王太子の婚約者の座から蹴落としたシャーロットそっくりの容姿をしていて、彼女を見ているだけで気分が悪くなってくる。

留学から帰ってきたアルフォンスも舞踏会には参加しているのに、彼の周囲には護衛とダンスの順番待ちをしている令嬢達が群《むら》がり、近付くこともできないでいた。

ヘリオットの横に座り挨拶を済ませ王妃の仕事は終わっている。

媚《こび》を売りに来る貴族の相手をしながら、アルフォンスとヘンリーが令嬢達とダンスをしているのを眺め続けるのは、苛立《いらだ》つ上に退屈だ。

「疲れたから」とヘリオットへ退席する旨《むね》を伝え、リリアは立ち上がると出入口へと向かう。

出入口へ向かうリリアへ、貴族達は会釈《えしゃく》をして道を譲る。

その光景に満足して口角を上げげたリリアの耳に、一人の令嬢の漏らした言葉が届いた。

「あーあ、ビールとか日本酒が飲みたいなぁ」

ぴたりと、リリアの足が止まる。

「貴女、今、何と？」

デビュタントの証《あかし》の花の髪飾りを付けた令嬢の肩を掴む。

「お、王妃様っ、ご機嫌麗《うるわ》しく、」

「そんなことはどうでもいいわ。貴女、今日本酒って言ってなかった？」

令嬢の瞳が大きく見開かれ、可愛らしい顔が驚愕の表情となる。

それが、転生者アリサとの出会いだった。

アリサを自室へ招き、話をしているうちに彼女はリリアにとって都合のよい相手だと分かった。

男爵《だんしゃく》令嬢とは名ばかりの庶子。

都合のいいことに、アリサには恋愛ゲームの知識はほとんどなかった。

前世、数多くの恋愛ゲームを楽しんだ記憶を活用し、ヘンリーをアリサに夢中にさせる。そして、卒業までにカストロ公爵令嬢シュラインを悪役令嬢に仕立てて、ヘンリーの口から婚約破棄を宣言させ新たな婚約者にはアリサを据《す》える、という計画をリリア主導で立てた。

（婚約破棄までは上手くいっていた。どこからおかしくなったの？　アリサがアルフォンスに興味を持ってから？　用意したシナリオ通りに動かなくなったから？）

ガチャガチャ、ガチャリッ。

静かな室内に扉の開閉音が響き、リリアは音を立ててソファーから立ち上がった。

「アルフォンス！」

「貴様の処刑を執行する日が決まった」

笑みを浮かべ、アルフォンスへ駆け寄ろうとしたリリアは固まる。

「それまでの日々、懺悔《ざんげ》と後悔で苦しみ抜くがいい」

無表情のまま、アルフォンスは吐き捨てるように言い放った。

「私としては公開処刑にしたいところだが、公開処刑では未だに身分差を愛の力で乗り越えた王妃として、貴様を神格化している市民の一部が騒ぎだす。そして、優しいシュラインが気に病んでしまうかもしれない」

一部の市民は王妃の死を悼《いた》むだろう。それは仕方のないことだと割り切っていた。

アルフォンスにとって、時間の経過とともに変化していくだろう市民と臣下の感情よりも、シュラインが気に病むことが、処刑の決断を下した自分を非難するということの方が不安だった。

「貴様の処刑場所は王宮内の競技場だ。アリサという女も、一緒に処刑されるから寂しくはないだろう。兄上には疲れた心を癒《い》やすため、辺境で静養していただくつもりだ」

「嘘《うそ》、嫌よぉっ！」

悲鳴を上げてアルフォンスへ突進しようとするリリアを、二人の騎士が前に出て阻止《そし》する。

「嫌よっ！　処刑だなんてっバッドエンドじゃない！」

「バッドエンド？　犯した罪は償《つぐな》わなければならぬ。ただそれだけだ」

金切り声を上げて髪を振り乱して暴れだしたリリアへ、アルフォンスは侮蔑《ぶべつ》の眼差《まなざ》しを向けた。

＊＊＊

冷たい石造りの壁が四方を囲み、窓には鉄格子がはめられた部屋にアリサは収監《しゅうかん》されていた。

トイレと洗面台が設置されていることから、一応女性用に配慮された牢屋というのは分かるが、灯《あか》りは手の届かない高い場所にランプ一つのみという、薄暗さと冷たい床の部屋だった。

三日前まで、王太子の婚約者として王宮の迎賓室《げいひんしつ》を与えられていたアリサにとって、今の処遇には屈辱《くつじょく》と不安しかなかった。

「私はヒロインだって言っていたのに、全然上手くいかないじゃない。王妃は何やっているのよ」

ボスッ！

勢いよくベッドに腰掛けたアリサは枕を殴る。

『面倒でも、自分を可愛らしく見せる努力をすれば、選択肢を間違えなければ、強制力が働いてアリサのことが好きになるのよ。王妃になった私の言う通りにしなさい』

そう自信満々で王妃は言っていたのに、この状況はどういうことかと苛立ちと不安が湧き上がる。

王立学園へ入学した後、王妃が用意したシナリオ通りに王太子ヘンリーと出会った。

王妃の指示した通りに行動すれば、ヘンリーはアリサに好意を抱き、彼女に夢中になっていった。

（上手くいかなくなったのは、王妃のシナリオを無視してアルフォンスを攻略しようとしたから？　仕方ないじゃない。アルフォンスの方がヘンリーよりも格好よくて、好きになったんだもの）

両手で枕を抱き締めて、アリサは天井を仰《あお》いだ。

自分の中に、知らない世界の記憶があるとアリサが気付いたのは、十三歳の頃に母親が病気で亡くなり男爵家に引き取られ、父親がワインを飲んでいるのを見た時だった。

（ワインじゃなくて、ビールが飲みたいな）

ワインを飲んだことのなかったアリサは混乱し、その後は高熱をだして丸一日寝込んでしまった。

寝込んでいる時、蘇った前世の記憶ではアリサは中小企業の事務員として働き、一人暮らしのワンルームで毎晩晩酌をしているような二十代の女性だった。酔った頭で「生まれ変わったらお姫様になりたい」と、考えていたような気がする。

前世は恋愛を楽しむ余裕はなかった。今世は美形の男性達から愛されてもいいじゃないか。

（こんなことになるなら王妃の誘いを断って、真面目《まじめ》に学園で勉強をして父親の選んだ相手と結婚して、堅実な生活をすればよかったのかしら。……あら？）

外から聞こえてきた足音に、アリサは俯いていた顔を上げた。

「……アリサ、聞こえるかい？」

扉越しに聞こえた声の主が誰か気付き、勢いよくアリサは立ち上がった。

「ヘンリー！」

枕を放り投げ、駆け出したアリサは冷たい鉄の扉を両手で叩く。

「ヘンリー開けてっ！　早く私をここから出してぇ。もうこんな場所にいるのは嫌なのっ！」

「つ、それはできないんだ」

間髪《かんはつ》を容《い》れずに返ってきたのはヘンリーの上擦《うわず》った声だった。

今までアリサがねだればどんな我《わ》が儘《まま》も叶《かな》えてくれたのに、扉越しに聞こえるヘンリーの声色からはそれは無理だと分かり、アリサの頭に血が上った。

「できないってどういうこと!?　だって貴方は王太子でしょう？　私をここから出してと、国王陛下にお願いしてよ！」

ガァンッ！

力一杯扉を叩けば、扉の向こうにいるヘンリーは溜《た》め息《いき》を吐《つ》く。

「違う。もう、僕は王太子ではないし、父上は直に国王ではなくなる」

「どういうこと？」

「王族に対する信頼を落とした僕は次期国王には相応《ふさわ》しくないとされ、王位継承権を放棄して父上と共に辺境へ行くことになったんだよ」

「えっ？」

唖然となったアリサが、ヘンリーの言葉を理解するのにたっぷり十数秒かかった。

「何それ？　王位継承権を放棄って、王妃様はご存じなの!?」

「母上もそのうち知るだろう。アリサ、君は……学園時代、多くの貴族の子息と婚約者の仲を引き裂き混乱を招いた罪、次期国王の殺害未遂、次期王妃の誘拐《ゆうかい》に加担《かたん》した罪により、処刑が決定した」

「はっ？　処刑、ですって……？　次期、王妃って……」

「処刑」と小さく呟《つぶや》いて、アリサの頭の中が真っ白になっていく。

体から力が抜けていき、扉に手を当ててずるずると座り込んだ。

「でも、アリサ、僕は君のことを」

「殿下、お時間です」

言いかけたヘンリーの言葉は、被せるような騎士の声で消されてしまう。

扉越しにヘンリーが離れようとする気配を感じ、アリサは扉を叩いた。

「待って！」

制止の叫びに応える者はいない。無情にも数人の足音は冷たい牢屋から遠ざかっていく。

「待ってよ！　そんなの、嘘よ。だって、あの女は悪役令嬢じゃないの!?　次はヘンリー一筋になるからぁ！　リセットしてやり直しさせてよぉ！」

両手で顔を覆ったアリサは、扉にすがって泣き叫んだ。

一晩中泣き叫んだアリサは、処刑執行の日までありもしないリセットボタンを探しまわるという、奇妙な行動を繰り返していたという。

＊＊＊

罪人達との面会を済ませ、死刑執行を命じた翌日。

執務室の窓から見える夕焼けの茜色《あかねいろ》と夜空の藍色《あいいろ》が混じりあった空を睨み、不機嫌なアルフォンスは舌打ちした。

国王へ回していた分の仕事が増え、山積みとなった書類は直ぐには終わらないだろう。

成り行きとはいえ、これでは離宮へ戻りシュラインと夕食は食べられそうもない。重要でもない書類を全てランプの火で燃やそうかなどと、物騒《ぶっそう》なことを考え出した時、執務室《しつむしつ》の扉がノックされた。

「失礼します」

入室したフィーゴからは僅かに鉄錆の臭いがして、アルフォンスは目を細める。

「ニコラスという男の処刑を終えました」

「そうか」

顔色ひとつ変えることなく、アルフォンスは手元の書類へと視線を落とす。

「はっ」

一礼して顔を上げたフィーゴは視線をさ迷わせた後、意を決したように口を開いた。

「あの方の処遇ですが、ドラクマ伯爵《はくしゃく》へ引き渡す、で本当によいのですか？　伯爵の元に奉公に出された者の半数は、耐えきれず逃げ帰って来ると聞いておりますが」

言いにくそうに口ごもるフィーゴに対し、アルフォンスは酷薄な笑みを返した。

「私の寵《ちょう》を得られず持て余した肉欲を、執事を誘惑し発散していたのだ。ドラクマ伯爵だったら矯正《きょうせい》してくれるはずだ。甘やかすのでは、私にはリアムを救えなかったからな」

後継者のいない子爵家への養子、奉公先として他国でも手広く商売をしている商会を用意したのに、リアムは全て断りアルフォンスにしがみついた。シュラインへの嫉妬《しっと》から愚かな行動をとったとはいえ、切り捨てるのを躊躇《ちゅうちょ》するくらいの情はある。

礼儀作法に厳しいドラクマ伯爵は、偏屈《へんくつ》なところ以外は優秀な人物だとアルフォンスは考えていた。だからこそ、リアムへの処罰を国外追放や処刑ではなくドラクマ伯爵への奉公にしたのだった。

「シュラインに手を出した時点でリアムは私の敵となった。処刑ではなく奉公にだすのは温情《おんじょう》だ」

「温情、ですか」

幾度となくリアムと顔を合わせていたフィーゴは、複雑な感情を露にして表情を歪めた。

＊＊＊

突然の王妃の病死により、精神を病んでしまった国王が退位して早くも一月半《ひとつきはん》が経った。

前国王は心身の療養のため、三週間前に王都から離れた辺境に位置する領地へと旅立った。

そして、王宮に残る王族が王太后のみでは不都合があると、アルフォンスとともにシュラインが離宮から王宮へ移り住んだのは半月前。

壁際に設置されている棚が、カタカタカタと動いたのに気付いたシュラインは、ベッドに寝たままだった重い体を起こす。

「無理をなさってはいけませんわ」

腕に力が入らずよろめく体を侍女が支え、ヘッドボードに敷き詰めたクッションに凭れた時、棚が横へとスライドしてアルフォンスが姿を現した。

棚の後ろには、王宮に張り巡らされている無数の隠し通路がある。

一日数回、アルフォンスは隠し通路を使って執務室を抜け出して来るのだ。

三時間ほど前に顔を合わせたばかりなのにと、シュラインは溜め息を吐く。

文句を言ってやろうかと思ったのに、起き上がっているシュラインを確認した途端、笑みを浮かべるアルフォンスの顔を見ると何も言えなくなった。

真っ直ぐベッドへやってきたアルフォンスの手が、体温の高いシュラインの頬を包み込む。

「シュライン」

低めの体温が熱っぽい肌には気持ちよくて目を細めると、シュラインの視界の端に侍女達が退室していくのが見えた。

「体調はどうだ？」

「相変わらず起きていられなくて……昼食は無理でしたが代わりにと、すりおろしてもらった林檎は食べられました」

昨日はほとんどの食事が喉を通らず、何とか飲み込めてもしばらくすると嘔吐《おうと》してしまい、周囲の者達に散々心配をかけた。

「少しでも食べられたならよかった」

執務の合間に、何度も顔を見にやって来るアルフォンスは、安堵《あんど》の表情を浮かべる。

「ああ、兄上達は無事にローゼンシアへ到着したと、先ほど連絡が届いたよ」

「そうですか」

前国王が療養へ向かった辺境の地は、温泉が湧き出る地として上流階級の別荘が建ち国内外から湯治客《とうじ》が訪れる場所だった。

国有地として街道は綺麗に整備され、軍も駐留している街は警備面にも問題はなく、元国王が療養するには最適な場所だろう。

ただ、王太子だったヘンリーが王位継承権を放棄して父親と共に向かったのは驚きだった。アルフォンスはヘンリーを仮の領主とし運営を任せ、上手く責任を果たせればいずれ彼に領地としてローゼンシアを与えるつもりらしい。

（仲良くなかったと聞いていたけれど、療養先にローゼンシアの地を選ぶなんてお兄様へ対する気遣いのつもりなのかしら。ヘンリー様も、王位継承権を放棄して一緒に行かれるとは思わなかったな。国家反逆罪に問われたアリサと別れたことがよほど辛《つら》かったのね。喪失を乗り越えて脳内がお花畑ではなくなった彼なら、よい領主となれるかもしれないわ）

常に感じている眠気でぼんやりとするシュラインの髪を、アルフォンスはヘアブラシを持ち慣れた手つきでとかし、三つ編みにしていく。

（今なら、教えてもらえるかしら）

穏やかなアルフォンスの様子に、ずっと気になっていたのに自分のことで精一杯だったせいで訊《き》きそびれていたこと、穏やかな空気が流れる今なら訊ける気がして、シュラインは口を開いた。

「あの、アルフォンス様、アリサ様とリアム様はどうしていらっしゃいますの？」

髪を結うアルフォンスの手が止まる。

「……男爵令嬢は父親の領地へ戻し、王都へは二度と足を踏み入れられないようにした。リアムは、奉公先で立派に勤めを果たしているよ。気になっていたのか？」

「色々あったけれど、彼らが酷《ひど》い目に遭うのは少し、後味が悪いのです」

髪を結い終わったアルフォンスの指先が頬を撫で下ろし、擽ったさに目蓋を伏せた。

「ふっ、私の妻は優しいな」

ベッドに腰掛けたアルフォンスは、シュラインをそっと抱き寄せる。

(優しいのは貴方でしょう。わたくしの耳に入らないよう、壁になってくれているのだから)

嗅ぎなれた彼の香りと、心地よい体温を感じながらシュラインは目蓋を閉じた。

王宮へ移ってから体調を崩したシュラインを気遣い、周囲に緘口令《かんこうれい》を敷いて残酷な噂《うわさ》は耳に入らないように配慮してくれている。

前国王の残した課題や政務に追われ忙しいはずなのに、様子を見に来てくれるアルフォンス。嘔気《はきけ》で苦しくても傍らにいてもらえると、安心できるくらい心を許す存在となっていた。

(婚約破棄された時は、王家に関わるなんてもう嫌だと、王太后様から婚約者として彼を紹介され、偽装結婚を持ちかけられた時は本当に馬鹿にしていると思ったわ。でも、今は、貴方のことがこんなにも愛おしくなるなんて、結婚当初は想像もできなかったわ)

「そうだシュライン、戴冠式《たいかんしき》は二ヶ月後に決定したよ」

「二ヶ月後、ですか？」

思考を中断して目蓋を開いたシュラインは顔を上げた。

「侍医が、その頃には安定期に入るだろうと言っていたからね」

「お気遣い、ありがとうございます」

まだ平らなシュラインの下腹部をアルフォンスの手のひらが優しく撫でる。

離宮から王宮へ住まいを移した後、月経の遅れと食欲不振から侍医の診察を受けたシュラインに告げられた診断は……妊娠だった。

最終月経からして、妊娠したタイミングは誘拐犯から救出された日の夜、やり直しの初夜だと朝方まで交わったあの時だったに違いない。

「怒っているのか？」

「だって、わたくしには何も教えてくれないで進めてしまうんだもの」

ムッとして唇を尖らせて横を向けば、言葉に詰まったアルフォンスが唾を飲み込む。

「くっ、悪かった」

「いくら国王と王妃を欺《あざむ》くためとはいえ、噂を立てさせて男色《だんしょく》の振りをしていただなんて。国王を退位させた後は貴方が即位するだなんて。そんな重要なことを、直前まで教えてくれないなんて、信じられないでしょう」

「それは、教えたら逃げられるのではと思ったから、言えなかったのだ。それに……は、誤算だった」

ばつが悪そうに言うアルフォンスの言葉の一部は、小さすぎて聞き取れなかった。

シュラインは腰に回された手の甲をつねる。

「虚偽は十分離婚理由となりますからね」

「シュライン、子を授かったのに君はまだ離婚を口に出すのか」

「当たり前でしょ」

わざとらしい溜め息を吐いたアルフォンスは、シュラインの耳元へ唇を寄せた。

「私がよい国王になれるかどうかは、隣に立つ王妃しだいだよ。シュラインにはこれから優秀な伴侶、側近、外交官となり、私を支えてもらう予定なのだからな。愛しているよ」

「くっ、相変わらず卑怯《ひきょう》なんだから」

多少は慣れてきたとはいえ、こんなに甘く囁かれると恥ずかしい。こうされると弱いと、認識してやっているアルフォンスの言動に苛立ちながらも、頬が真っ赤に染まっていく。

「わたくしも、あ、あい、貴方が好きみたいです」

羞恥心が邪魔をして、素直に伝えられないシュラインの精一杯の言葉。

「今は許してやるが、子が生まれるまでに〝愛している〟と言わせてやる」

「何を言ってるの、うぅっ！」

息を吸った瞬間、胃から込み上げてくる嘔吐感に襲われシュラインは口元を手で覆った。

すかさずアルフォンスはサイドテーブルの上に用意されていた陶器の盆を差し出す。

盆を抱え嘔吐するシュラインの体を支え、彼女の背中を撫でながらアルフォンスは恍惚の表情を浮かべていた。

「ああ、君が可哀相だと思う反面、君を苦しめている原因が私との子どもだと思うと、ふふっ、嬉しくなってしまうな」

「はぁ、はぁ、なぁに？」

甲斐甲斐しくアルフォンスは濡れ布巾でシュラインの汚れた口元を拭く。

「シュラインの世話をさせてくれるとは、よい子だなと思ったのだよ」

「えっ」

嘔吐シーンを見ても嫌な顔一つせず、むしろ嬉しそうに世話をする夫を見てシュラインの背中を冷たい汗が流れ落ちる。

（……この人は、もしかしなくても、いやかなりの過保護、いいえ変態なのかもしれない）

おそらく、全身を襲う寒気は嘔吐だけが原因ではない。

それでも、アルフォンスに世話をされるのを嫌ではなく嬉しいと思っている時点で、彼からは逃げられないのだろうなとシュラインは苦笑してしまった。


戴冠式の一週間前、朝から体調がよく食事も嘔吐することなく食べられたシュラインは、様子を見に来たアルフォンスから散歩を提案され、久しぶりに部屋から庭園へ出た。

腰に手を回すアルフォンスの歩みはゆっくりで、彼の気遣いが感じられる。

「ついているよ」

指を伸ばしたアルフォンスはシュラインの髪に絡まった花弁を取る。

花弁を取った指で頬を撫でられて、シュラインは目を細めた。

「ありがとうございます。色とりどりの花が咲いていて綺麗ですね。どうかしましたか？」

繋いだ手を離したアルフォンスは、シュラインへ手のひらを差し出す。

「シュライン、手を出して」

首を傾げつつ、言われるままにシュラインは右手をアルフォンスの手のひらの上に載せた。

手を取ったアルフォンスは、流れるような動作で膝を折り地面に片膝をつく。

「えっ、アルフォンス様？」

戸惑《とまど》うシュラインの右手の甲へ、アルフォンスの唇がそっと触れる。

「シュライン、貴女に私の全てを捧げよう。契約上の妻ではなく、あらためて私の妻となってくれますか？」

「えっ？　ええっ？」

見上げてくるアルフォンスの瞳は真剣で真っ直ぐで。シュラインの思考は一時停止する。

美しい庭園で、麗しい美青年に跪《ひざまず》かれてのプロポーズだなんて、小説のワンシーンみたいな光景。

（契約上の妻ではなく？　これは、寝込んでいるわたくしが見ている夢かしら？）

もしや白昼夢じゃないのかと思い、シュラインは何度も目蓋を瞬《しばた》かせる。

「シュライン、返事は？」

混乱しかけた時に返事を促されて、やっとこれは現実なんだと理解した。

「はっ、はいぃ」

理解した途端、一気にシュラインの全身の血液が沸騰《ふっとう》して、全身が真っ赤に染まる。動揺で、上擦った変な声が出た。

「愛しているよ」

毎日、何度も聞いている言葉なのに、特別な意味をもって聞こえた。

「私も、愛し……ア、アルフォンス様の妻になりますが、度を越した溺愛《できあい》はいりませんからね」

突然だったやりなおしの求婚に、込み上げてくる嬉しさと僅かな恥ずかしさという感情で、返事は本心に反するものになってしまった。

「ふふっ、本当に私の妻は可愛いな」

アルフォンスの歓喜と安堵が入り混じった笑みを見た瞬間、真っ赤に染まった顔を見られたくなくてシュラインは両手で顔を覆った。

エピローグ

王太后宮《おうたいごうぐう》の日当たりのよいサロンの中央に置かれたテーブルを挟み、向かい合わせにアルフォンスと王太后は座っていた。

戴冠式《たいかんしき》とその後の晩餐会《ばんさんかい》の打ち合わせを終え、王太后の雰囲気《ふんいき》が変化したのを察知し、侍女《じじょ》達は部屋から退室していった。

「それで、シュラインの体調はどうなの？」

「まだ悪阻《つわり》で寝込む日もありますが、経過は順調のようです。侍医《じい》からは、戴冠式のころには体調も安定するだろうと言われております」

やわらかいアルフォンスの表情は、計算したものではない身重《みおも》の妻を慈《いつく》しむ本心からの微笑《ほほえ》み。

幼い頃から己を律《りっ》してきた息子《むすこ》の、初めて見せた顔に王太后は目を丸くした。

「貴方《あなた》はそんな顔もできるのですね。婚姻《こんいん》を承諾した時は、どうなるのかと心配していましたのよ」

「シュラインには、国政が落ち着くまで私の妻の役を務めてくれればよいと、彼女に情を抱いたとしても白い結婚のままで、子をなすつもりはなかった。後継ぎが必要ならばエレノアの子を養子に迎えても構わないと、以前は思っていました。ですが」

言葉を切ったアルフォンスは、自嘲《じちょう》の笑みを浮かべた。

「完璧な公爵令嬢《こうしゃくれいじょう》の仮面を取り払った飾らないシュラインを知るにつれ、彼女があまりにも可愛《かわい》らしくて我慢できなくなりました。契約期間が終わったとしても、もう私から逃がしてはやれません」

「過度の愛情は恐怖を抱《いだ》かせます。気を付けなさい」

「ご安心を、加減はしております」

垣間《かいま》見えたアルフォンスの激情に、王太后の背中に寒気が走った。

「リリアの処刑は妥当でも、ヘリオットから王位を簒奪《さんだつ》するまで貴方がやるとは思わなかった。貴方は、ヘンリーを傀儡《かいらい》の王に仕立てるつもりではなかったのかしら」

以前のアルフォンスは、国王の政務を引き受けても自らが表へ出るつもりはないように見えた。だからこそ、ヘリオットはアルフォンスが王位に関心がないと油断しきっていたのだ。

「私が動かなくとも、近いうちにカストロ公爵と元老院《げんろういん》が反乱を起こしていたでしょう。母上が元老院内と貴族内で高まる王族への不満を逸《そ》らすため、私にシュラインを娶《めと》らせたように私も国の未来を憂《うれ》え、行動したまでです」

「憂えていた？　元老院と結託しヘリオットを弑《しい》そうとしていたのはアルフォンス、貴方でしょう」

フッと息を吐いて王太后は器用に片眉《かたまゆ》を上げる。

アルフォンスが諜報《ちょうほう》と暗殺に長《た》けた影を使うように、王太后も独自の情報網を持っているのだ。

ヘンリーが学園へ入学した頃から王位簒奪の準備を進め、最終学年に上がるまでにアルフォンスが元老院と主要貴族を、今は側近となったカルサイルが騎士団を掌握《しょうあく》したのは知っていた。

「何をおっしゃるのですか母上。私が尊敬する兄上を弑すなど、恐ろしいことを企《くわだ》てるわけなどないでしょう。王位の簒奪？　元老院の不満を抑えるためには、シュラインを手に入れるためにはカストロ公爵を納得させなければならなかった。苦渋の選択をしただけです」

「苦渋の選択、ねぇ」

「おや？　母上はエレノアの子を王位に据《す》えられないのがご不満ですか？」

挑発的な問いに王太后の顔から表情が消える。

「いいえ。正当なる王家の血を持つ貴方が王となるのですから、不満などありません」

「ヘンリーも正当な王家の血を持っておりますよ」

「享楽《きょうらく》に溺《おぼ》れた品格なき者は王座には据えられない」

感情のこもらない、冷たい表情と声で王太后は吐き捨てた。

「貴方とシュラインの子は優れた王となるでしょう」

「……母上、全ては貴女の望み通りということですか」

影からの報告では、王族の権威を失墜《しっつい》させかねないヘンリーを諫《いさ》めず、男爵《だんしゃく》令嬢との交際を正当化させるようにヘリオットとリリアの純愛話を聞かせたのは、優雅に紅茶を飲む王太后だった。

シュラインとの婚姻を持ちかけたのも、カストロ公爵と元老院を王家へ繋《つな》ぎ止めアルフォンスが国王夫妻を廃すよう仕向けるため、だとしたら。

「ええ、わたくしの望み通りアルフォンスが国王となってくれて、孫までできるなんて嬉《うれ》しいわ」

悪びれもせずクスクス笑う王太后と、母親を睨《にら》むアルフォンスの間に冷たい空気が流れた。

夜半、アルフォンスが寝室へ入ると、シュラインは座っていたソファーから立ち上がった。

「起きていて大丈夫か？」

「今日は朝から調子がいいの。そろそろ悪阻も落ち着く頃だって、侍医から聞きました」

「そうか」

目を細めたアルフォンスはシュラインを抱き寄せ、ソファーの背凭《せもた》れに掛かっていたショールを彼女の肩へ掛ける。

「王太后様はお元気でしたか？」

シュラインに問われアルフォンスの眉間《みけん》に皺《しわ》が寄る。

「相変わらずの狐《きつね》っぷり、いやお元気な様子だったよ。シュラインの体調を心配されていた」

「悪阻も落ち着いてきましたし、近いうちにご挨拶《あいさつ》に伺わないと、って何をなさっているの？」

シュラインの首へ顔を埋《うず》め、尻を撫《な》で下ろす不埒《ふらち》な動きをし始めた夫の手をペチンと叩《たた》いた。

「今日は、久しぶりに母上と話して疲れた。明日は朝から、面倒な議会があるからシュラインを補充しているだけだ。……愛しているよ。そろそろ、いいか？」

「も、もうっ」

耳元で愛を囁《ささや》くだけで全身を真っ赤に染めるシュラインが可愛《かわい》くて、我慢できなくなったアルフォンスは俯《うつむ》きかけた彼女の顎《あご》へ親指をかけて、上向きにさせる。

「アルフォンス様っ、まっ」

真っ赤に染めたシュラインが制止の言葉を紡《つむ》ぐ前に、アルフォンスは食《は》むように唇《くちびる》へ口付けた。

＊＊＊

数ヶ月前に戴冠式を終え、国王に即位してからアルフォンスは多忙な日々を送っていた。

国王夫妻の寝室へ戻るのが深夜になることも多く、妊娠中のシュラインの傍《そば》にできるだけいたいという願いはなかなか叶《かな》わない。

溜《た》め息《いき》を吐《つ》きつつ、音を立てないように寝室の扉を開閉する。

「シュライン……」

ベッドを見てから、ソファーに寝転がるシュラインを見付けたアルフォンスは頰《ほお》をゆるめる。

完全に寝入っているシュラインの手は、編みかけのケープと編み棒を握っていた。

「風邪《かぜ》をひくぞ」

声をかけてもシュラインの目蓋《まぶた》は閉じたまま。

(悪阻の次は眠たくてしかたない、と言っていたな)

起こさないように、そっとシュラインの体を抱き上げてベッドへ向かう。

ボコンッ。

腹部と腹部が密着しているため、シュラインの胎内を蹴った我が子の胎動がアルフォンスへ伝わり、その力強さに小さく呻《うめ》いた。

「腹の中から邪魔をするとは」

苦笑いしてベッドへ横たえたシュラインの膨《ふく》らんだ腹部を撫でる。

ボコボコッと応えるように我が子は胎内で動き回り、シュラインの眉間に皺が寄った。

「これだけ元気だと男児か？　男児でシュラインに似ず私に似ていたら、それはそれで困ったな」

「ん……」

激しい胎動を感じて、眠りが浅くなったシュラインの目蓋が揺れる。

「我が子でも、私以外の男がシュラインの乳を吸うのは、許しがたい。乳母《うば》に任せるのはシュラインが嫌がるだろうし、どうするか。私も同じように乳を吸えば、許せるのか？」

ぶつぶつ呟《つぶや》いているアルフォンスの声で、シュラインの意識は眠りの淵《ふち》から浮上していく。

「う、アルフォンス、さま？」

目蓋を僅《わず》かに開いたシュラインは、不穏なことを呟いていたアルフォンスへ向けて微笑む。

半ば夢現《ゆめうつつ》のシュラインの額へ口付け、アルフォンスは彼女を抱くように横たわったのだった。


それから一月後、シュラインは元気な王子を出産した。

疲労で意識を朦朧《もうろう》とさせるシュラインを労《ねぎら》っていると、体を清めた我が子を侍女《じじょ》が連れてくる。

我が子を腕に抱き喜びの涙を流すシュラインに促《うなが》され、初めて抱いた息子は髪と瞳の色以外は父親によく似ていた。

「色はシュラインか。だが、面差《おもざ》しは私に似ているな」

柔《やわ》く小さな我が子を抱く喜びと、シュラインの愛情を浴びて育つのだと思い、僅かな嫉妬《しっと》が湧き上がる。喜びと嫉妬という複雑な感情を抱き、アルフォンスは父親になった実感を噛《か》み締めていた。

二代にわたる王太子の婚約破棄騒動が起き、王弟により国王と王太子が追放されたと、一時期噂《うわさ》好きの市民達は面白おかしく騒ぎ立てた。

しかし、新国王に即位したアルフォンスの統治手腕により国はさらなる発展を遂《と》げていく。

また、新国王は市民への御披露目《おひろめ》となる即位式から王妃を溺愛《できあい》しており、その溺愛っぷりは見ている者達の方が照れてしまうほどだったという。

残念な王弟、アルフォンスは計略を巡らす

元老院《げんろういん》での会議を終え執務室《しつむしつ》へ向かっていたアルフォンスは、灯《あか》りに照らされた廊下の前方からやって来た人物の姿に気付き足を止めた。

何故《なぜ》、彼女がここにいるのかと考える前に、嫌悪感《けんおかん》から眉間《みけん》に皺《しわ》が寄る。

「殿下《でんか》」

フィーゴの声で我に返ったアルフォンスは、互いの表情が認識できる前に眉間の皺を消す。

「アルフォンス、久しぶりね」

侍女《じじょ》を引き連れた王妃《おうひ》リリアは、紅《あか》い口紅をひいた唇《くちびる》を笑みの形に吊《つ》り上げた。

「あまり離宮へ帰っていないと聞いたわ。このままでは、シュラインに愛想《あいそ》を尽《つ》かされてしまうのではなくて？」

「義姉上《あねうえ》、ご忠告ありがとうございます。東方で起きた水害の被害状況と必要とされる支援物資を調査するため、現地へ赴《おもむ》いておりました。愛想を尽かされてしまいそうですか。では、可愛《かわい》い妻を寂しくさせないよう、今宵《こよい》は早く離宮へ帰るようにします。失礼いたします」

いくら不仲だとはいえ、元老院を無視して定例会議にすら不参加の、名ばかりで役立たずの国王の代わりに奔走《ほんそう》しているのだと言外《げんがい》に告げれば、リリアは片手に持つ扇《おうぎ》を握り締める。

「アルフォンス！　待ちなさいっ！」

甲高い声で叫ぶリリアから向けられる、突き刺さるような視線を背中に感じながら、アルフォンスは執務室へ向かった。

苦手を通り越して、恐怖の対象だったリリア相手に随分《ずいぶん》と豪胆《ごうたん》になったものだと、アルフォンスに付き従うフィーゴは緩《ゆる》みそうになる口元に力を込めた。

＊＊＊

ソレイユ王国現国王の弟アルフォンスの幼い頃は、利発《りはつ》な双子の姉の影に隠れて目立たないような、外見も内面も大人しい性格だった。

〝能力は可もなく不可もないが、控え目で王の器《うつわ》ではない。利用価値もあまりない第二王子〟それが周囲の評価であり、アルフォンス自身も目指していた姿だった。

十以上年齢が離れている兄は、両親や臣下達の関心を長らく一人占めにしていたせいか年齢の離れた妹と弟が気に入らず、特に同性のアルフォンスが注目される度に不機嫌となっていた。

双子の姉、エレノアは勝ち気な性格から兄ヘリオットから嫌みを言われる度に言い返し、時には両親に告げ口するなど反撃を繰り返していたため、しだいに苛《いじ》めのターゲットから外れたがアルフォンスには大した反撃などできない。

大事なモノを壊され取り上げられ、武術の鍛練《たんれん》という名の暴力はヘリオットが王立学園へ入学するまで続き、アルフォンスは人の顔色をうかがって行動する少年になっていた。

傍目《はため》には弟想いのよき兄のように振る舞い、自身の不注意でモノが壊れたように話を作り、痣《あざ》が残らないよう手加減して暴力を振るう兄は、アルフォンスにとって恐怖の対象でしかない。

両親でさえ見破ることができない、よい兄の裏の顔に気が付けたのは双子の姉エレノアと、ヘリオットに婚約破棄《はき》されたシャーロットくらいだった。

王立学園卒業後ヘリオットとシャーロットが婚姻《こんいん》すれば、兄の顔色を見て怯《おび》える日々から解放されるはずだと安堵《あんど》していたアルフォンスは、血相を変えた兄付きの護衛から報告を受け、目の前が暗くなった。

子爵令嬢《ししやくれいじよう》と真実の恋とやらに落ちたらしいヘリオットは、婚約者だったシャーロットとの婚約破棄を両親に相談なく宣言してしまったというのだ。

身勝手な婚約破棄宣言により、トレンカ公爵《こうしやく》家と王家の間に亀裂《きれつ》を生じさせ両親を大いに落胆させたヘリオットは、卒業パーティーの直《す》ぐ後王宮へ連れ戻された。

王宮で久しぶりに会った兄は以前よりも丸くなった気はしたが、近くに存在を感じるだけで嘔吐《おうと》感《かん》が込み上げてくるほどアルフォンスの体は兄を拒否していた。

(あれだけ周囲から称賛《しようさん》されていた兄上は、これほどまでに愚鈍《ぐどん》な方だったのか)

ヘリオットの〝愛《いと》しい恋人〟である子爵令嬢が孕《はら》んだと知った時は、驚きを通り越して呆《あき》れてしまった。

さらに、市井《しせい》の新聞記者へ情報を流し悲劇の王太子《おうたいし》と子爵令嬢の恋、という人々の同情を買うようなシナリオを作って演じるとは。相変わらず、悪知恵だけはよく働くようだった。

対応に追われる父親が体調を崩しても、当事者の二人だけは幸せの真っただ中にいた。

幼いアルフォンスには理解できない二人とは関わりたくもないのに、王太子妃《おうたいしひ》となったリリアに気に入られてしまったのは不運としか言いようがなかった。

毎日のようにリリアから使いの者が来て、離宮へ呼ばれるようになったアルフォンスは憂鬱《ゆううつ》な日々を送っていた。

貴族の女性としては奔放《ほんぽう》過ぎて、淑女《しゅくじょ》とは思えないような言動をするリリアと過ごす時間は、全く楽しいとは思えない。だが、一度断ったときに「不慣れな王宮での孤独感、妊娠中のリリアを労《いたわ》れ」とヘリオットから睨《にら》まれてしまい、誘いを断りにくくなってしまった。

「アルフォンス～」

離宮を訪れたアルフォンスへ向けて、リリアは満面の笑みで出迎える。

「来てくれてありがとう」

「うわっ！　義姉上っ!?」

勢いよくリリアに抱き付かれたアルフォンスはよろめき、半歩下がった。

「アルフォンス！」

眉を吊り上げたヘリオットがリリアを抱き寄せ、アルフォンスから引き剝《は》がす。

「リリアは身重なのだ。あまり興奮させるな！」

「……申し訳ありません」

走って抱き付いてきたのはリリアで、アルフォンスに非などない。ヘリオットはそれを側《そば》で見ていたはずだ。

喉元《のどもと》まで出かかった「兄上が止めてください」という言葉を何とか押し止め飲み込む。

「もぉーヘリオットは心配性なんだからぁ〜」

ヘリオットの腕に自分の腕を絡《から》ませたリリアは、上目遣《うわめづか》いに彼を見上げ甘ったるい声を出す。

二人だけの世界へ入ってしまったのか、ベタベタと絡み合う様子はまだ恋愛感情を知らないアルフォンスが見ても、かなり不快なものだった。

(もしも、兄上の妃《きさき》がシャーロットお姉様だったら……こんな状況にはならなかったのに)

ふと、王太子だからと臆《おく》することなくヘリオットを叱ってくれていたシャーロットが王太子妃となった場合を考えてしまい、軽く首を振る。

公爵令嬢としての体面と矜持《きようじ》を深く傷付けられたと、婚約破棄の手続きを終えた直後、シャーロットは他国の貴族と婚約し一月《ひとつき》後には嫁《とつ》いで行ってしまったのだ。

愚《おろ》かな兄の代わりに、一言謝りたかったのに、幼い自分の力ではそれすら叶《かな》わない。

(僕が大人だったら、もっと力があれば、兄上を止められたかもしれないのに……)

侍女達はそそくさと退室してしまい、ヘリオットとリリアのやり取りを見せ付けられる羽目になったアルフォンスの握りしめた指先は、力が入りすぎて白くなっていた。


「お帰り、アルフォンス」

自室へ向かう廊下を歩いていると、腰に手を当てた少女が待ち構えているのが見えて、アルフォンスは苦笑いした。

「またあの女の所へ行っていたの?」

双子でもアルフォンスとは似ていない顔立ちと、栗色に近いダークブロンドの長い髪をツインテールにした双子の姉エレノアは、呆れた表情を隠さずふんぞり返る。

シャーロットに憧《あこが》れを抱いていたエレノアは、憧れの存在とは真逆の外見と性格をしたリリアのことを義姉とは呼ばない。

「義姉上の機嫌を損ねてしまうと、他の者達が八つ当たりされるんだ。兄上からも労れと言われているのだから、仕方ないだろう」

幼い王子と王女の耳に入らないよう周囲は気を付けているようだが、アルフォンスは何度か目の前でリリアに癇癪《かんしゃく》を起こされている。

癇癪を起こしたリリアは、不手際があったとか目付きが気に入らないとかいう、理不尽な理由で次から次へと自分付きの侍女を辞めさせていた。

「馬鹿《ばか》なお兄様。シャーロットお姉様の方が何倍も素敵だったのに。お兄様が国王になったらこの国は傾くわね」

その通りだと思っても、臆病《おくびょう》なアルフォンスはエレノアの意見に頷《うなず》けない。

王宮内のどこに王太子派の者達が潜《ひそ》んでいるか分からないからだ。

トレンカ公爵家との関係が悪くなった今、ヘリオットが次期国王となることに反対する声が少数派ながら上がっている。

反対派が担《かつ》ぎ上げようとするのは、自分だということをアルフォンスは理解していた。

「そうだわ、アルフォンスが国王になればいいじゃないの」

いいことを思い付いたとばかりにエレノアは瞳《ひとみ》を輝かせた。

「僕が？」

目を見開いた後、深い息を吐《つ》いた。

「エレノアは女だから、兄上から敵視されていないから分からないんだ。そんなことを考えたら一生幽閉《ゆうへい》されるか暗殺される。それに……僕は国王の器じゃないよ」

臣下や国民のことではなく保身ばかり考えているようでは、到底国王の地位になど就けないだろう。

「もう、情けないんだから。アルフォンスの弱虫」

ほっぺたを膨《ふく》らませたエレノアは腕組みをして「フンッ」と横を向いた。


王太子妃となった数ヶ月後、リリアは無事に男児を出産した。

生まれた男児はヘンリーと名付けられ、ヘリオットとリリアはヘンリーの世話にかかりっきりとなり、アルフォンスは束の間の平穏な日々を過ごすことができた。

しかし、連日の夜泣きと授乳で体調を崩したと訴え、三ヶ月後にはヘンリーの世話を乳母《うば》に丸投げするようになってしまう。

いずれ息子《むすこ》夫婦は育児を放棄するだろうと想定していた国王と王妃は、信頼のおける乳母を用意していたのだが、首の座らぬ乳児期での放棄には「薄情で無責任だ」と怒り心頭だった。

「婚約者、ですか？」

そんなある日、母親の部屋を訪れたアルフォンスは、手渡された令嬢の姿絵《すがたえ》と向かいに座る母親を交互に見る。

「わたくしは貴方《あなた》の今後が心配なのです。リリアがヘンリーを放置して貴方に夢中になっているのは、とてもよくないことだと分かりますね」

「母上、僕は」

「まだ貴方は幼く、リリアに対して恋慕《こいした》う気持ちなどはないでしょう。それでも、女性はいくらでも男性を騙《だま》せる。リリアは男性を操る術《すべ》に長《た》けています。王命によりアルフォンスに婚約者ができれば、リリアは王太子妃として節度ある対応を貴方にしなければならない」

母親は有無を言わせない強い口調で、婚約は「王命」だと告げる。

トレンカ公爵派の侯爵《こうしゃく》令嬢との婚約は、揺らぎかけている王家への信頼と忠誠心を取り戻すためだと考えると、アルフォンスは頷くしかなかった。

婚約を結ぶ前に顔合わせをした侯爵令嬢は、栗色の髪と橙《だいだい》色の瞳で控え目だが穏やかな性格をしていて、彼女とならばよい関係を築けるのではないかと思えた。

一年後、社交界デビュー前に婚約した二人は手紙のやり取りを始め、徐々にアルフォンスは婚約者に惹《ひ》かれていくのを感じていた。

だが、婚約者との手紙のやり取りは突然終わりを迎えた。

王宮から屋敷へ戻る途中、婚約者の乗った馬車が転倒事故を起こし、婚約者が亡くなったのだ。

婚約者の事故に関する調査は直ぐに打ち切られてしまい、それがトレンカ公爵派の貴族に王族への不信感をさらに抱かせることとなった。

そして婚約者の死に意気消沈《しょうちん》するアルフォンスには、彼女の死を悼《いた》む時間すら与えられなかった。

ガシャンッ！

その日剣術の鍛練を終え、用意されていた果実水を飲んだアルフォンスは体の異変を感じ、持っていたグラスを落としてしまった。

「はぁ、なん、だ？」

果実水を飲み込んだ喉が痛み、次いで胃から下腹部が熱を持ち痺《しび》れ始めたのだ。

痺れは体の中心部からどんどん広がり、体中が痺れとむず痒《がゆ》い感覚に支配されていく。

全身に力が入らず、アルフォンスは転げるように椅子《いす》から落ちた。

「あ、くぅ、体が、誰か」

壁際に控えていた使用人は、何故かアルフォンスが苦しむ姿を確認すると部屋から出て行った。

四つん這《ば》いになり、力が入らない四肢を動かし立ち上がろうするが無理だった。

額から汗を流したアルフォンスは、歯を食いしばり床へ爪を立てながら震える両腕に力を込め、どうにか上半身を起こす。

上半身を起こしたのと同時に、閉められていた扉が開いた。

扉の方を向いたアルフォンスは朦朧《もうろう》とする意識の中、大きく目を見開いた。

「な、ぜ？」

現れたのは使用人ではなく、胸元の開いた太股《ふともも》までスリットの入った扇情的《せんじようてき》なドレスを纏《まと》った、王太子妃リリアだった。

苦し気な呼吸を繰り返すアルフォンスを見下ろし、リリアは紅が塗《ぬ》られた唇の端を吊り上げる。

肉食獣じみたリリアの瞳に見詰《みつ》められ、嫌な予感にアルフォンスの頰《ほお》を汗が伝《つた》い落ちた。

「アルフォンス、大丈夫？」

身を屈《かが》めたリリアは、アルフォンスの上気した赤い顔の前へ見せつけるように、胸元の大きく開くドレスから零《こぼ》れ落ちそうな胸を突き出す。

「体が苦しいでしょう？　すぐ楽にしてあげるね。じっとしていれば、その苦しいのも気持ちよくなるわ」

耳元で囁《ささや》いたリリアの指先が、熱を持ち汗ばむ頬と首筋を撫《な》で下ろしていき、アルフォンスはビクリと体を揺らした。

「女の体と気持ちよさを教えてあげる」

クスクスと笑うリリアの体から香る、噎《む》せるような薔薇《ばら》の香りとねっとりと絡み付く視線と指先。

首筋から鎖骨《さこつ》を撫でられ反応する体とは違い、アルフォンスの内から嫌悪感が湧《わ》き上がってくる。

(気持ち悪い、気持ち悪い、気持ち悪いっ!!)

ぶわぁっとアルフォンスの全身に鳥肌が立った。

「触るなぁ！」

シャツを開けさせ、鎖骨から胸元をまさぐるリリアの手を振り払ったアルフォンスは、力一杯彼女の肩を両手で押した。

「きゃぁっ!?」

アルフォンスに肩を押されたリリアは、床へ思いっきり尻餅《しりもち》をつき悲鳴を上げた。

「リリア様っ!?」

主《あるじ》の悲鳴を聞き付け廊下で待機していた侍女達が入室するが、涙と鼻水でぐちゃぐちゃになったアルフォンスの顔を見て言葉を失う。必死に立ち上がり、侍女に体当たりをして走り出したアルフォンスを止められる者は誰もいなかった。

「待ってよっ！　アルフォンス！」

リリアの声が自分を追いかけてくるように聞こえ、恐怖のあまり両手で耳を塞《ふさ》いで走った。

途中、数人の使用人にぶつかったが気にしてなどいられない。アルフォンスは自室へ向かって全力で脚を動かしていった。

バタンッ！　ガチャリッ。

自室へ駆け込み扉の鍵《かぎ》を閉《し》めた瞬間、力尽きたアルフォンスはドアを背にして崩れ落ちた。

扉の外では、様子のおかしいアルフォンスを案ずる複数人の声が聞こえる。

しかし、全ての声が耳の奥へと流し込まれたリリアのねっとりとした声に聞こえてきて、手を当てて両耳を塞いだ。

「はぁはぁはぁ！　僕は、僕は……うう、気持ち悪い」

吐きそうなくらい気持ち悪くて堪《たま》らないのに、下半身は異常なほど熱を持っている。

限界まで盛り上がった陰茎《いんけい》が、下穿《したば》きとズボンを押し上げていた。

目前に晒《さら》されたリリアの胸に、触れたいという気持ちと嫌悪感という相反する感情が湧き上がり、思考がおかしくなっていくのに恐怖を抱いた。

噎せかえるくらい強い薔薇の香りが、まだ自分にまとわりついているようで苦しくなり、右手で首を押さえたアルフォンスの呼吸が速くなっていく。

(誰か、助けてっ！　誰かっ！)

叫びは声にはならず、ひゅーひゅーという喉から空気が漏《も》れる音となる。

息苦しさで薄れゆく意識の中、アルフォンスは天へ向かって必死で手を伸ばした。

＊＊＊

伸ばした手にあたたかい手が重ねられ指が絡まり、そっと握られる。

手を握る相手から香るのは、気分が悪くなるくらい強い薔薇の香りではなく、美味《おい》しそうな甘い焼き菓子の匂い。

「……ス、様……アルフォンス様っ」

涼《すず》やかな女性の声が聞こえ、眠りの淵《ふち》に沈んでいたアルフォンスの意識が浮上していく。

「う……」

重い目蓋《まぶた》を開いたアルフォンスの霧がかった視界がとらえたのは、シルバーブロンドをハーフアップにしたアメジストを彷彿《ほうふつ》させる紫色の瞳をした佳麗《かれい》な女性の姿だった。

「アルフォンス様、大丈夫ですか？」

「シュライン……？」

彼女の名を呟いて、ここが王宮ではなく離宮の居間だということに気が付いた。

数日ぶりに離宮へ帰り、いつの間にかソファーに横たわって眠っていたらしい。

「嫌な夢でも見たのですか？」

身を屈《かが》めるシュラインの紫色の瞳を見詰め、過去の自分に苦痛を与えたリリアとは真逆な色彩に安堵した。

「私は、眠っていたのか」

シュラインと繋《つな》いだままの手と逆の手で顔にかかる髪を掻《か》き上げる。

まだ眠気は残っていたが、離宮へ帰ってきた時よりは幾分、頭はすっきりしていた。

「嫌な夢か。ああ……そうみたいだな」

幼いアルフォンスが、女性に恐怖を抱くようになったリリアの悪虐《あくぎゃく》は、悪夢としか思えなかった。

（シュラインから香るのは、甘い、焼き菓子の匂い。あの女とは違う。嫌悪感など全くない。むしろ、美味《うま》そうだな）

吊り目で気の強そうな見た目なのに、こんなにも甘くまろやかな香りを纏う二年間だけという契約を結んだ妻。

目を細めたアルフォンスは、シュラインの手の甲へ口付けを落とす。

「もうっ、お疲れなのでしょう。お時間があるなら、もう少し休んでいかれたらどうですか？」

頬を染めたシュラインはソファーから離れようとするが、アルフォンスは握っていた彼女の指に自分の指を絡めた。

「そうだな。シュライン、私が眠るまで手を握っていてくれないか」

「え？　そ、そういうことは、恋仲の方に頼んでください」

全身を真っ赤に染めたシュラインは、目尻と眉尻を下げて恥ずかしそうに視線をさ迷わせた。

「今はシュラインがいいんだ。……駄目《だめ》か？」

「うっ、駄目というか」

普段とは違う、甘い雰囲気《ふんいき》を纏ったアルフォンスに上目遣いで見上げられ、言葉に詰まる。

「し、仕方ないですね」

ソファーの横へ移動させた椅子に座ったシュラインは、アルフォンスが眠るまで彼の手を握っていた。


執務室の扉をノックする音が聞こえ、訪問者を確認した補佐官が扉を開く。

「失礼いたします」

一礼して入室してきたのは、アルフォンスの側近兼護衛のフィーゴだった。

「殿下、例の物が届きました」

フィーゴがジャケットの内ポケットから取り出した手紙を受け取ったアルフォンスは、封蠟《ふうろう》の印《いん》璽《じ》を確認してゆっくりと開封する。

手紙に書かれた内容を一通り読み、アルフォンスは口角を上げた。

「あちらは私の都合に合わせてくれるそうだ」

「では、動くのですか」

低くなったフィーゴの声に反応して、壁際に控えていた補佐官達が顔を上げた。

「いや、まだだ。あと一押し、といったところだな」

積み重ねた罪と収集した証拠だけでも、〝あの女〟を追い詰めて引《ひ》き摺《ず》り下ろすことは可能だ。

しかし、まだ僅《わず》かだが奴《やつ》らに味方する者が残っている。あの女の取り巻き、国政にも影響を与えるほどの大商会の次期会長が手を差し伸べて、国外にでも逃れられてしまっては面倒だ。

「パウンズ商会副会長の方はどうなっている？」

「潜り込ませた影が裏取引の情報を摑《つか》んでおります」

「捕縛《ほばく》には第二部隊を使え。カルサイルには、フィーゴの指示に従うよう伝えてある」

「はっ」

胸に手を当て一礼してフィーゴは執務室を後にした。

扉が閉まるのを見届けて、アルフォンスは手紙を仕舞うため執務机の引き出しを開けた。

引き出しを開けた途端、薔薇の香りが広がりアルフォンスは眉を顰《ひそ》める。

不快な香りの元は、王妃リリア直筆の招待状だった。

邪魔《じゃま》な王太后《おうたいごう》不在の日に王妃主催の夜会を開き、王太子ヘンリーの新たな婚約者を発表するつもりらしい。

（まさか、ヘンリーの新たな婚約発表に元婚約者であるシュラインを招待するとはな）

招待状を破り捨てたくなる衝動を抑えたアルフォンスは、ガタッと音が鳴るくらい乱暴に引き出しを閉めた。

忌々《いまいま》し気に舌打ちし、補佐官へ窓を開けるように指示した。

きつい薔薇の香りは、幼い頃の悪夢のような記憶を呼び起こすため、大嫌いだった。

（あの女、どこまで私を苦しめるつもりだ）

バキリッ！

アルフォンスの指に力が入り、握っていたペン軸にヒビが入った。

ひび割れたペン軸が人差し指に触れた痛みで視線を落とす。息を吐いたアルフォンスは椅子の背に凭れかかり天井《てんじょう》を見上げた。

凭れかかっていると急激に眠気が襲ってくる。

この数日、ろくに眠っていなかったと思いながら、アルフォンスは重くなっていく目蓋を閉じた。

＊＊＊

媚薬入りの果実水を飲まされ、介抱《かいほう》しようとしたリリアの手を振り払い自室へ逃げ戻ったアルフォンスだが、強制的に高められた肉欲にまだ幼い精神は抗《あらが》いがたく、拙《つたな》いながらもなんとか自慰をすることで薬を抜ききった。

精神が壊れる一歩手前という危ういところで、何とか心は踏みとどまることができた。

正気に戻ったアルフォンスは、侍医から何があったのか尋ねられても混乱して泣き出す始末。

まさか、王太子妃たるリリアが誘惑紛《まが》いのことをするわけがない。たとえ、そうだとしてもリリアが否定したら、彼女を溺愛妄信《できあいもうしん》しているヘリオットがアルフォンスに何らかの報復をするだろう。

対外的には、何者かが薬物を飲ませ暗殺しようとした、として扱われ警備の見直しをされた。

短期間とはいえ心を通わせた婚約者への哀悼《あいとう》と、アルフォンスの心に消えることがないだろうトラウマを植え付けた義姉への憎悪の感情は、表へ出すことは許されず……彼は感情を飲み込むしかできなかった。

数日後、ベッドから起き上がれるようになると、母親に呼ばれて王妃の部屋を訪れた。

「こちらへ」

侍女に案内されたアルフォンスは、テーブルを挟んだ母親の向かいの椅子へ座る。

「アルフォンス、体調は戻りましたか？」

「はい。ご心配をおかけして申し訳ありません」

頭を下げる息子を見詰め、母親は膝《ひざ》の上で手のひらを握り締めた。

「わたくしは、貴方が何をされたのか分かっております」

「母上、僕は……」

顔色を青くするアルフォンスへ、母親は首を横に振った。

「アルフォンスに非は全くありません。ですが」

母親は一度言葉を切り、切なさと怒りを宿した瞳をアルフォンスへ向けた。

「今後、アルフォンスの立場は微妙なものとなるでしょう。ヘリオットの側近達は皆リリアに籠絡《ろうらく》された者達ばかりです。わたくしを遠ざけ元老院を軽んじ始めるでしょう」

王立学園時代の王太子妃の〝お友達〟は、王太子を筆頭にした次代の国の中枢《ちゅうすう》を担う者達。

兄が国王になり政権を握ったら、アルフォンスにも近い将来国が傾く未来しか浮かばなかった。

「留学という名目でこの国から離れ、知識と戦う術を身に付け貴方を裏切らない協力者を、友人を見付けてきなさい。それが貴方の、第二王子としての責務です。あれを」

壁際に控えていた侍女が母親へ一枚の紙を手渡す。

受け取った紙を母親から提示され、アルフォンスは目を丸くした。

それは、海を渡った先の王国の王立学園入学申し込み書。さらに、申し込み書に書かれていたアルフォンスの身分は王子ではなく、母親の従兄《いとこ》であるメルクス辺境伯《へんきょうはく》の次男のものだった。

「留学予定の学園は十三歳から入れますが、十五歳になるまではメルクス辺境伯の下で生活してもらいます。辺境伯からこれから必要となる武術を習いなさい。彼の地ならばリリアとヘリオットの力は届きません。十五歳になったら、辺境伯の嫡男《ちゃくなん》カルサイルと共に留学してもらいます」

否《いな》とは言わせないという意志を母親から感じ取り、アルフォンスは了承するしかなかった。

＊＊＊

卒業式前の帰国は、ここ数年病床に伏していた父親の葬儀《そうぎ》に参列するためだった。

ソレイユ王国へ戻ったアルフォンスには、父親の死を悼む間などなく第二王子としての仕事が待っていた。

父親の葬儀を終え、「このような場で紹介するのは本意ではないが」と、母親が前置きしてヘンリーの婚約者だと紹介してきたのは、まだ幼い公爵令嬢だった。

「シュライン・カストロでございます」

シルバーブロンドの髪を巻き、アメジストを彷彿とさせる少し吊り上がった紫色の瞳をしたシュラインが、喪服《もふく》の裾《すそ》を持ってアルフォンスへ挨拶《あいさつ》をする。

「っ！」

顔立ちも仕草《しぐさ》も記憶にある女性と似たシュラインを見て、アルフォンスは自分の目を疑った。

カストロ公爵家とトレンカ公爵家には血縁関係があるとはいえ、シュラインは幼い頃憧れを抱いていたシャーロットに似ていたのだ。

（成る程、これだけ似ていたらシャーロット姉様を慕っていたエレノアが気に入り、王太子妃が

忌々しげな顔をしているわけだ）

シュラインに親近感を抱いたと同時に、アルフォンスは危うさを感じた。

学生時代、シャーロットを敵視していたリリアがすんなりシュラインを受け入れるわけがない。

もしもシュラインが危害を加えられたら、王家とカストロ公爵家との関係は破綻《はたん》する。

当然、今度こそトレンカ公爵家も黙ってはいないだろう。

（二大公爵家を敵に回して彼らが謀反《むほん》を起こしたら、王家は終わりだな。だから、母上はこの場でシュラインを私に紹介したのか）

母親の狙《ねら》いに気付いたアルフォンスは表情筋に力を込めて無表情を貫いた。

久し振りに会ったリリアは、視線が合う度に上目遣いで見詰めて誘惑してくるような女だ。

威嚇《いかく》して睨み付けてくるヘリオットも、残念ながら息子の婚約者となったシュラインを軽視しているのだろう。

五年ぶりに王宮へ戻ったアルフォンスが父親を偲《しの》ぶ時間も、長旅で疲れた体を休める時間もなくその早馬は現れた。

国王が崩御《ほうぎょ》し国内が不安定となっているこの時を狙い、ソレイユ王国と長年小競《こぜ》り合《あ》いを繰り返していた蛮族《ばんぞく》が国境沿いの砦《とりで》を急襲したのだ。

蛮族討伐《とうばつ》を理由に、ヘリオットはアルフォンスを王都から離れた国境沿いの地へ向かわせた。

その命令は、心身ともに成長した弟を王都から遠ざけ、あわよくば亡き者にしようという浅はかな考えだというのは明らかだった。だが、ヘリオットから離れたいアルフォンスは、これ幸いと翌日には百騎余りの騎士とともに国境沿いの地へ出立して行った。

領地から兵士を引き連れ駆け付けたカルサイル、フィーゴが加わり砦へ辿《たど》り着《つ》く頃には千以上の騎馬隊となっていく。

国境の砦へ辿り着くと同時に圧倒的な力で勝利をおさめ、族長を話し合いの席へ着かせたアルフォンスは、巧《たく》みな話術で武力ではなく対話により、僅か三日間で長年の争いを終結させたのだ。

成人したばかりの第二王子の武勇は、王国中に知れ渡り国民は彼の功績を称《たた》え、アルフォンスは一躍英雄となった。

元老院は次期国王にアルフォンスを推《お》すも、彼らを無視する形でヘリオットが国王となる。

その後、王都に残り国王派と元老院との争いに巻き込まれるのは面倒だと、早々に王宮を発《た》ったアルフォンスはメルクス辺境伯領を拠点とし主に他国との外交に力を入れた。

あえて辺境に居をかまえ、中央との関わりは最低限にしていたのだが、国王夫妻が何かやらかす度に王太后から脅迫《きょうはく》まがいの要請《ようせい》を受け、幾度となく国王夫妻の尻拭《しりぬぐ》いに奔走する羽目になる。

尻拭いの中に国王が行うべき政務が紛れ込ませてあるのも、王宮へ戻る度に元老院議会に参加させられていることの理由なども、とうに分かっていた。

議会参加を断りたくとも、アルフォンスが動かなければ王太后も動かない。狡猾《こうかつ》な母親だと思うが、このままでは十年後には国が傾く。

「せっかくの夜会なのにさ、殺気を撒《ま》き散らすなよ。また、呼び出しか？」

不機嫌さを全く隠さず、令嬢達を近寄らせないように見えない壁を築いていたアルフォンスへ、普段の騎士服ではなく燕尾服《えんびふく》姿のカルサイルは歯を見せて笑った。

正反対な雰囲気を放つ二人の親しげな姿に、遠巻きに様子をうかがっていた令嬢達が色めき立つのが分かり、アルフォンスの苛立《いらだ》ちは増していく。

「また、王妃がやらかしたらしい。母上から王宮へ戻って〝説得〟するように頼まれた」

「説得？」

何だと問われて、アルフォンスは眉を寄せ眉間に皺を寄せる。

「あの女に媚《こ》びて我《わ》が儘《まま》を諦《あきら》めさせろ、だと。国に牙《きば》をむく毒蛇などさっさと始末してしまえばいいものを。今から鍛練場へ行き、憂《う》さ晴らしをしたいくらいだ」

「……後で好きなだけ鍛練に付き合うから今は堪《こら》えろよ。これも仕事だろ」

はぁ、と息を吐いたカルサイルは、今にも暗殺を企《くわだ》てそうな暗い殺気を纏うアルフォンスの肩を軽く叩《たた》いた。

気持ちはわからなくもないが、アルフォンスには発言に気を付けてもらわないと困る。

会場を見渡したカルサイルは、ホール中央で踊る男女の隙間《すきま》から見える、女性と談笑している男性を顎《あご》で示す。

「ほら、あれがハルセイン伯爵《はくしゃく》だ。学生時代からの王妃の取り巻き、愛人の一人だという噂《うわさ》がある」

「連れているのは何者だ？」

伯爵の後ろに立つのは、フリルで飾られたドレスを着た顔立ちに幼さが残る少女。

「奴隷《どれい》の首輪をしているから、あの少女は伯爵の愛人だろうな」

「少女？」

違和感を覚えたアルフォンスは、少女の頭の天辺《てっぺん》から足元までじっくり見て、目を細めた。

「あれは男だぞ。王妃の取り巻き連中は揃《そろ》って悪趣味だな」

鼻で嗤《わら》われたカルサイルは少女を凝視して、「はぁ？」とすっとんきょうな声を上げた。

カルサイルに促《うなが》されたアルフォンスは、渋々華やかなホールへ戻った。

ホール内の熱気に顔を顰《しか》めて、アルフォンスは息を吐いてから貴公子の笑みを張り付ける。

頬を染める令嬢達の間をすり抜け、椅子に座り談笑している男女のもとへ歩み寄った。

近付いてくるアルフォンスに気付いたハルセイン伯爵は、明らかに作り笑顔だと分かる嘘臭《うそくさ》い笑みを形作る。

「これは、アルフォンス殿下」

きついコロンの香りに、顰めっ面になりそうなのを抑えるため、アルフォンスは笑みを消した。

「令嬢達の相手をするのも疲れてきたのでね。義姉上から、学生時代からハルセイン伯爵はカードゲームが得意だと聞いて、勝負をしたくなったのだ」

「殿下が、私と勝負、ですか？」

愉《たの》しそうに笑うハルセイン伯爵は器用に片眉を上げる。

一々芝居がかった仕草をされ、アルフォンスの内に苛立ちが湧き上がってくる。

「ただ勝負するのはつまらないというのならば、何かを賭《か》けて勝負をするのはどうだろうか」

「賭け、ですか？　殿下は何を賭けてくださるのでしょう」

「義姉上から頂いたこのカフスを賭けよう。ハルセイン伯爵は……そちらの可愛らしいお嬢さんを賭ける、というのはどうかな」

ジャケットの袖を軽く上げ、シャツの袖口に付いたカフスボタンを外す。

付けたくもないリリアから贈られたカフスボタンは、今宵のため、ハルセイン伯爵に見せるために嫌々付けてきたもの。

使われている小さな宝石は違っていても、ハルセイン伯爵の袖口のボタンと似たデザインのカフスボタンは王妃リリアの趣味なのだろう。

カフスに気付いたハルセイン伯爵は瞠目《どうもく》する。

「……っ」

ハルセイン伯爵の傍《かたわ》らに立つ少年は顔を上げ、怯えの色が混じる瞳でアルフォンスを見詰めた。

＊＊＊

夜会から五日後、ハルセイン伯爵の交遊関係を探るという面倒な用は済み、辺境へ戻ろうとしたアルフォンスだったが、王太后と元老院議員達により王都に引き留められていた。

「殿下、王太后様からでございます」

「またか」

足を組んで椅子に座ったアルフォンスはフィーゴを睨む。

八つ当たり混じりの威嚇を気にせず、フィーゴは抱えて持ってきた書類をテーブルへ積んだ。

積まれた書類の山は、夜会の招待状や貴族令嬢の姿絵に釣書《つりしょ》だった。母親の狙いが手に取るように分かり、アルフォンスは小さく舌打ちした。

「婚約者など不要、妃を娶《めと》るつもりはないと、散々言っているのにな」

脳裏に浮かぶのはかつての婚約者の笑顔。

顔を会わせる度に、リリアは肉食獣じみたギラギラした瞳で成長したアルフォンスを見詰めていた。完全に義弟ではなく男として見ているのだと背筋が寒くなる。

アルフォンスに婚約者ができたら、必ず相手に危害を加えるはずだ。

母親が用意した姿絵に描かれているのは、高位貴族の令嬢や他国の王女ばかり。彼女達に危害を加えられたら、それが火種となり内乱が起こるか他国との戦となるだろう。

「母上、王太后からの見合い話を断る、上手《うま》い口実はないか」

他国の王女の姿絵をテーブルへ放ったアルフォンスへ、苦笑いを浮かべたフィーゴは「そうですねぇ」と首を傾《かし》げた。

「殿下に懇意《こんい》にされている方、恋人でもいらっしゃればお断りしやすいのではないでしょうか」

女性に対して淡白な対応をするアルフォンスだが、別に女嫌いというわけではない。

特定の相手を作らずとも、近付いてくる女性達の間を上手く立ち回っていたアルフォンスは、社交界でも注目の的《まと》だった。

王太后は、後腐《あとくさ》れない相手と一夜限りの関係を繰り返している息子を案じているのだろう。

「……そうか」

口元に親指と人差し指を当て、何やら考え込んでいたアルフォンスは顔を上げると、ニヤリと口の端を吊り上げた。

火急の用がある、とアルフォンスに呼び出されたカルサイルは、頬を伝い落ちる汗を拭った。

「フィーゴを使って呼びつけるとは、何かあったのか？」

「カルサイル、私が少年を囲っているという噂を流せ」

椅子に座るアルフォンスから前置きもなく言われ、理解が追い付かないカルサイルはキョトンとした後、目を大きく見開いた。

「はぁあっ!?」

「舞踏会の度に群がってくる令嬢達の相手も、母上が用意した政略相手を受け入れるのも面倒だ。王妃の愛人になるつもりも全くない。奴らを諦めさせるには、女は対象外だと思わせればいい。一度リアムを着飾らせ舞踏会にでも連れて行けば、周りは納得するだろう」

先日の夜会でハルセイン伯爵との賭けに勝利し、アルフォンスは伯爵の奴隷だった少年を保護していた。

少年、リアムはその日のうちに医師の診断を受け、心身ともに治療と療養が必要だと判断され信頼の置ける者に預けている。

リアムの証言、体の傷はハルセイン伯爵の未成年者への暴行傷害罪の証拠とするつもりだった。

成人を迎えるまでリアムを保護し教育を受けさせて、いずれ後継者のいない貴族へ養子として受け入れてもらうつもりだ。それまでの間は、役に立ってもらう。

カルサイルは苦虫を噛《か》み潰《つぶ》したような顔になった。

「ア、アル、お前なぁ」

「馬鹿だろう」と言いたいのに言えず、カルサイルはパクパクと口を開閉させる。

「少年を寵愛《ちょうあい》する私は、結婚相手として相応《ふさわ》しくない、と大概のご令嬢は思うだろう?」

「俺はお前の印象が悪くなるのは……はぁ、お前のことだ。既に動いているんだろう? 〝アルフオンス殿下の噂〟について訊《き》かれたら否定をするな、ということか。フィーゴも大変だな」

壁際に立ち、終始渋い顔をしている友人へ、カルサイルは憐《あわ》れみのこもった視線を送った。

＊＊＊

意図的に流した噂の効果は、指示したアルフォンスも驚くほどの早さで貴族中へ広まっていった。

数多《あまた》の令嬢を魅了していた、王弟《おうてい》殿下を射止めた相手がまさかの美少年だったとは、アルフォンスの婚約者の座を夢見ていた令嬢達からは悲鳴が上がったという。

社交の場へ出る度、一部の男性から送られる粘着質で全身を舐《な》め回すような視線は煩《わずら》わしかったが、妃の座を狙って群がる香水臭い令嬢達に比べたら、アルフォンスの精神的負担は軽かった。

「殿下へ届く贈り物は激減しました。まさか、ここまで効果を発揮するとは思いませんでした。一部の方々は面白可笑《おか》しく騒ぎ立てているようです」

「ふっ、母上には何を考えているのかと呆れられたがな」

先日、呼びつけられ訪問した王太后宮で、久々に王太后としてではなく母親から叱責を受けた。

その時の母親が向けた、憐れみの混じった蔑《さげす》むような眼差《まなざ》しを思い出して、アルフォンスはクツクツと肩を揺らして笑う。あの母親が、感情を隠しきれずに嫌悪感を露《あらわ》にするとは、アルフォンスの流させた噂は想定外だったらしい。

「それはそうと、王妃が大人しいのが気になるな」

「あの方との恋愛に夢中になっていらっしゃるようです」

何か仕掛けてくるかと警戒していたリリアは、補佐官やフィーゴと並んでいるアルフォンスを見てもただ頬を染めるのみ。

あれだけ執拗《しつよう》だったリリアからの接触が、ある時を境に減ったのを訝《いぶか》しく思い影を使い調べると、理由は直ぐに判明した。

王太子となったヘンリーが王立学園へ入学した時期に、リリアが学生時代親密な仲だった隣国の王子、現大公との交際が復活していたのだ。

影から報告を受けて、嫌悪感から喉の奥から吐き気がこみ上げてきた。

「どこまでも、貪欲《どんよく》で愚かな女だな」

肉欲に目が眩《くら》み、自らを破滅させる罪を重ねているのに全く気付かないとは。

「あと少しだ」

国王が行う政務の大半をアルフォンスが担い、あえて元老院と敵対するように誘導したヘリオットは、陰で愚王と評されている。

愚王を退位させ、享楽《きょうらく》に耽《ふけ》る王妃を断罪する準備は着々と整いつつあった。

(あと少し、あと少しの辛抱だ)

あと少しで未《いま》だにアルフォンスを苦しめている悪夢は終わる。

媚薬を飲まされたあの時以来、男女関係なく他者に触れられそうになるだけで、アルフォンスの体は拒否反応を起こしていた。

夜会に同伴させたリリアムが、緊張で密着しようとするのでさえ、体が強張《こわば》ってしまう。情報を引き出す目的で女性を抱く時、纏う香水の香りによっては鳥肌が立ち眩暈《めまい》がすることもあった。

（だが、国王と王妃を断罪すれば、この苦しみは終わるのか？）

椅子の背に凭れかかり、アルフォンスは虚《うつ》ろな瞳で執務室の天井を見上げた。

ヘンリーが学園へ入学してから二年が経《た》つ頃には、アルフォンスへ回される政務の量は国王以上となり、彼が王都で過ごす期間はさらに増えた。

王宮で使用する部屋は、貴賓室《きひんしつ》から機能的な執務室へと変わり「王都滞在用に」と、王太后から離宮を譲《ゆず》り受けた。

母親と元老院に謀《はか》られたと気付いた頃には、外堀は完全に埋められてしまっていた。それが分かっていてもアルフォンスが手を離せば、王国は内部から崩壊していくことは容易に想像できる。

面倒だと放り出したくとも、膨大《ぼうだい》な執務量に頭が痛くなっても、今アルフォンスが全てを投げ出せば政《まつりごと》が回らなくなるのだ。さらに唯一の王子、甥《おい》のヘンリーは国王として期待もできないときたら、出奔《しゅっぽん》することもできない。

（あの惰弱《だじゃく》なヘンリーが、よき王になるとは到底思えないいな）

王立学園に複数潜ませ、ヘンリーと貴族の子息達を監視させている影から定期的に送られてくる報告書を読む限りでは、学園を卒業した彼らが王国を発展させていく未来は描けなかった。

「まさか、兄上と同じことをやろうとしているとは。学業不振、授業の欠席、深夜徘徊《はいかい》、賭博場《とばくじょう》への出入り、婚約者以外の女子生徒と肉体関係まで持つとはな。彼奴《きゃつ》は何を考えているんだ」

王太子の立場でなく平民の男子生徒だったとしても、ヘンリーの素行は退学を言い渡されても仕方がないくらいひどい。

側近候補の貴族の子息や護衛もヘンリーを諫《いさ》めもせず、同じように享楽に耽っているとは怒りを通り越して呆れてしまった。

無能で愚か過ぎる者達は、言動全てを監視されていることも分からないのかと、首を捻《ひね》る。

次代の国王となれる可能性は、日に日に減っているということを恋人との逢瀬《おうせ》に夢中のヘンリーは分かっていない。現国王の息子だから、仮初《かりそ》めの王太子の座を与えられているのであって、王位継承権はアルフォンスも持っているのだ。

「殿下、カストロ公爵令嬢はいかがいたしますか」

頬杖《ほおづえ》をつき思考を巡らしているアルフォンスへ、補佐官が遠慮がちに声をかけてきた。

狡猾な男爵《だんしゃく》令嬢を〝恋人〟だと周囲に宣言し、恋人とやらに骨抜きにされているヘンリーは愚かにもシュラインを疎《うと》んじ、国王夫妻と同じように婚約破棄を狙っているらしい。

取り巻きを使って、男爵令嬢が苛めを受けているように偽装《ぎそう》し、シュラインを陥《おとしい》れようとしているのは予測できた。

「カストロ公爵令嬢に害は及んでいるか？」

「今のところ、男爵令嬢の取り巻きが仕掛けた小細工は影が全て回収しており、何も起きておりません。ただ、生徒間の噂だけは払拭《ふっしょく》できません」

「噂など強烈な事実で上書きしてしまえばいい。例えば……」

報告書の束を捲《めく》るアルフォンスの指が、学園内で繰り広げられている行為が書かれた報告書を引き抜き、補佐官へ渡す。

「コレにある、図書館や生徒会室での破廉恥《はれんち》な行為を影響力のある生徒や教師に見てもらう。もしくは、手違いで新聞社へ送ってしまう、とかな」

「それはなんとまぁ、殿下もお人が悪いですね」

「兄上が息子の醜聞《しゅうぶん》にどう対応するか。国を支えてくれている者達を馬鹿にするのは、許されないと理解していないのだな」

いくら口止めしようとも学園での噂は子息の親へ、瞬く間に面白おかしく貴族中へと広まる。丁度よく国王夫妻主催の舞踏会が二月《ふたつき》後にある。プライドの高い国王夫妻が、息子の愚行を知る貴族達からの好奇の目に耐えられるのか見ものだ。

ククク、堪えきれずアルフォンスは喉を鳴らして嗤った。

「元老院からは王太子の資格なし、と見なされているのだろう。アルフォンス、何を躊躇《ちゅうちょ》している？」

ソファーに座り、やり取りを眺《なが》めていたカルサイルは乱暴に組んでいた脚を床へ下ろした。

「王妃の散財にヘンリーの問題行動と婚約破棄だけでは、国王の廃位理由としてはまだ弱い。王妃が隣国と密通している確固たる証拠が必要だ。ヘンリーの恋人だという男爵令嬢は、見目のよい貴族令息達に囲まれて調子に乗らしておけば、勝手に自滅していく。学園の方は、シュラインの、カストロ公爵令嬢の警護を増やしておく」

「王太子がここまで愚かだとは思っていなかった。国王の求心力は弱まっているだろう。反乱を起こせば三日かからずに王都を落とせるが？」

先日、第二騎士団長となったカルサイルは、「騎士団は掌握《しょうあく》済みだ」と不敵に口の端を上げる。

「反乱など起こしたら、短期間でも国を乱すことになる。先《ま》ずは王妃を排除し、兄上には傀儡《かいらい》の王となっていただき穏便に王位から退かせるのが一番だ」

最小限の犠牲《ぎせい》で済むだろう展開は計算してあり、時間をかけ最良の道筋の通りに動いている。

椅子から立ち上がったアルフォンスは、側近達へ次の指示を出した。

＊＊＊

王太后が暮らす離宮を訪れたアルフォンスは、出迎えた使用人に先導されて応接間へ向かった。

噎せかえるような強い香水ではないが、いつ訪れても母親の好む異国から取り寄せているというエキゾチックな香りは好きになれない。

いつもならば母親、母親からの呼び出しは政務が終わらないと断っていたのだが、今回ばかりは断ることはできなかった。

「久しぶりね、アルフォンス」

慈愛《じあい》に満ちた笑みを浮かべた母親に出迎えられ、アルフォンスは母親の胡散臭《うさんくさ》さに歪《ゆが》みそうになる表情を余所行き《よそい》の仮面で隠した。

「母上もお元気そうで何よりです」

胸に手を当てアルフォンスは母親へ一礼する。

「王宮にいるのになかなか顔を見せてくれないのは寂しいわよ」

「申し訳ありません。火急の用件とは何でしょうか？」

近況報告もせずに、どこまでも他人行儀《ぎょうぎ》な息子の姿に母親は肩を竦《すく》める。

傍らに控えていた侍従へ人払いするように告げ、母親は侍女達を退室させた。

「昨日、ヘンリーがシュラインとの婚約解消を申し出てきたわ。学園で知り合った男爵令嬢を妃に据《す》えると言い出していて、宰相《さいしょう》が卒倒して運ばれたそうよ。シュラインとカストロ公爵、ヘリオットも婚約解消を了承したと、今朝報告を受けたのよ」

眉間に皺を寄せた母親には、事前相談なしに婚約解消を許した息子とヘンリーへの苛立ちが見え隠れしていた。

「では、シュライン嬢の今後についてよき縁談を結べるよう、エレノアに連絡を取ります。代わりの縁談が王族に並ぶ者ならば、カストロ公爵を抑えられましょう。男爵令嬢を不敬罪で処罰し、ヘンリーを次期国王として私自ら再教育しましょうか」

「ヘリオットの婚約破棄を思い返すと、貴方が教育してもヘンリーが更生《こうせい》するとは思えないわ。……いえ、そうだわ、エレノアへ連絡するのはまだ待ちなさい。エレノアに頼らずとも、シュラインの婚約者として適任な者がいるではないですか」

俯《うつむ》いていた顔を上げた母親は、意味深な視線をアルフォンスへ向けた。

「アルフォンス、貴方がシュラインを妻に娶りなさい」

壁際に控えていた侍従がギョッと眼を見開いた。

（……そうきたか）

王太后宮へ招かれた理由の一つは婚約者のことかと想定していたアルフォンスでも、シュラインとの婚姻は想定外だった。

動揺しても鍛《きた》え上げた仮面は揺るがず、アルフォンスの表情筋はピクリとも動かない。

「こちらからの誠意としてヘンリーと同等、元老院が密《ひそ》かに次期国王と推すアルフォンスがシュラインと婚姻を結べば、カストロ公爵の反意は最小限に抑えられるでしょう？　それに、昔からリリアはアルフォンスに異常なほど執着している。ヘンリーの婚約者としても気に入らなかったシュラインが貴方と新たに婚約したら……フフフ、必ず動くでしょうね」

唇は笑みを形作っていても、母親の目元は全く笑ってはいない。

（相変わらず冷酷《れいこく》だな。王妃は勿論《もちろん》、息子と孫も切り捨てる気か。そして、私に動けと暗に言う）

自分は母親から、王弟という使える駒だと判断されているのかと、アルフォンスは自嘲《じちょう》する。

「母上は社交界での噂をご存じでしょう。私の妻になるなど、シュライン嬢は望まないでしょう」

「シュラインは賢い子です。望まぬ婚姻でも国のためだと割り切ってくれるでしょう。気になるのならば婚姻証明書は直ぐに提出せず、わたくしが預かります。アルフォンスがシュラインを妃にと、本心から望むようになったら提出します」

「母上、それではあまりにもシュライン嬢とカストロ公爵に失礼ではないでしょうか」

すうーっと、張り付けていた笑みを消した母親は真顔となる。

「エレノアが懐妊《かいにん》したそうです。エレノアは王位継承権を保持したままクレセント国へ嫁いだ。ここまで言えばアルフォンスには分かるでしょう？」

「なるほど。母上は、我が国をクレセント国の属国にしてもよいと？」

仮面を脱ぎ捨て、殺意すら感じさせる冷徹な素顔を晒け出したアルフォンスの周囲の空気が、比《ひ》喩《ゆ》ではなく重くなっていく。

室温すら下がっていくように感じて、室内にいる者達の顔色が悪くなった。

空気に徹して壁際に立つ侍従は、アルフォンスがわざと王太后を挑発しているのだと気付き、眩暈がしてきて思わず壁に寄りかかってしまった。

そして王立学園卒業パーティーと同日同時刻に開催された王太后主催の夜会。

久しぶりに華やかな場へ姿を現したアルフォンスは、会場内の女性陣から送られる視線にうんざりしていた。

連日の議会と、卒業式へ出席するという理由で国王夫婦の分の政務が回され、ここ数日間は睡眠時間を削られていた。

本音を言えば夜会など断り仮眠をとりたい。

カストロ公爵はアルフォンスの内心を見透かしているのか、愛想笑いのような嘘臭い笑みを浮かべ親しげに話しかけてくる。当たり障《さわ》りのない相槌《あいづち》をうちながら婚約者となる予定の令嬢を待つ。

「アルフォンス殿下、大変お待たせいたしました。到着したようです」

カストロ公爵が目を細めて言い終わると、ドアマンによって出入口の扉が開かれる。

黒色の燕尾服を着た侍従に先導されて現れた令嬢に、会場内の視線が釘付《くぎづ》けになった。

毛先だけゆるく巻き、少し濃い目の化粧をして背中の開いた濃紺色のイブニングドレスを着た令嬢、シュラインは、最後に会話をした六年前よりも当たり前だが大人の女性へと変貌《へんぼう》を遂げていた。

シルバーブロンドが窓から射し込む月光に煌《きら》めき、まるで月から姿を現した精霊のようだ。

(そういえば、フィーゴがカストロ公爵令嬢は月の女神のようだと言っていたな。大袈裟《おおげさ》な評価ではなかったということか)

艶《つや》やかな髪に後光がさしているように見えて、アルフォンスは食い入るように見詰めていた。

口を開いたまま惚《ほう》けているアルフォンスへ、カストロ公爵はわざとらしく咳払《せきばら》いする。

「愛人を囲うのはかまいませんし、政略のための婚姻だとしても、シュラインを蔑《ないがし》ろにして泣かせたらいくら殿下といえども容赦《ようしゃ》はしませんよ」

「ああ、分かっている」

背後に立つカストロ公爵からの圧力に、アルフォンスは綻《ほころ》んだ表情を仮面へと作り直した。


新たな婚約者はアルフォンスだと、王太后から告げられたシュラインの表情は強張っていた。

彼女はアルフォンスが少年を囲っているという噂を知っているのだ。女性避《よ》けのために自分で流した噂なのに、何故かシュラインが戸惑《とまど》うのを見ていると胃に不快感を覚えた。

「何故、わたくしなのでしょうか」

貴族令嬢でも領地経営を手伝う者はいるが、他国とはいえ婚姻よりも外交を学び仕官したいと王太后へ伝えるシュラインに対し、アルフォンスは表情に出さなかったが感心して息を吐いた。

婚姻せずとも公爵令嬢の身分ならば、労働と無縁の生活を送れる。

それなのに仕事を得て自立しようとは。もしも彼女が男だったら、アルフォンスの補佐を任せたいぐらいだ。

「母上、私が婚約者となる理由を詳しく話してやらなければ、彼女は納得できないでしょう」

「まぁ、そうね。実は、頭の中がお花畑となっている王妃が独断で、アルフォンスと隣国の王女を婚約させようと動いているのよ。アルフォンスが国王の名代で隣国を訪問した際、王女が一目惚《ひとめぼ》れしたとかで親書が届き、困ったことに王妃が暴走を始めてしまったの」

「私からも、幾度となくお断りしているのだが、義姉上は諦めてくださらなくてね」

アルフォンスは苦笑を浮かべ、はぁーと王太后は深い息を吐く。

すでに国王としての権限は、ヘリオットよりアルフォンスへ移っている。王妃という肩書があっても、リリアの独断で義弟の縁談など結べない。

王女との縁談話は、隣国の王族と連絡を取る手段にすぎない。

夫や見目麗しい護衛騎士達に飽きてきた今、〝偶然〟再会し復縁した恋人に上手く乗せられリリアが、逢瀬を重ねる機会を増やすためだった。

意中の恋人は単なる恋愛感情ではなく、ソレイユ王国との繋がりを得て国政内部に侵入するためという思惑があるようだ。

十年以上離れていた男が下心なく復縁するわけなどないのに、リリアには分からないらしい。

「二年間の契約結婚で、白い結婚生活を送れば離縁してもかまわないと？」

困惑を消した冷静な表情で問うシュラインを見て、アルフォンスは口角を僅かに上げた。やはり彼女は聡《さと》い。

「二年後、二人の間に子もなく、愛情も生じなければ離縁を認めます。その後、隣国へ渡りたいという貴女の望みを叶えましょう」

シュラインとアルフォンスの顔を交互に見詰め、暫時《ざんじ》思案した後、ゆっくりと王太后は頷いた。

王太后が新たな婚約者だと伝えた後、アルフォンスはシュラインを中庭の散策に誘った。

横に並ぶシュラインからほのかに香る花の香りは不快ではなく、月明かりを反射し後光が煌めくような髪と柔らかそうな肌へ触れてみたいと、アルフォンスは手を近付けて……触れる寸前で止める。

少し離れた場所に護衛がいるとはいえ二人きりの散策。

華やかな会場を離れると辺りは静かになり、ランタンの灯《ひ》がともされた中庭を歩く二人の足音が響くだけだ。

〝貴女には本気にならない〟と含ませて、世話をしているリアムの話をすると、シュラインは全身を強張らせた。

「二年間、私の妻としてこの国に縛ってしまうが、自由までは奪うつもりはない。争いの火種とならなければ、屋敷と資産は貴女の好きに使ってもかまわないし、隣国へ渡るのであれば貴女の利になるよう力を貸す」

シュラインの右手を取ったアルフォンスは彼女の指先へ口付けた。

「わかりました。これからよろしくお願いいたします」

握られた右手をやんわりと離し、シュラインは取り繕《つくろ》ったように微笑《ほほえ》み優雅に一礼した。

(……これでいい。割り切ってくれた方がお互い楽だ)

婚姻を結んでも夫婦関係は不要だと、求めているのは〝妻〟の役目だけだと先に牽制《けんせい》しておけば、シュラインはアルフォンスに好意を抱くことはない。

これまでの女性と付き合った経験と、他国の権力者や自国の老齢の猛者《もさ》達との駆け引きで培《つちか》った話術を駆使すれば、初心《うぶ》な公爵令嬢の心を掴み恋慕わせることなど容易《たやす》いだろう。しかし、愚かなヘンリーから一方的に婚約解消を言い渡され、傷付いているだろうシュラインを騙し、これ以上の苦痛を与えることはしたくなかった。

最初から契約結婚の条件を伝えて、彼女が望む離縁後へ向けての道筋を用意してやるしかない。

突き放したのは自分なのに、何故か離れてしまった柔らかな手のひらの温《ぬく》もりと、不快だと感じなかったシュラインの纏う香りが名残惜《なごりお》しいと思い、アルフォンスは苦笑した。

翌日、王太子の学園卒業の話題を掻き消す勢いで発表された王弟殿下の婚約発表は、瞬く間に国中へ広まっていった。

麗しい容姿と能力の高さから注目され、浮き名を流していたアルフォンスと王太子に婚約破棄をされたばかりのシュラインの婚約。

婚約発表から僅か三ヶ月後という早さで行われる婚儀《こんぎ》に、人々は様々な憶測を飛び交わせる。しかし、表だって反対する声はなく粛々《しゅくしゅく》と婚儀の準備は進められた。

定例会議を終え執務室へ戻る途中、侍従から別宅に住まわせているリアムが荒れて手がつけられないと報告を受け、アルフォンスは深い息を吐いた。

奴隷として生きてきたリアムに一般的な教養を身に付けさせ、成人するまでの間の世話をしてその後は自立させるつもりだったのに。先日、アルフォンスから子爵家との養子縁組の話を伝えられたリアムは、子どもじみた癇癪をおこすようになり度々使用人達を困らせている。

「ご足労をお願いして申し訳ありません」

別宅へ着いたアルフォンスを、眼鏡《めがね》をかけた若い執事《しつじ》が出迎える。

態度と口調は丁寧《ていねい》でも、眼鏡の端から覗《のぞ》く瞳にある敵意を隠そうともしない執事が、リアムによこしまな感情を抱いているのをアルフォンスは気付いていた。

執事の先導で歩くアルフォンスの耳に、硝子《ガラス》が割れる音とリアムの泣き声が届く。

「失礼します」

ガチャリ、執事が開いた扉から見える室内には、投げられた調度品が床へ転がっていた。

「アル、さまぁ？」

髪と服を乱し、顔中涙でぐしゃぐしゃにしたリアムが肩で息をしていた。

一般的には、美少女に見える少年が肩を震わせ涙する姿は、痛々しいと思うのだろう。現に、眼鏡をかけた執事はリアムの側へ駆け寄り、彼の背中を優しく撫でて慰《なぐさ》めはじめている。

先日「契約結婚」の条件を告げた時、公爵令嬢の矜持を踏みにじるような話をも、微動だにせず唇をきつく結んで聞いていたシュラインの顔を見た後では、ただの子どもの癇癪にしか思えない。

「リアム、子爵家の養子を断ったそうだな。安定した領地を持ち、子爵夫妻の人柄もよい。何が気に入らないんだ？」

「うぅ、アル様の側から離れるなんて嫌っ！　結婚するから、僕を養子に出すの？　お願いっ捨てないでっ」

泣きながらジャケットにすがり付くリアムの手をやんわりと外し、優しく見える笑みを作る。

「養子の話は結婚が理由ではない。リアムの今後を案じているからだよ」

「養子に行きたくないっ！　ずっとアル様といたい！　僕を助けてくれたのはアル様だけなの！」

両手で両耳を塞いだリアムは、聞きたくないとばかりに首を横に振る。

(さて、コレをどうやって説得するか、だな)

二年間とはいえ、衣食住の世話をした情はある。

勉強を頑張ったご褒美《ほうび》、縁談避《よ》けとして恋人役をさせて利用している罪悪感もあり、屋敷の管理責任者に管理させている予算の範囲内で好きな物を買わせ、甘やかしすぎた。今までの境遇の反動で、自分は特別な存在なのだと勘違いさせてしまった。

冷めた目でリアムを見下ろすアルフォンスを、眼鏡をかけた執事は憎々しげに睨み付けていた。

＊＊＊

結婚式当日、三ヶ月あまりで完成させたとは思えない豪華な純白のドレスを身に纏い、同じく純白の軍服姿のアルフォンスにエスコートされたシュラインは大聖堂の赤絨毯《あかじゅうたん》の上を歩いている。

神官長が待つ祭壇《さいだん》の前へ向かう途中、複雑そうな表情をしたリリアと視線が合いアルフォンスは器用に片眉を上げた。

国王夫妻の横に座るのは愚かな王太子ヘンリー。

一切甘やかさず、厳しく自分に接する叔父《おじ》に苦手意識を持つヘンリーは目を合わせることに耐えきれず、直ぐに視線を逸《そ》らす。

『何故です!?　何故、シュラインと叔父上が婚姻をするのです！』

三ヶ月前、学園を卒業して王宮へ戻ったヘンリーは先触れも護衛も付けず、アルフォンスの執務室を訪れた。

『簡単な話だ。シュラインは私の妃に相応しい能力、価値があるからだよ。彼女は感情の起伏が乏しいように見えて、可愛らしい一面もあるしな。恥じらい頬を染めた顔は可愛かった』

『なっ』

アルフォンスが目を細めて言うと、大きく目を見開いてヘンリーは絶句する。

『それと……すでにお前の婚約者ではないのだから、馴《な》れ馴《な》れしくシュラインへ近寄るな』

怒気《どき》を込めて忠告すれば、ヘンリーの顔からは血の気が引いていった。

「では、誓いの口付けを」

神官長の声で我に返り、アルフォンスは互いの息がかかるほどの距離でシュラインを見下ろす。

口紅を塗った唇が美味そうに見えて、ついかぶりつきたくなった。

(……くそっ)

シュラインから香る林檎《りんご》に似た甘い香りは、アルフォンスを誘っているようで食らい付きたくなる衝動を理性で堪える。

紫水晶《アメジスト》の瞳にアルフォンスに対する恋慕《れんぼ》の情など微塵《みじん》もないと理解し、政略のためだと彼女へ伝えたのは自分なのに胸が苦しい。

誓いの口付けをするのではなく、チッと舌打ちしそうになった。

複雑な感情を抱き、初めてシュラインと交わした口付けは唇を触れ合わせるだけの、甘さの欠片《かけら》もなにもないものだった。

晩餐会《ばんさんかい》を終え、初夜のために身を清めたアルフォンスは王宮内に用意された一室へ向かう。

先触れは出さず足音を忍ばせ入室すれば、入浴を済ませネグリジェに着替えたシュラインはソファーへ座り、両手両足を伸ばしていた。

「シュライン」

背後から名を呼ぶと、シュラインは大きく肩を揺らす。

「えぇっと、アルフォンス殿下？　何故ここにいらっしゃったのですか？　その、別宅へ戻られないのですか？」

アルフォンスが来るとは思ってもいなかったのだろう、シュラインは慌《あわ》てて背凭れにかけておいたガウンを羽織る。

「今夜は初夜だ。いくら偽装結婚とはいえ、初夜を共にしないとなれば噂好きな者共にあらぬことを詮索《せんさく》されるだろう」

夜着の上にガウンを羽織ったアルフォンスは呆れ混じりに言う。

シュラインは動揺のあまり「えっ」「初夜？」と小さく声を発し頬を赤らめた。

「で、では、わたくしはソファーで寝ますわ。嫌いな女性が側にいたら休めないでしょう」

「シュライン、貴女は、この婚姻を後悔していないか？」

ソファーから立ち上がったシュラインは首を傾げた。

「今さら何を問うのです。お互いの利を考えた、同意の上の婚姻でしょう。今夜は仕方ないでしょうが、アルフォンス殿下はわたくしのことなどお気になさらず、恋人のもとへ帰ってあげてください」

動揺して出てしまった素の表情は消え、シュラインは作った笑みを顔に張り付ける。

偽装妻という理不尽な立場に据えられたのに、自分に与えられた役割だと割りきっているのだ。

「すまない」

一度裏切った王家によって望まぬ婚姻を結ばせられ、他国へ羽ばたこうとするシュラインから自由を奪ってしまったという自責の思いから、謝罪の言葉が口をついて出た。

「何故、謝るのですか？」

何故と問われてもアルフォンスには答えられない。

無言で立ち尽くすアルフォンスを、シュラインは困惑した表情で見上げた。

「わたくしはソファーで寝ます」

立ち上がったシュラインがすれ違おうとした時、咄嗟《とっさ》に細い手首を摑んだ。

「女性をソファーでなど寝かせられない。今夜は我慢《がまん》してほしい。指一本貴女に触れないと誓おう」

シュラインは目を丸くした後、ゆっくりと首を縦に動かした。

ベッドの端で身を縮めていたシュラインから静かな寝息が聞こえ、彼女が眠ったのが分かりアルフォンスは体を起こした。

背中を向けて眠るシュラインの薄い肩を軽く引けば、簡単に横向きだった体は仰向けとなる。

ハラリと長い髪がかかる寝顔は起きている時に比べ幼く見え、大人びた物言いをしていても彼女はまだ成人を迎えたばかりだったと、思い出させた。

(こんなにも、やわらかくて、あたたかい)

女性と同衾《どうきん》するのは初めてではないし、社交と情報収集のため必要とあれば狙った女性を抱くこともあったが、汗と香水の混じった香りと必要以上に触れられるのが苦痛で、朝日が昇るまで共に過ごしたことはなかった。

ただ同じベッドに寝るだけ、触れないように気を配るなど初めてのことで、戸惑いつつ頰へと伸ばした手を引っ込めることはできなかった。

人差し指と中指の腹で眠るシュラインの頰を撫でる。

やわらかくてすべらかな肌は、上質な絹のようだった。

「シュライン」

起こさないように、そっとシュラインの耳元へ唇を近付けて囁く。

「寝顔は……こんなにも無防備なんだな」

無防備で年齢よりも幼く見える寝顔を眺めているうちに、ふと悪戯《いたずら》をしたくなり眠るシュラインへ覆《おお》い被《かぶ》さった。

目蓋へ、頰へ、僅かに開いた形のよい唇へ、アルフォンスは触れるだけの口付けを落とす。

開いた唇から甘い吐息《といき》を感じ、背筋が粟立《あわだ》つ感覚を覚えて触れ合わせていた唇を離す。

「ふっ、もしも今目覚めたら、どんな顔をするのだろうな」

触れるのは契約違反だと取り乱して泣くのか。

それとも近すぎる距離に驚き、羞恥《しゅうち》で全身を真っ赤に染めるのか。

身体《からだ》の奥底から湧き上がってくる肉欲は、目蓋を閉じ深呼吸を繰り返して時間をかけて鎮《しず》める。

この結婚は契約なのだと自分に言い聞かせ、抱いてしまった感情に無理矢理蓋《ふた》をして封じ込めた。

自身の心臓の鼓動《こどう》とシュラインの呼吸音がやけに大きく聞こえ、落ち着かない気分を変えようとアルフォンスはベッドから下りた。

サイドテーブルの上に用意されていた水差しからコップに水を注ぎ一気に飲み干す。中に入っている檸檬《レモン》の爽《さわ》やかな香りが鼻腔《びこう》を抜け、熱が抜けきらない体と思考をスッキリさせてくれる。

体の疼《うず》きもどうにか鎮まり、ベッドへ戻ったアルフォンスはシュラインの横へ寝転がるも、夜明け頃まで寝付くことができなかった。

コンコンコン。

ノックの音が執務室へ響き、壁際に控えていたフィーゴが訪問者を確認して扉を開く。

「失礼します」

恭《うやうや》しく一礼して入室した、老齢の執事が携《たずさ》えた紙袋から香るのは香《こう》ばしい焼き菓子の香り。

「先ほど焼き上がったクッキーでございます。奥様が使用人達へ労《ねぎら》いの言葉と共にくださいました」

離宮の管理を任せている老齢の執事は、持参したクッキー入りの紙袋を執務椅子へ座るアルフォンスへ手渡した。

「ご苦労」

受け取った袋の中からチョコチップクッキーを一枚取り出し、かしゅりと噛み砕《くだ》けばアルフォンスの口腔内に控え目な甘さがいっぱいに広がる。

数時間ぶりに口にした甘味が体の隅々まで行き渡り、溜《た》まった疲労で重くなっていた身体が少しだけ軽くなった気がした。

「昨日よりも酷《ひど》い顔色をしていますよ。睡眠時間の確保は難しくても食事と休憩《きゅうけい》はとってください。今、アルフォンス様が倒れてしまわれたら中央は混乱に陥ります。元老院に反乱を起こされたらどうするのです」

「ああ、分かっている」

冷めた珈琲《コーヒー》を一口飲んだ後、アルフォンスはプレーンクッキーを口へ放り込んだ。

国王夫妻の隣国訪問、強引なヘンリーと男爵令嬢の婚約、ようやく鎮火《ちんか》した国境沿いの森林火災への対応と、アルフォンスが処理しなければならない仕事は山積みとなっていた。

一月前に結婚したばかりの新婚だというのに、かれこれ二週間は離宮へ帰っていない。

当然別宅にも一月以上足を運んでおらず、リアムの浪費と男娼《だんしょう》漁《あさ》りが酷くなっていると、請求書と共に影からの報告書が届いていた。

手紙のやり取りもなく、顔も合わせず放置しているのはシュラインも同じなのに、こうもリアムは自己中心的で愚かなのかと、彼の養子先を検討していたアルフォンスは痛む額に手を当てた。


「奥様は女主人として結婚式の出席者達への返礼を送り、離宮内の家具の配置やカーテンを変えて離宮は随分と明るくなりました。趣味のお菓子作りをして、使用人達へ振る舞ってくださってます」

「そうか」

「使用人達も、奥様がいらしてから離宮内が華やかになったと、以前より生き生きと仕事に励んでおりますよ」

その言葉通り、生き生きと仕事に励んでいるらしい老齢の執事は穏やかに微笑む。

「家具と内装を一新するつもりならば、シュラインの望む通りにしてやってくれ」

「殿下、奥様は新しい家具の購入は望まれておりません。元々あるカーテンやクッションに刺繍《ししゅう》を施しロビーに花を飾り、離宮は以前よりもずっと明るくあたたかな雰囲気となっております。奥様から請求されたのは、裁縫《さいほう》道具と花瓶《かびん》、製菓用材料くらいです」

アルフォンスは目を見開き、執事と手元のクッキー入りの袋を交互に見た。

「シュラインは……いや、私の妻という立場に苦痛を感じていないなら、いい」

「奥様を気にかけていらっしゃるならば、たまには離宮へお帰りになってください」

「お前は、ずいぶんとやわらかな表情と物腰になったな」

離宮の使用人達を統括している厳格な執事とは思えない、穏やかな表情とやわらかな物腰の彼を見たのは初めてかもしれない。

離宮の使用人達がシュラインを女主人として受け入れ、堅物の執事をも変えてくれたのはいいことだろう。だが、アルフォンスの胸中では戦々恐々としたものがあった。

「フッ、堅物のお前を一月足らずで変えたシュラインの側にいたら、私は彼女との契約を守れなくなりそうだ」

「アルフォンス様と奥様、お二人が仲睦《なかむつ》まじくされるのは私をはじめとした使用人一同、とても喜ばしいことだと思っております。先ずは離宮へお戻りになり、ゆっくりお休みください」

意味深な笑みを向ける執事が何を言いたいのか分かり、アルフォンスは頭痛が増した気がして目蓋を閉じた。


翌日の昼過ぎ、睡眠不足と疲労で鉛《なまり》のように重くなった身体を引きずり、離宮へと向かった。

出迎えた使用人が玄関扉を開き、離宮内へと足を踏み入れたアルフォンスは奥から香ってくる甘い香りに気づき、周囲を見渡す。

「この香りは？　厨房《ちゅうぼう》で菓子でも焼いているのか？」

「あ、その、奥様が」

一列に並んで出迎えた使用人のうち、近くに立つメイドに問えば彼女は眉尻を下げて口ごもる。

「シュラインがどうした？」

「それは……」

奥からパタパタと軽い足音が聞こえ、メイドは明らかに安堵の表情を浮かべた。

「お、おかえりなさいっ、アルフォンス様」

小走りでやって来たシュラインは、髪を簡単に纏めているだけで化粧もほとんどしていない。

すぐ側までやって来たシュラインの少し乱れた髪からは、甘ずっぱいベリー系の香りとシンプルなワンピースからは焼き菓子の甘い香りがして、アルフォンスは目を細めた。

(これは、まずいな)

睡眠不足と疲労が蓄積し、思考力が低下した脳には耐えきれない。

困ったことに、甘い香りを纏うシュラインが美味しそうに見えるのだ。

(毎日、こうしてシュラインが出迎えてくれたら……)

アルフォンスの身体の奥が疼き、熱を持っていく。

「アルフォンス様？　ひゃあっ」

黙ったままでいるアルフォンスを、シュラインはどうしたのかと見上げる。

答えるよりも早く、アルフォンスはシュラインの腰へ腕を回して衝動的に抱き締めていた。

「……ただいま」

耳元へ唇を近付け言うと、シュラインは頬を赤く染めた。

彼女自身から香る、香水とは違う甘い香りが強くなっていく。

(はぁ、これは堪らないな)

抱き締めたシュラインの感触と香りに、我慢できなくなりアルフォンスは彼女の額へ口付けた。

＊＊＊

王太子の新たな婚約発表を行う、王妃主催の夜会当日。

準備ができたと侍女から告げられ、室内へ足を踏み入れたアルフォンスは部屋の主、シュラインの姿に息をのみ双眸《そうぼう》を細めた。

「綺麗だな」

「あ、ありがとう、ございます？」

戸惑い混じりに視線をさ迷わせるシュラインが着ている紺色のドレスは、一見落ち着いた色とデザインだが、彼女の纏う色彩と美しさを十分すぎるほど際立たせていた。

背中の開いたデザインのドレスから覗く肌は艶《つや》めかしいというよりも神々《こうごう》しくさえ見え、触れていいのか迷ってアルフォンスは毛先を巻いて左側に纏めて結った髪へそっと触れた。

「アルフォンス、様？」

目元を赤く染めたシュラインは、恥ずかしそうに長い睫毛《まつげ》を伏せた。

「シュライン、渡したい物がある」

背後へ回ったアルフォンスが目配せすると、従者が小箱の蓋を開けて彼へ手渡す。

何かと振り向こうとするシュラインへ「目を瞑《つむ》って」と耳元で囁いた。

シュラインが目蓋を閉じたのを確認し、白いうなじを一撫でしてから輝きを抑えたエメラルドのネックレスを首にかけ、次いで結った髪にもエメラルドを使用した髪飾りを差し込む。

「思った通り、よく似合う。目を開けてごらん」

唇を耳飾りへ近付け、アルフォンスは甘く低い声で囁いた。

くすぐったそうに肩を揺らし、シュラインは閉じていた目蓋を開いた。

「え、これは」

目を開いたシュラインの前には、アルフォンスの指示で鏡を持った侍女が立つ。

エメラルドの首飾りと髪飾りを付けた自分の姿に、ポカンとシュラインは目を見開いた。

「わたくしに？　ありがとうございます」

「……ああ」

恥ずかしそうに頬を染めて微笑んだシュラインを見て、不思議な感情が広がっていく。

今までアルフォンス自らの手で贈り物を選び手渡したのも、男女共に自身の色を身に付けさせたのもシュラインが初めてだった。

(たとえ契約でも、シュラインは私の妻だ。二年だけの妻でも不快な思いをさせてはならない、そう思い選んだだけだ。だが、この胸の高鳴りは何だ？)

目の前のシュラインが自分の瞳の色を身に付けている、そう実感して胸が高鳴ってくるのを自覚して戸惑う。

契約で結ばれた関係だと割り切っていても、シュラインに〝妻〟という証《あかし》を身に付けさせたという喜びが沸々《ふつふつ》とアルフォンスの内に生じてくるのだ。

「どうなさったの？」

「シュラインが綺麗で見惚《みと》れてしまっていた」

「まぁ、お世辞がお上手ですね」

口元に手を当てたシュラインはクスクスと笑う。

「……では、行こうか。お手をどうぞ」

まるで初めて女性をエスコートする思春期の少年のように、早鐘《はやがね》を打つ心臓の鼓動に気付かれないよう普段通りを装い、アルフォンスはシュラインへ右手を差し出した。

シュラインの手を取ったアルフォンスは、使用人達が並ぶ玄関ホールを通り抜ける。

老齢の執事が浮かべていた満面の笑みには、気が付かない振りをして馬車へと乗り込んだ。

動き出した馬車が離宮の敷地外へ出てから、窓を見詰めていたシュラインは王宮へ近付いていくにつれて表情を固くさせていく。

立ち上がったアルフォンスは、窓から視線を移したシュラインの隣へ座った。

「王妃主催の夜会など楽しめないのは私も同じだ。不快な者への対応は私がするから、シュラインは隣で笑っていればいい」

目を見開いたシュラインは顔を上げ、近すぎる互いの距離に身を引こうとするも、それよりも早くアルフォンスは彼女の肩を抱き寄せた。

「はい」

上擦《うわず》ったような声で頷いたシュラインの頬は真っ赤に染まり、彼女が自分を意識してくれていることに満足したアルフォンスは口元を綻ばせた。

王宮へ到着し馬車を降りたアルフォンスは、シュラインの腰に手を当てて他の招待客よりも少し遅れて夜会会場へ向かった。

王弟夫妻の登場を告げる声がホールに響き、招待された貴族達は会話を止《や》めて一斉に頭を下げる。

「あれは」

「まぁ、随分と変わられたのね」

アルフォンスの濃紺色の燕尾服に合わせ、紺色のイブニングドレスを身に纏ったシュラインを見て、色とりどりのドレスを着た若い令嬢達は扇で隠した口元で嘲笑《あざわら》う。

(聞こえよがしに言っているのは王妃の取り巻きや国王に媚《こび》を売る連中の娘達か、私が袖にした婦人達か。王妃のご機嫌取りと私の妻の座を得たシュラインへの妬《ねた》みとやっかみだろうが、不快だな)

目が痛くなるような原色のドレスよりも、夫に合わせて落ち着いた色合いのドレスを選んでくれた、シュラインの方が美しいとアルフォンスは感じていた。

以前ならば受け流す悪意のこもった視線も、自分ではなくシュラインへ向いているのだと分かると怒りの感情が生じる。

(あの娘は確か……)

不躾《ぶしつけ》な視線を送る令嬢達の顔から家名を推測し、密偵《みってい》が掴んだ両親の罪状を思い起こす。

アルフォンスと目が合った令嬢は一瞬色めき立つが、直ぐに彼の浮かべる刃《やいば》のような冷笑に気付き恐怖から顔を引《ひ》き攣《つ》らせた。

「シュライン、もっと私に摑まりなさい」

腕に添えるだけだったシュラインの手を引き、しっかりとアルフォンスの腕に手を絡まらせる。

二人の体が密着し、シュラインからは令嬢達の姿は見えなくなった。

壇上の椅子に座る国王夫妻へ、アルフォンスがシュラインの腰を抱いたまま挨拶をすれば、予想通りリリアは顔を歪めて横を向く。

挨拶以上の言葉を交わさず、もう用はないとばかりにアルフォンスは国王夫妻から背を向け、壇上から下りた。

「アルフォンス殿下」

「ファルケン公爵か」

壇上から下りてホール中央へ向かったアルフォンスの側へ、元老院議員の貴族男性が近付き挨拶を交わしていると、夜会の主役である王太子とアリサの登場を告げるファンファーレが鳴り響いた。

開かれた扉から軍服に似た正装姿のヘンリーと、ピンク色のフリルとダイヤモンドで飾り立てられたドレスを着た新しい婚約者となった男爵令嬢が登場する。

ホール中央を歩くヘンリーは、アルフォンスとシュラインの近くまで来ると足を止めた。

「ヘンリー、婚約おめでとう。運命の相手と結ばれてよかったな。君が手放してくれたお陰で、私は可愛らしく聡明《そうめい》な女性を妻に迎えられた。感謝しているよ」

表情を固くするヘンリーへ向けて祝いの言葉より嫌みを込めた台詞《せりふ》を言い、アルフォンスは隣に立つシュラインの腰を抱き寄せる。

「ヘンリー殿下、アリサ様、ご婚約おめでとうございます」

「あ、ああ、叔父上も、シュラインも結婚おめでとう」

明らかに動揺するヘンリーとは違い、アリサはシュラインを射殺さんばかりに睨みつけてきた。

不快感から作り笑いを消したアルフォンスへ、アリサは可憐《かれん》な微笑みを浮かべた。

「アルフォンス殿下、ありがとうございます」

頬を赤らめて上目遣いで見詰めてくるアリサの態度は、どうやったら自分を可愛らしく見せられるか計算されたもので、アルフォンスは嫌悪感で眉を顰めた。

腕に感じるシュラインの感触と体温がなければ、舌打ちしていたところだ。


「久し振りの夜会で疲れましたわ。少し休んできますね」

「私も一緒に行こう」

「いいえ、スティーブがいますから大丈夫です。アルフォンス様は皆様のお相手をなさってください」

義務としてのダンスを踊り終わり、アルフォンスの腕に添えていた手を放したシュラインが離れた途端、貴族男性達が寄って来る。

王弟の仮面を張り付けてしばらく対応していたアルフォンスへ、使用人の中に紛れ込んだ部下が近付く。

「殿下、奥様は休憩室へ向かわれました」

「休憩室に？」

「他の方とは別の、殿下ご夫妻のためにと、陛下《へいか》が用意された休憩室でございます」

「陛下が特別に用意した、だと」

（憎々しく思っている私に、国王が部屋を用意するはずない。となれば、用意したのは王妃だろう）

胸騒ぎを覚えたアルフォンスは貴族達との話を切り上げ、扉へ向かって歩き出した。

休憩室までの廊下に潜む男達の気配に気付き、シュラインの側仕《そばつか》えであるスティーブとともに部屋付きメイドを捕縛して、王妃が悪意を持って動いたのだと確信に変わる。

休憩室の扉を勢いよく開いたアルフォンスが目にしたのは、思いもよらない光景だった。

＊＊＊

休憩室へ向かったシュラインを追い、アルフォンスが会場の外へ出てから二時間後。

王太子の新たな婚約を祝うきらびやかな夜会は、警備の隙をついて王宮へ侵入した賊徒《ぞくと》の捕縛のため中盤で強制終了、となった。

王妃は終了の決定に不満を爆発させ喚《わめ》き散らしたが、アルフォンスの命を受けた第二騎士団長率いる騎士団、元老議員である貴族達が出てくると顔色を青くして押し黙ったらしい。

「賊は全員捕縛し、夜会は途中終了させました」

「明日の尋問には私も加わる。私が行くまで死なせるなよ」

「はっ」

部下から休憩室の扉越しに報告を受けたアルフォンスは、腕の中で眠るシュラインの頬を撫でた。

扉の向こう側から部下の気配が消えると、アルフォンスはベッドに寝ころびながら頬杖をついていた手を外す。

「あん」

身じろいで膣内《ちつない》に入ったままの陰茎が動き、シュラインの口から快感の混じる吐息が漏れる。

王家に伝わる強力な媚薬《びやく》を緩和するためとはいえ、何度もまぐわい処女には行き過ぎた快感を与えられ、シュラインのきつく閉じた目蓋は、しばらくの間は開かないだろう。

「意識を失っても締め付けてくれるとは、はぁ可愛いな」

何度もアルフォンスが食《は》み、腫《は》れぼったくなったシュラインの唇を労るように、触れるだけの口付けを落とし首筋へ吸い付く。

「んっ」

ちゅうっ、と皮膚を吸い上げれば、シュラインは眉間に皺を寄せる。

王妃が用いた媚薬は主に、政略結婚をした花嫁との初夜に使われていた。

媚薬の効果は強力で、多用すれば子を成す頃には媚薬を用いた性交の快感に溺《おぼ》れ従順になるか、精神を壊してしまう。

騎士団が捕縛した賊は十人。そのうち、アルフォンスが昏倒《こんとう》させた男達は五人。

少なくとも五人もの男を手引きし、強姦《ごうかん》させてシュラインを壊す気でいたのか。

これらを企てたであろう王妃への憎悪半分、シュラインを救うためとはいえ結果的に彼女を抱けたことは半分感謝していた。

全身を真っ赤に染め、涙で潤《うる》んだ瞳と蕩《とろ》けきった表情で「もっと」とねだる可愛いシュラインを味わえたのだ。

男達への礼として、自ら尋問に加わらなければ気が済まない。

（契約であろうが、シュラインは私の妻だ。シュラインを凌辱《りょうじょく》しようとしたことを後悔させてやる）

クツリと喉を鳴らしたアルフォンスは口角を上げて笑った。

それは、刃物を彷彿とさせる鋭い眼光と冷たい笑み。

仄暗《ほのぐら》い感情は興奮へと変換され、何度も射精して少し萎《な》えていた陰茎に力を与えていく。

「シュライン、すまない」

軽く腰を引いて半分出した陰茎を一気に膣内へ突き入れた。

腰を密着させて亀頭《きとう》を子宮口に押し付ければ、意識のないシュラインの眉が寄り半開きの口から甘い声が漏れ出る。

子宮口に亀頭を押し付けて刺激を与えると、健気《けなげ》にも膣壁《ちつへき》はきゅうきゅうと陰茎を締め付ける。

「うっ」

締め付ける膣壁の気持ちよさにアルフォンスは呻《うめ》き、込み上がる射精感のまま子宮口へめり込ませた亀頭の先から大量の精液を放った。

子宮口目掛けて放たれる精液の勢いと熱さから逃れようと、眠ったままのシュラインは身を捩《よじ》るが腰を掴んでいるアルフォンスはさらに亀頭を奥へと押し付ける。

「逃さない。私の子種を受け入れるんだ」

出し切った精液を亀頭で子宮口へ押し込むように腰を動かしたアルフォンスは、全身を揺らして達したシュラインの耳朶《じだ》を食んだ。

事件の翌日、離宮へ戻ったアルフォンスは出迎えた執事から、今日一日の報告を聞きながらシュラインの休んでいる寝室へと足早に向かった。

室内着にショールを羽織ったシュラインの顔を見て、抱き締めたくなる衝動が湧き上がってくる。どうにか衝動を堪えて、椅子の背凭れを摑んで立ち上がった彼女の側へ歩み寄った。

「シュライン、無理しなくていい」

ジャケットを脱ぎ、シャツの首元をゆるめたアルフォンスは真っ直ぐにシュラインの側まで来ると、目配せをしてメイドを退室させた。

部屋に残されたのは、シュラインとアルフォンスの二人だけ。

そっと肩に手を回し抱き寄せると、昨日の疲労から両足に力が入っていないシュラインの体は簡単に傾いでいく。やわらかく滑らかな肌の感触と少し高めの体温と石けんの香りに、アルフォンスは心臓の鼓動が速くなっていくのを感じた。

頰を赤く染めたシュラインは胸元に手を当て、アルフォンスを見上げる。

(くっ、困惑した顔も可愛いな)

抱き締めて口付けたくなるのを、小さく息を吐いてどうにか堪える。

腰と股関節《こかんせつ》と股《また》の痛みで、立っているのも辛《つら》そうなシュラインに無理はさせられない。

王宮の薬師に作らせた薬を塗ってやろうと長椅子に座らせたシュラインの捲《まく》れ上がった裾から白いレースのショーツが見え隠れし、アルフォンスはゴクリと唾《つば》を飲み込んだ。

「これでは塗れない。もっと両脚を開いて背凭れに凭れかかるんだ」

「……はい」

言われた通りにシュラインは閉じていた脚を開き、椅子の背に凭れかかった。

下腹までスカートは捲れ上がっており、太股と下着までアルフォンスに見られている恥ずかしさからか、シュラインは両手で真っ赤に染まる顔を覆った。

(綺麗なシュラインの肌に、私の付けた痕《あと》が残っているのがここまで厭《いや》らしいとは……)

床に片膝をついたアルフォンスは、太股の内側に散った鬱血痕《うっけつこん》を人差し指の先で撫でる。

太股の内側を撫でられる感触がくすぐったいのか、シュラインの体が震えた。

「あっ」

アルフォンスの指先が脚の付け根をなぞり、むず痒い刺激でシュラインが声を漏らした。

「下着を外すよ」

目蓋を閉じ両手で顔を覆っているシュラインへ、興奮を押し隠し淡々とした口調でアルフォンスは言い、ショーツのサイドを結んでいる紐を摘《つま》んで引っ張った。左右の紐を外して、シュラインの股の間からショーツを抜き取る。

ショーツを椅子の肘掛けに掛け、アルフォンスは指先で下生《したば》えを掻き分けていき露になった秘部の亀裂に触れ、人差し指と親指で開いた。

「ひゃんっ」

突然開かれた秘部への刺激に驚き、シュラインは閉じていた目蓋を開いた。

「アルフォンス様、見ないでぇ」

亀裂を広げて中を見られている恥ずかしさで、閉じようと太股に力を入れるが太股を掴んでいるアルフォンスの手は、閉じるのを許さずさらに広げて膣内を覗く。

「何度もしたから、中が擦《こす》れて赤くなっているな。薬を塗るよ」

左手で亀裂のひだを広げ、右手人差し指で軟膏《なんこう》を一掬《ひとすく》い取り赤くなっている部分へ塗っていく。

「ふ、ぅん」

下唇を噛んで声を堪えるシュラインの肌が粟立ち、クリトリスを掠める度に太股が揺れる。

痛みと快感を同時に与えられて、必死で声を堪えているシュラインは全く気が付いていないようだが、愛液を分泌《ぶんぴつ》して潤みだす膣の中へ人差し指を入れて薬を塗るアルフォンスは、自身の変化を感じ取っていた。

(これは、興奮するなという方が無理だ。この中へ突き入れたら、どんなに気持ちいいだろう。今すぐ抱きたい！　くっ、駄目だ、今はまだシュラインを抱けない)

膣壁に塗った軟膏は、溢《あふ》れ出る愛液によって膣外へ流れていってしまう。

「あん、んんっ」

真っ赤に染まる肌と目蓋と唇を閉じて、声を抑えているシュラインが可愛くて、アルフォンスの指を締め付けて奥へと誘う膣壁の魅力に抑えようとしても、興奮は抑えきれない。

口元に手を当てて、声を我慢しているシュラインの太股が震える度に、アルフォンスの息も荒くなっていった。

〝治療〟は終わり、媚薬を摂取していない状態で、初めて快感の絶頂を知ったシュラインは口を半開きにして、呆然《ぼうぜん》と天井を見詰めていた。

「シュライン、大丈夫か？」

軟膏入りの容器の蓋を閉め、愛液で濡れた指先を布巾《ふきん》で拭ったアルフォンスは、汗で髪が張り付

いたシュラインの額をそっと撫でた。

「はい」

強過ぎる快感で思考が朦朧としているのか、シュラインは舌の回っていない返事をする。

脱力した太股に指先が触れるだけで、びくりと体が跳ねてアルフォンスはフッと笑った。

「椅子にまで愛液が溢れている。治療なのに、私の指で感じてしまったのか。仕方ないな」

愛液と軟膏が混じった液で濡れたシュラインの股と椅子を布巾で拭き、太股を持ち上げて腰を少し浮かせて脱がせたショーツを穿《は》かせる。

「ごめん、なさい」

涙で潤んだ瞳を揺らしたシュラインに謝られて、アルフォンスは目を見開いて固まった。

「……可愛い」

何かが切れる音が頭の中で響き、考える前にシュラインの上に覆い被さっていた。

「シュライン」

「んっ」

赤く色付くシュラインの唇を食むようにアルフォンスは唇を重ね、開いたままの唇の隙間から熱い口腔内へ舌を差し入れようとして……ハッと我に返った。

「すまない」

触れ合っていた唇を離したアルフォンスは息を吐く。

昨日からの疲労と絶頂の余韻《よいん》で、眠りに落ちかけているシュラインは自分の身に起こったことを理解しきれていないのか、首を傾けて目蓋を閉じた。

掴んでいた椅子の背凭れから手を離したアルフォンスは、眠ってしまったシュラインの膝裏に手を差し入れて抱き上げる。

そのまま横抱きにしてベッドまで歩き、起こさないよう慎重に眠る彼女をベッドへと横たえた。

「おやすみ」

唇に軽く触れるだけの口付けを落としたアルフォンスは、溜《た》め息《いき》を吐いてベッドの端に腰掛けた。

「しかし……参ったな」

ベッドに横たわるシュラインの肩にかかっていたショールは、椅子に座っていた彼女を抱き上げた際床に落ちてしまい、ショールで隠していた室内着の開いた胸元からは、両乳房が今にも零れんばかりになっていた。

呼吸の度に揺れる乳房を凝視しながら、視線を下方へ移したアルフォンスは息苦しさを感じるほど勃起《ぼっき》した股間を見る。

スラックスの布を突き破らんばかりに股間は盛り上がり、布の下にある陰茎は硬くなっていた。

深呼吸しても、別のことを考えて紛らわそうにも、盛り上がった陰茎は萎えてくれない。

(この状態で外には出られない。誤魔化してもフィーゴもオリンも気が付くだろう。だが、シュラインの側にいると鎮まってくれない。どうする？　隣室へ行くか？　……いや)

隣室、ほとんど使用していないアルフォンスの寝室へ行ったとしても、悶々《もんもん》とした状態ではこの勃起した陰茎が落ち着くまでは時間を要するだろう。だからといって、他の女を抱いて発散させることも、眠っているシュラインに無理もさせられない。

(これは……緊急事態だ)

スラックスの前を寛《くつろ》げて下穿きをずらし、痛いくらい滾《たぎ》り立った陰茎を取り出した。

窮屈な下穿きとスラックスから解放された陰茎は、さらに熱を持ち硬度を増していく。

右手で握った陰茎はドクドクと脈打ち、亀頭の先から溢れた先走りの液が指先へ垂れる。

「はっはっ、ぁあ」

右手を動かして陰茎を擦る度に、亀頭の先から溢れる液がヌチャヌチャと音を立てる。

陰茎から生じた快感は、アルフォンスの下半身から全身へと広がっていく。

目蓋を閉じて昨夜のシュラインを、媚薬を飲まされて快感で乱れた艶姿《あですがた》を脳裏に浮かべた。

『はぁ、全部入った。痛みは、大丈夫そうだな』

『あっあぁっ、苦しいのに、大きくて気持ちいいの』

『嫌なの。奥ばっかりグリグリしちゃ、だめっあぁんっ』

『はあ、おく、あつい。アルフォンス様の、子種が……お腹《なか》の中にいっぱい出て、います』

「くっ」

興奮と共に快感が高まり、込み上げてくる射精感でアルフォンスは顔を歪めて呻いた。

下半身を快感が走り抜けていき、爆発する。

びゅくびゅくという水音を立てて、亀頭の先から飛び出てくる精液をハンカチで押さえる。

「……くそっ」

射精し終わったアルフォンスは、荒い息を吐き亀頭の先端から垂れる精液をハンカチで拭う。

自慰《じい》で性欲を処理するなど、少年の頃にリリアに媚薬を飲まされた時以来だった。

「は……シュライン、次は貴女のナカで、果てさせてくれ」

抱きたい相手を目の前にした物足りなさは残っても、自慰で射精したことで勃起した陰茎はどうにか落ち着いてくれた。

精液で濡れたハンカチをテーブルの上にあった手拭きで包み、窓を開けて空気の換気等の後処理をしたアルフォンスが寝室を後にしたのは、それから十五分後のことだった。

＊＊＊

「今朝、月のものが来ましたの」

夜会から半月後、安堵と嬉しさを全身から滲《にじ》ませたシュラインからそう告げられ、アルフォンスは全身の血が冷たくなっていくような感覚を覚えた。

媚薬を盛られ、互いの同意なしの交わりでは妊娠しなかったのだ。

喜ばしいことなのに、アルフォンスは喜ぶことはできずギリッと奥歯を噛み締めた。

「孕めばよかったのにな」

無意識に口から出た言葉は、アルフォンス本人にしか聞こえない小さいもので。声に出してからアルフォンスはハッと目を見開いた。

（そうか……そうだったのか）

婚姻を結んでから今まで鬱積《うっせき》していた想いの正体が何か、ようやく自覚する。

「何かおっしゃいましたか？」

「いや、何も？」

胎内へ吐き出した子種で孕んでくれていたならば、契約など関係なくシュラインを自分の傍らに縛ることができたのに。実を結ばなかったことに落胆《らくたん》している自分を嘲笑《あざわら》う。

「ほら、手が止まっている」

一口サイズのクッキーを口へ運ぶように催促《さいそく》する。

「そろそろご自分で食べてください」

「私達はまだ新婚とやらなのだ。愛しい妻に、疲れた体を労ってもらいたいのだよ」

「もうっ」

唇を尖《とが》らせながらもシュラインは星形のクッキーを一つ摘むと、隣に座り口を開けて待っているアルフォンスの口元へ運ぶ。

渋々といった体《てい》でも「美味い」と言うだけで、恥じらい嬉《うれ》しそうに微笑むシュラインが可愛らしくて、アルフォンスの心を揺さぶっていることなど、鈍い彼女は分かってはいないのだろう。

(あぁ、拗《す》ねた顔も可愛い……可愛くて、欲しい。シュラインの身体も心も全て手に入れたい)

愛玩物《あいがんぶつ》以外の存在を「愛しい」と思ったのも、打算なく何かを欲したのも初めてだった。

どす黒い感情がアルフォンスの体内に生じ渦《うず》を巻いていく。

(だが、シュラインは私との結婚を完全に利害の一致からの契約結婚だと思い込んでいる。どういう展開になれば、シュラインは私を恋慕うようになるのか。やはり、体から落とすしかないのか?)

媚薬によって強制的に与えられた快感を、記憶はなくともシュラインの体は覚えているはずだ。

だが快楽で縛り付けても、シュラインの心は手に入らない。

テーブルの上に置いた皿へ手を伸ばし、アルフォンスはマーブル模様のクッキーを一枚摘んだ。

「シュライン、口を開けて」

「え？」

ぱちくりとシュラインは目を瞬《しばたた》かせる。

「先ほどから私ばかり食べているだろう。シュラインも一緒に食べよう。ほら、口を開けなさい」

今まで関わった女性達から〝魅力的〟だと評される微笑みを作って催促すれば、シュラインは恥ずかしそうに視線を下げて口を開く。

開いた口の中へクッキーを入れて、そっとシュラインの唇を人差し指で撫でた。

「もっと欲しい？」

あえて声を低くして問うと、恥ずかしそうに頬を染めたシュラインは首を横に振った。

「そうか」

苦笑してアルフォンスは、クッキーを一枚摘んで一齧《ひとかじ》りした。

クッキーを頬張りながら確実にシュラインを手に入れるために、自分から離れられなくするために必要なモノは何かと、脳内では数パターンの策略を組み立てる。シュラインを手に入れるための策略は、今まで考えたどんな策略よりも楽しく、心が躍るものだと知った。


夜会から一ヶ月近く経ったある日、夕陽が射し込む執務室に音もなく現れた影から報告を受け、アルフォンスは指に力を入れて持っていたペンをへし折った。

「夜会に侵入していた者達の素性は分かったのか？」

「侵入者が自害したため時間がかかりましたが、その後の捜査でイノセアン侯爵の私兵だと判明しました。いかがいたしますか？」

「イノセアン侯爵は王妃の取り巻きの一人だ。学生の頃から王妃に心酔《しんすい》していたと聞いている。フッ、あの女が取り巻きを使いシュラインを害そうとするのは想定内だ」

イノセアン侯爵は、リリアが現在も肉体関係を持っている恋人の一人だった。

学生時代、王太子ヘリオットの側近候補だったイノセアン侯爵は、学園へ編入してきたリリアの自由奔放な言動に惹かれてあっという間に籠絡され、彼女の取り巻きの一人となった。

父親は前宰相で、次期宰相候補と見なされていたがリリアの我が儘やヘリオットの職務怠慢を諫めることなく、実の父親と元老院から宰相の器ではないと候補から外されたのだ。

宰相候補から外れたとはいえ、イノセアン侯爵家を継《つ》いだ彼が未だに裏でリリアと繋がっていることは、アルフォンスも把握していた。

「前宰相は幼い頃から世話になったという恩がある。だが、もういいな」

暗い光を宿したアルフォンスの言葉で、自身が何をすべきか察した影の青年は頭を垂れると執務室から退室した。

(前宰相の懇願で政から遠ざけるのみとし、枷《かせ》をつけなかったのは甘かったか。シュラインに手を出そうとした罰は重い。隠居先から出て来て、乱れた侯爵家を立て直してもらおうか)

机上の置時計を見たアルフォンスは、肘掛《ひじか》けに両手をつき立ち上がった。

「今から戻られるのですか」

「悪いか」

「いいえ？」

時刻を確認した瞬間、アルフォンスは両目から剣呑《けんのん》な光を消した。

その変わり身の早さに、吹き出しそうになるのを堪えてフィーゴは横を向いた。

離宮へ続く門を潜り抜けた馬車が停まり、アルフォンスはゆるんでいた口元を片手で押さえる。

逸《はや》る気持ちに呼応して心臓の鼓動も速くなっていくのを自覚し、自嘲の笑みを浮かべた。

頭を下げた使用人が扉を開き、玄関ホールに立ち並ぶ使用人達を見渡し中央に立つシュラインを見た瞬間、無表情だったアルフォンスは破顔する。

「ただいま」

蕩けるような微笑みを浮かべたアルフォンスは、真っ直ぐシュラインの元へ向かい彼女の手を取ると、そっと口付けを落とした。

「お、おかえりなさいませ」

帰宅するようになってから、毎回このやり取りを繰り返しているというのに、未だに慣れないシュラインは恥ずかしそうに頬を赤く染め目蓋を伏せた。

シュラインの全身から香る甘い香りを嗅《か》ぎ、アルフォンスの胃は空腹を訴え出す。

(ああ、そうだったな)

王宮では、急ぎの案件を処理するため昼食の時間が取れなかった。

朝食後、アルフォンスが口にしたのは眠気覚ましに濃い目に淹《い》れた紅茶と、シュラインから差し入れてもらった焼き菓子だけだったことを思い出した。

「アルフォンス様っ!?」

手を引かれたシュラインは、悲鳴に近い声を上げてアルフォンスの胸元へと倒れ込む。

「きゃあっ、何ですか？」

離れようとするシュラインの肩へ手を回して抱き寄せ、アルフォンスは彼女の鼻と唇へ触れるだけの口付けを落とした。

「シュラインが恥ずかしがって、私の要望を叶えてくれないのだから仕方ないだろ？」

「それは、無理です！　抱き付いて自分から口付けるだなんて、わたくしにはできません！」

声に出してからシュラインは「あっ」と、気が付き体を揺らした。

使用人達から送られる生暖かい視線に気付き、羞恥から縮こまらせた体は真っ赤に染まっていく。

(ふっ、真っ赤になって可愛いな)

可愛い反応をするシュラインを前にすると〝冷徹《れいてつ》な王弟〟が崩れてしまう。

彼女の全てが可愛いらしくて堪らない。

今すぐ抱き上げて鍵のかかる部屋へ連れて行き、どこにも行かないように誰の目にも触れられないように、大事にしまって閉じ込めてしまいたくなる。

「ごほんっ。アルフォンス様、奥様はお困りのようですよ」

やんわりと執事に注意されて、渋々といった体でアルフォンスはシュラインを解放した。

「昼食を召し上がっていないと聞きました。ただ今用意させております」

「食事はいい。それよりも仮眠をとる」

空腹はとうに通り過ぎており、今は食事よりもシュラインの香りを堪能しながら休みたかった。

「駄目です！」

執事とのやり取りを聞いていたシュラインが声を上げ、驚いたアルフォンスは目を瞬かせた。

「アルフォンス様、またお食事をされていないのですか？　ちゃんと食べると約束してくださったでしょう」

「それは……食事をとる時間が惜しかったんだ。すまない」

他の者に言われたのなら無視できるのに、シュラインに言われると拒否する言葉が出て来ず頷くしかなかった。


食堂ではなく自室へ運ばせた食事とフルーツタルトを全て食べ終え、シュラインが紅茶を淹れるのを見詰めていたアルフォンスは、食器を片付けるメイド達に部屋の外へ下がるよう指示する。

「アルフォンス様の恋人は、どのような方なのですか？」

「恋人？」

メイド達が退室し二人きりになったタイミングでシュラインから問われ、アルフォンスは口に含んだ紅茶を吹き出しそうになった。

恋人とは誰のことかと数秒考えて、リアムのことを問うているのだと理解する。

「急にどうした？　嫉妬《しっと》か？」

「嫉妬は全くないけど、ええっと、美少年だと聞いて気になっただけです。知り合ってお付き合いを始めた切っ掛けとか、離婚後の参考にしたいと思いまして」

嫉妬はないと言うシュラインの言葉に迷いはなく、「残念だ」とアルフォンスは片眉を上げた。

「リアムは、確かシュラインと年齢は同じだよ。甘え上手で、子猫のような可愛らしさを持っている。雰囲気と顔立ちはシュラインとは真逆だな。特殊な性癖《せいへき》を持つ貴族の男娼をさせられていて、その貴族が自慢のために夜会に連れて来たのがリアムとの出会いだ。痛め付けられていたのを憐れに思い、賭けの代金代わりに貰《もら》ったのが切っ掛けか」

「だ、代金代わりって、それに特殊な性癖って」

眉間に皺を寄せたシュラインは口元を引き攣らせる。

「興味が湧いたか？　女装させた上に道具を使い苦痛を与えながら抱くという、なかなか歪んだ趣味だったよ。体が治ったら職を与えて解放してやるつもりだったが、捨てないでくれと泣き付かれてしまってね。囲っている恋人、ということにしてしまえば鬱陶しい女避けにもなるし、リアムに可愛らしく甘えられるのは癒《いや》される。一人立ちできるまで、屋敷を与えて世話することにしたのだ」

思い込んでいた恋人関係ではないと分かったシュラインは、ぱちくりと数回目を瞬かせた。

「……その、体の関係はあるのですか？」

「過去も今も、私は男と交わるつもりはないよ。妊娠のリスクはないとはいえ、体の関係まで結ぶ相手は王族として選ばねば、余計な火種となりかねないからな。教養を与え可愛がってはいるが、リアムを抱きたいと思ったことはない。それから今後は女性とも関係を持つつもりはない」

体の関係を問うシュラインの不安と僅かに混じった嫌悪感を感じとり、アルフォンスの眉間に皺が寄っていく。

「でも、それは恋人というより……」

小さく呟いてシュラインは口を閉じた。

（恋人ではなく愛玩、の方がしっくりくるか。リアムを奪ったのは、あの男への嫌がらせのつもりだった。否、違うな。王妃に怯えていた、幼い頃の自分自身と重なって見えた。だから、リアムの

世話をしたのだ）

　複雑そうな表情を浮かべるシュラインを見詰め、椅子に座ったアルフォンスは手を伸ばして彼女の手首を掴む。

「私が妻にしたいと思うのは、抱きたいと思った女性は、後にも先にもシュラインだけだ」

「ふふっ、ご冗談を。あと一年半はアルフォンス様の妻でいます。夫婦の営みは別ですけど」

「一年半、だけか？」

　乞うように見上げるアルフォンスの声に含まれる拗ねた響きに、可笑しくなったシュラインはクスクスと声に出して笑った。

　食後の紅茶を飲み終えたアルフォンスは、シュラインの腰を抱いて夫婦の部屋へ戻った。

　満腹感から湧き上がる眠気と欠伸《あくび》を堪えて、ソファーへ腰掛けて首元のタイを外す。

「シュライン、おいで」

　自分の隣へ座るようソファーの座面を軽く叩く。

　仕方ない、といった体で眉尻を下げたシュラインが近付き、細い腰に手を回したアルフォンスが自分の方へ抱き寄せた。

「ちょっと、アルフォンス様」

　抗議の声は無視し、アルフォンスは膝の上へ座らせたシュラインの首筋に顔を埋《うず》める。

「はぁ、疲れているんだ。今は可愛い妻の香りを堪能させてくれ」

「もうっ」

　王妃が不機嫌になる度、職務を放棄し王妃のご機嫌窺《うかが》いを始める国王のせいで、アルフォンスへ回される執務は増加している。

さらに、一週間前に起こった嵐による被害把握のため被災地の視察と支援のため、ここ数日間はろくに睡眠をとれていない。

こうやってシュラインと二人きりで過ごす時間だけが息を抜ける。

女性に甘える自分が存在するなど、アルフォンス自身が一番驚いていた。

（一年半だけだと言うならば、一年で離れられないようシュラインを縛ればいい。愛や情に訴えるよりも、子という切れぬ鎖《くさり》で。子ができなくとも、この体に快感を刻み付けて離れられないようにすればいい。口では拒否していても、体は治療を拒否していないようだしな）

腫れた秘部への〝治療〟によって快感を教え込まれたシュラインの体は、アルフォンスが触れる前から与えられる快感への期待で肌を赤く染めて秘部は愛液で潤み出す。

恥じらうシュラインの艶姿を想像して、アルフォンスは口角を上げた。

「……アルフォンス様、暗くなってきたことですし、そろそろお帰りください」

背中を軽く叩きシュラインが帰宅を促せば、アルフォンスは首筋に埋めていた顔を上げた。

「私は幼子ではないし、護衛もいるから夜道でも大丈夫だ。遅くなったらここで寝るつもりだ」

「駄目です！　お帰りください！」

「ふふっ、私の妻はつれないなぁ」

顔を赤くして眉を吊り上げるシュラインに肩を竦め、アルフォンスは腕の中へ閉じ込めていた彼女の体を解放した。

雲一つない晴天の下、王宮へ向かう馬車の中は暑く、窓を開けても生温い風が顔に当たる。

隣に座られるのは暑苦しいと、向かい側に座るように頼んできたシュラインが小さく息を吐いた。

「大丈夫か？　不安ならば、体調不良で欠席ということにしてもかまわない」

「大丈夫です。今回のお茶会は王太后様にも何かお考えがあってのことでしょうから」

緊張を和《やわ》らげるように笑みを作るシュラインを案ずる一方で、暑さから髪を結い上げているシュラインの白い首筋と胸元へ、どうしても視線がいってしまう。

「不安だ」と一言でもシュラインが口に出したならば、王太后宮へ行かせず無理矢理にでも執務室へ連れて行き、休ませるという口実で仮眠用ベッドに寝かせて甘い一時を過ごすのに。

(母上と王妃の揃った茶会など苦痛でしかないだろう。私が同席するのは元老院会議があるため無理か。いっそのこと会議を延期するか。それとも代役をたてるか)

良案が浮かばないまま、馬車は王宮の敷地内へ入って行った。

「いってきます」

王太后に仕える使用人達に先導されたシュラインの背中を見送り、彼女が離宮内へ入るのを確認するとアルフォンスは柔和な笑みを消す。

「……動きがあったら直ぐに伝えろ」

潜んでいた影の者が動く気配を感じ取り、アルフォンスは中央離宮へ向かって歩き出した。

王妃が茶会へ出掛けて暇《ひま》なのか、珍しく国王へリオットも出席した会議は大した議論もできず、重い空気に包まれていた。

森林火災と不作に苦しむ地方への支援と減税が議題だというのに、論点のずれた事を言い出すヘリオットへ苛立つ議員達を宥《なだ》める役目など冗談ではない。

時間の無駄だと、早々に判断したアルフォンスはヘリオットの発言を遮《さえぎ》るために口を開いた。

「そのように持論を展開させるのでしたら、陛下には我等を納得させる代案があるのでしょうね」

「なんだと？」

「不作と災害で苦しむ民の救援よりも舞踏会を優先しろとおっしゃるのですから、先ずはこの私を納得させていただきたいのですよ。兄上」

〝陛下〟ではなく〝兄上〟と逆撫でするように言えば、ヘリオットは眉を吊り上げた。

「アルフォンス！　国王の意見を蔑ろにするつもりか！」

「蔑ろもなにも、決まりかけたことを却下《きやつか》するようおっしゃるのですから困惑しているだけです。民の救援よりも重要だという、兄上と義姉上が主催する舞踏会とやらの価値を教えていただきたい」

「リリアは隣国との友好を深めようとしているのだ！　それを貴様は、価値がないと言うのか!?　貴様の言動全てが不愉快《ふゆかい》だ！」

ダンッ！

唾を飛ばして叫んだヘリオットは円卓を力一杯殴り付け、壁際に立つアルフォンス配下の騎士達が身構えた。

「これは申し訳ありません。私がここにいては不愉快でしょうから、退席させていただきます」

無表情で頭を下げて席を立つアルフォンスは議員達を一瞥《いちべつ》し、議長を務めるカストロ公爵と視線を合わせる。

「任せた」

渋い表情のカストロ公爵は不承不承の体で頷き、アルフォンスは口角を上げた。

退室したアルフォンスの側へ音もなく近付いた部下は、王太后宮の様子を報告する。

「……そうか。母上に挨拶しに行くぞ」

「はっ」

後ろを歩くフィーゴへ行き先を告げ、アルフォンスは王太后宮へ向かった。


先触れなくやって来たアルフォンスを、王太后宮の使用人達は特に驚きもせず出迎え、来ることを予測していた母親が了承して、すんなりシュラインを外へ連れ出せた。

シュラインに迎えに来たことを問われ、手で口元を覆ったアルフォンスは足を止めた。

「あの王妃の鼻を明かしてやりたかったのと、」

言葉を切り、アルフォンスは繋いだ手に力を込めた。

「……心配だった」

王妃と母親には強気な言動がとれるのに、たった一言の本心を口にするだけでアルフォンスは恥ずかしさで顔に熱が集中するのを感じていた。

(そうだ。逢いたかった一番の理由は、心配だったからだ。王妃と兄上を挑発できたし、シュラインの心を傾かせられたならば、上々のできだな)

「アルフォンス様は心配性ですね」

吊り上がっていたシュラインの眉は下がり、一文字に結んだ口元は緩む。

「シュラインのことになると、弱くなると最近気が付いた」

未だに赤い顔を見せまいと、横を向いてしまったアルフォンスに手を引かれたシュラインは、王宮の建物の手前にある庭園の一角に設置されたガゼボへ辿り着いた。

木陰にあるガゼボは涼しく、吹き抜ける風が火照《ほて》った肌を冷やしてくれる。

アルフォンスに手を引かれるまま、シュラインはベンチへ腰掛けた。

「会議に戻らなくてよいのですか？」

「シュラインが一緒にいるのに、急いで戻る必要はないだろう」

「もうっ！」

口では呆れ咎《とが》めるような言葉を発しても、アルフォンスの甘い言動に頬を赤く染めてシュラインは時折嬉しそうに口元を綻ばせる。

(ふっ、あと一押し、というところだな)

あと少し、刺激的な展開があれば望むモノは全て手に入るはず。

必要だと割り切っていても、以前なら女への世辞や駆け引きは面倒だったのに、シュラインとの駆け引きは面白いと感じていた。彼女の反応一つで、落胆や歓喜の感情が簡単に生じるのだ。

感情は顔には出さず、アルフォンスは思惑通りに進んでいると内心ほくそ笑んでいた。

来客が帰ったと知らせを受けて執務室を訪れたカルサイルは、呆れの混じった苦笑いを浮かべてアルフォンスに報告書を手渡した。

「その緩んだ顔をどうにかできないのか？」

「緩んでなどいない」

フンッと鼻を鳴らし、アルフォンスは唇に力を入れて真一文字にする。

口元を引き締めていても目尻は下がったままで、笑いを堪えたカルサイルは口に手を当てた。

「くっ、可愛い奥さんがここまで差し入れを届けてくれるのが嬉しいのは分かるが、俺とフィーゴ以外の者が〝冷徹なアルフォンス殿下〟のニヤケ顔を見たら恐怖で震え上がるぞ」

国王派を遠ざけているとはいえ、アルフォンスが感情を露にするのは気心の知れた者だけ。

ここ数日、愛する妻のことを思い出して締まりのない表情になっているアルフォンスは、自分の顔がどうなっているのか自覚はしていても止められなかった。

「ニヤニヤしている氷の王弟殿下、か。ふっ、ははは」

ついに笑いを堪えきれなくなり、カルサイルは「ぶはっ」と吹き出した。

社交の場では社交辞令で微笑むことはあっても、職場では冷徹な仮面を被った王弟殿下の締まりのない顔を目撃した文官達は、恐怖で気絶するか竦み上がるだろう。

「お前は私を何だと思っているんだ」

「色惚《いろぼ》け男」

眉を寄せたアルフォンスが口を開きかけた時、普段よりも強いノックの音が聞こえ、アルフォンスとカルサイルの顔から笑みが消えた。

「何事だ？　は……何、だと」

扉越しに無礼な訪問者の応対をしたフィーゴの声に焦りが混じる。

「殿下、奥様がっ」

（まさか？　シュラインッ！）

聞き終わる前に、アルフォンスは大きな音を立てて椅子から立ち上がった。

扉の前に立つフィーゴを押し退《の》け、驚くカルサイルを置き去りにしてアルフォンスは走り出した。

普段は無表情でいることが多い王弟殿下が鬼気迫る表情をして、邪魔者全て斬り捨てそうな雰囲気を撒き散らしながら廊下を走る姿を見てしまった者達は、進行の妨げにならないように壁際へ寄る。

驚いて頭を下げる者達にも見向きもせず、アルフォンスは女の叫び声が聞こえる回廊へ向かう。

勝ち誇ったように嗤うリリアの歪んだ表情と、侍女に庇《かば》われて床へ座り込むシュラインを見た瞬間、アルフォンスは全身の血液が沸騰するのを感じた。

腰に手を当て抜刀しようとして舌打ちする。王宮内では帯刀していなかった。沸騰した血液が急激に冷めていく。

「悪役、卑《いや》しい女とは、誰のことだ」

場違いなほど静かな、威圧感を感じさせる声で言い放つ。

リリア一行は勢いよく振り返り、アルフォンスの殺気を感じ取った若い侍女が悲鳴を上げた。

戦場に立った時以上の威圧感を放ち、刃のように鋭い瞳で周囲を見渡すその姿に目が合った者の全身から冷や汗が流れ落ちた。

手加減なしでアルフォンスから殺気を向けられ、侍女達の顔色は血の気が失せて震え上がる。

床へ落ちたケーキ箱は侍女が拾ったが、箱は無惨《むざん》にひしゃげてしまっている。

中身を確認しなくとも中に入っているケーキは潰れて崩れてしまっているだろう。

毎日のように、手作り菓子をシュラインに持参させて、〝仲睦まじい王弟夫婦〟を周知させる。

そして、シュラインとアルフォンスの姿を見せ付けられた王妃の嫉妬心を煽《あお》るという、王太后の企みの一部が達成されてしまった。

シュラインに手作り菓子を強請《ねだ》った王太后《ははおや》の思惑は見抜いていた。見抜いていても、止めなかったのはアルフォンス自身がシュラインに会える一時を望んでいたからだ。

（くっ……）

こめかみと心臓が針で刺されているかのように痛む。

妻を痛め付けられた夫の心の痛みか、シュラインの優しさを踏みにじった母親への殺意か。

それとも、悲しむ彼女の涙を見られたという、仄暗い悦《よろこ》びと怪我《けが》を負わせてしまった罪悪感か。

アルフォンスが肩を抱いているシュラインは俯き、小刻みに震えだす。

「せっかく、作ったのに、食べてほしかったのに……」

震える唇を動かして思いを口に出せば、堪えていた感情と一緒にポロポロとシュラインの目から涙が零れ落ちた。

（ああ、綺麗だ……）

目を細めたアルフォンスは、人差し指で零れる涙をそっと拭う。

「形は崩れてしまっても味は変わらない。後でもらうよ」

痛ましげに眉を寄せたアルフォンスはシュラインの額へ口付け、シュラインの背中と膝裏へ腕を回し震える体を抱き上げた。

「じ、自分で歩けますっ」

「駄目だ。手首と足も痛めただろう」

下ろしてと訴えるシュラインを無視し、アルフォンスは自身の執務室へ向かって歩き出した。

執務室へ着くと壊れ物を扱うように、アルフォンスは横抱きにしていたシュラインをそっと長椅子へ横たえる。

「直ぐに医師が来る」

用意させた濡れ布巾を手に取り、シュラインの涙で潤む目元と赤くなった頬にあてた。

「ありがとうございます」

目尻を下げて礼を言うシュラインは何時《いつ》もより弱々しく見えた。

悪意で顔を歪めたリリアは醜悪《しゅうあく》で、物語の魔女のようにしか見えなかった。魔女から悪意を浴びせられては、気丈な彼女でも恐怖で震えても仕方ない。

警戒はしていても、まさか王宮内でリリア自らがシュラインへ罵声《ばせい》を浴びせ暴行するとは、アルフォンスさえ思ってもいなかったのだから。

今すぐ抱き締めて口付けて慰めたいが、カルサイルから生暖かい視線を感じて衝動を抑えた。

離宮へ戻る護衛にフィーゴと影数人を付け、手当てを終えたシュラインを見送ったアルフォンスは侍医から受け取った診断書へ視線を落とした。

離宮まで付き添いたくても、まだやるべきことが残っている。

「本当に、傷痕《きずあと》は残るものではないんだな」

「はい。幸いにも頬の傷は浅いものです。軟膏を塗り、保湿すれば傷痕は残らないでしょう」

侍医からシュラインの診断結果を聞き、アルフォンスは握りしめていた拳の力を緩めた。

「本気なんだな」

「何がだ？」

半ば八つ当たりで苛立ちを隠さず問えば、カルサイルは肩を竦めた。

「今のお前、直ぐにでも王妃を殺しに行きそうな顔をしているからな。婚約を受け入れた時は、お飾りの奥様にするのかと思っていたが、本気なのが分かって驚いた」

「……許されるならば、今すぐ廃位させ処刑してやりたいところだ。だが、まだその時ではない。王妃を許すつもりはないが、王妃よりも面倒な狐が動き出すのを待たなければならない」

「一掃《いっそう》するつもりか？」

「ああ。この先を考えたら、王妃と取り巻きども、そしてあの娘は私の邪魔にしかならないだろう？　まだ、ヘンリーの方が利用価値はある」

底冷えする冷たい声で言うアルフォンスの瞳には、先程までシュラインに向けていた慈《いつく》しみや甘さなど一片も見当たらなかった。

＊＊＊

翌日、シュラインとの夕食を済ませ、アルフォンスが離宮から王宮の執務室へ戻ると、ソファーに座っていた元老院議員、目の下に隈《くま》を作ったカストロ公爵が立ち上がった。

「随分と、娘との一時を楽しまれたようですね、殿下」

いくらシュラインのためとはいえ、政務や会議を放り出して一日二回も王宮を抜け出すアルフォンスに対し、父親であるカストロ公爵の口調は刺々《とげとげ》しくなる。

「シュラインが可愛いのだから仕方ないだろ。ここへ戻らず朝まで共に過ごしたかったのだがな」

悪びれもせずのろけ、アルフォンスはニヤリと笑った。

眉尻を上げたカストロ公爵のこめかみに、血管が浮き出てピクピクと痙攣《けいれん》する。

「殿下の人格が変わりすぎて気持ち悪いですな。もしや、シュラインを本気で娶るおつもりで？」

「本気も何も、シュラインは私の妻だ。既に夫婦の契《ちぎ》りも交わしている」

「なん、ですと!?」

がちゃんっ！

カストロ公爵の足が当たったテーブルが揺れ、ティーカップから冷めた紅茶が零れた。驚愕《きょうがく》のあまり、目を見開くカストロ公爵の顔色はみるみるうちに青を通り越して白くなる。

何度も口を開閉させて意味をなさない呻き声を漏らす、カストロ公爵のただ事ではない取り乱しように救護しなければと壁際から一歩踏み出したフィーゴは、扉をノックする音に動きを止めた。

「このような時間に何用だ？」

遠慮がちにノックされた扉へ近づいたフィーゴは、扉越しにノックした衛兵に問う。

「も、申し訳ありません。ヘンリー殿下が……」

訪問者の名を聞きフィーゴは眉を顰め、「ヘンリー」の名を聞き瞬時に立ち直ったカストロ公爵とアルフォンスの方を見て指示を仰いだ。

カストロ公爵には退室してもらい、執務室へ通したヘンリーの顔色と唇の色は悪く、目の下にはひどい隈ができていた。

以前は艶のあった金髪もくすみ、全身から覇気《はき》がなくなり前屈みとなった姿勢から、精神的に疲労しているように見える。

「先触れもなく申し訳ありません」

頭を下げるヘンリーをアルフォンスは無言のまま見下ろす。

「……護衛も付けずに来たのは、自分の力ではどうにもできなくなったことがあるのだろう？　新たな婚約者殿絡みか？」

拳《こぶし》を握り締めたヘンリーは勢いよく顔を上げた。

「助けてください！」

悲鳴に似た声を上げた彼は、今にも泣き出しそうな途方に暮れた表情を浮かべ、アルフォンスへ手を伸ばしすがり付いた。

吐き出すように、ヘンリーは王妃とアリサの計画を告白し終えると、深々と頭を下げた。

「よくぞ全てを話してくれた」

「はい……」

知りうる全てを話し終わり、極度の緊張と罪悪感から解放されたヘンリーは椅子の背に凭れかかり、目蓋を閉じて涙を流した。

苦手を通りすぎて畏怖《いふ》している相手、自分の王位継承を阻《はば》むアルフォンスに馬鹿正直に話そうと決断するまでに、愛する女の企《たくら》みを知り葛藤《かっとう》し抜いて、ようやく覚悟を決めたのだろう。

「お前が積極的に協力したならば、私自らお前と婚約者殿の首を切り落としていたところだった」

「くび、を？」

顔を上げたヘンリーは、ひゅっと喉を鳴らしガタガタと震え始めた。

「お前の婚約者が動くまで、休んでいろ」

苦笑してアルフォンスは退室させていた侍従を呼び、自分を見詰めたまま膝の上で両手を握り震えるヘンリーを無理矢理立たせ、部屋から下がらせた。

（フッ、シュラインを拐《かどわ》かすだけでなく私に媚薬を盛る、だと？　男爵令嬢がリアムに接近した時点で何かやらかすだろうとは思っていたが、これほどとは）

王妃が国王と使用する、と言って王家の媚薬を持ち出すのは罪にならない。

しかし、王子の婚約者とはいえ男爵令嬢が王族、実質上国王代理であるアルフォンスに媚薬、薬物を盛るのは重罪だ。

数多の貴族の子息を虜《とりこ》にした女にしては稚拙《ちせつ》な考えだ。媚薬を使えばアルフォンスを虜にできると、全ての男を魅了する力があるとでも思い込んでいるのか。

拉致《らち》の片棒を担ごうとしているリアムも、嫉妬からの行動だとしても行き過ぎている。

（男爵令嬢も何か企んでいると思ってた。だが、リアムが共謀《きようぼう》して恩を仇《あだ》で返すような行為を企むとはな）

腹の底から込み上げてくる乾いた笑いを堪え、歪む口元を片手で隠す。

元老院と高位貴族達は、既にアルフォンスを次期国王とみなしている。

それを国王と王妃が知れば、何らかの行動を起こすと分かっていたとはいえ、自分達の行動が国と己の立場に与える影響を理解していないとは……あまりにも短絡的《たんらくてき》な考えではないか。

あまりの愚かさに、アルフォンスは肩を震わせて嗤った。


「火急の用がある」と再び執務室へ呼び付けたカストロ公爵が椅子に座るのを確認して、アルフォンスは人払いした。

ヘンリーが告白した王妃とアリサの計画を知り、怒りのあまり顔色を赤から白へ変えたカストロ公爵は、肩を震わせ音を立てて椅子から立ち上がった。

「カストロ公爵、今は堪えてくれ」

「なっ!? 娘に危害を加えられる可能性があると分かっていながら、黙って見ていろと!?」

ガチャンッ!

振り上げた拳をカストロ公爵は勢いよくテーブルへ叩き付けた。冷めた紅茶がティーカップから零れ、床に敷かれたカーペットに染みを作る。

「シュラインへの、私の妻への誘拐《ゆうかい》及び暴行未遂は、浪費と怠慢《たいまん》以上に王妃を捕縛する理由となる。もちろん国王には、王妃を制止できなかった責を問う。企みを完遂《かんすい》させるつもりなど毛頭ない。私を信じてくれないか」

苦渋に満ちた表情のカストロ公爵は、取り乱すことなく淡々と告げるアルフォンスを睨み付けた。

「…………お見苦しい姿を見せてしまい、申し訳ありませんでした。殿下のお考えに従います」

五分余りの睨み合いの後、冷静さを取り戻したカストロ公爵は謝罪の言葉を口にして退室した。

「よろしいのですか?」

扉が閉まり足音が遠ざかっていくのを確認して、壁際に控え気配を薄くしていたフィーゴは遠慮がちに問う。

「なにがだ？」

執務室にいるのは気心の知れた側近のフィーゴのみ。

冷静沈着な仮面を外したアルフォンスは、眉間に皺を寄せ不機嫌さを露にした表情となりきっちりと結んでいたタイを緩めた。

「計画を分かっていながら襲わせるのですか？　奥様が知ったら嫌われますよ」

「分かっている。だが計画実行の場所と日時が分からない以上、王妃達を泳がしておくしかない」

チッと舌打ちしてアルフォンスは視線を下げる。

「たとえシュラインに嫌われたとしても、その感情を上書きしてやればいい。……むしろ」

(シュラインの心を摑む絶好の機会にすればいい。危機的状況の方が心は動きやすい)

体を繋げたとしても、献身的に世話を焼きどれだけ愛の言葉を囁いていても、シュラインは二年間の契約結婚なのだと、まだアルフォンスとの関係に線を引いている。

彼女の心を完全に手に入れるために、絶体絶命の危機という刺激的な展開はむしろ好都合だ。

(そのためには、多少怪我を負ってもかまわないだろう。あぁ、悪漢《あっかん》から庇い怪我をした私を前にして、涙を流し抱き付いてくるシュラインというのもいい。なかなかそそられる状況だな)

俯いていたアルフォンスがゆっくり顔を上げる。

暗い光を宿した瞳を細めて愉悦の笑みを浮かべたアルフォンスを見て、ぎょっと目を見開いたフィーゴは後退《あとじさ》りした。

急ぎの案件のみを片付けて、離宮へ戻ったアルフォンスは普段通りの〝冷静な王弟〟の仮面を被り、暴走しそうになる感情を抑え込んだ。

ヘンリーの告白を聞かされた後、何とか冷静さを取り戻した風を装ったカストロ公爵は、若干青ざめた固い表情でアルフォンスに告げた。

『流石《さすが》、アルフォンス殿下ですね。王妃が企てた下らぬ計画を知ってもなお、冷静沈着でいらっしゃるとは』

怒りと軽蔑《けいべつ》の感情を隠そうともしない義父から言われ、アルフォンスは笑い出しそうになった。

（私が冷静沈着、だと？　何を根拠にそんなことを言っている？）

幼少期から培った完璧な仮面によって、内面に渦巻く激情を上手に隠しているだけだというのに。

（シュラインの体に触れ、傷付けた者はこの手で八つ裂きにしてやる）

下らない計画を企てた王妃と男爵令嬢を八つ裂きにしたい衝動と、シュラインが傷付けられるかもしれないという焦《あせ》りで感情は乱れ、力を抜けば体は震えだしてしまうのに。

王妃が企てた計画が与えるであろう、今後の自分とシュラインへの影響を側近達で協議しなければならない。状況によって、元老院議員達と一緒に立てた計略を組み立て直す必要があった。

怒りの衝動を押し留めるため、アルフォンスは脳内で今後起こりうる出来事を元に、いくつもの策を巡らしながら出迎えたシュラインを抱き締める。

「シュライン」

名を呼べば戸惑いつつも、抱き締めるアルフォンスの胸に頰を寄せてくるシュラインは可愛らしくて、改めて彼女への愛おしさを認識した。

「あの、アルフォンス様」

視線を逸らしたくなるのを堪え、シュラインはアルフォンスの顔を見上げる。

「どうした？　痛むのか？」

「いえ、体調は問題ありません。あの、アルフォンス様。痛みと腫れは治まってきましたし部屋の外、せめて庭へ出たいのです。部屋にばかりこもっていたら、息が詰まります」

王妃に扇で叩かれて、青くなっていた頬の内出血部分は色が薄くなってきた。

侍女と護衛騎士の監視下でもかまわないから、部屋の中から出たいとシュラインは訴える。

「外へ、か」

口元へ手を当てたアルフォンスはしばらく思案して、ニヤリと笑う。

「そうだな。貴女が、可愛らしくねだってくれたら、考えよう」

「っ!?」

意地悪な、しかし期待に満ちた笑みを浮かべたアルフォンスに見詰められて、シュラインは恥ずかしさで体を縮こまらせる。ぎゅっと握った両手を胸元に当て、恥ずかしそうに浅い呼吸を繰り返すシュラインの頬が徐々に紅潮していった。

「お願い、アルフォンス様、外に出たいの。出ては駄目ですか？」

固まるアルフォンスの着るジャケットの肘部分を摑み、じっと上目遣いで見上げる。

「駄目？」

反応の薄いアルフォンスに、不安になったシュラインの瞳に涙の膜が張っていく。

「ぐうっ」

胸が苦しくなり呻いたアルフォンスは、顔を背けてグッと目を瞑った。

鼻の奥にツキンッと針で刺したような痛みが生じ、慌てて親指と人差し指で小鼻を押さえる。

「まさか……破壊力が、こんなに、くっ」

眉尻を下げ上目遣いでおねだりするシュラインは、普段の彼女以上に弱々しく見えて少し震えているのも小動物を彷彿させて、庇護欲《ひごよく》を掻き立てられた。

怪我を負っていなければ、抱き上げてベッドへ向かっていた。王妃への怒りが再燃してくる。

片手で顔を覆ってブツブツ呟くアルフォンスに、目を瞬かせたシュラインは首を傾げた。

「はぁ、すまない。これ以上は私がもたない。部屋の外へ出ることを許可するかは後々連絡する」

「えっ、あのっ、アルフォンス様？」

これ以上、可愛いシュラインと一緒にいたら欲望のまま彼女をどうにかしてしまいそうだと、判断したアルフォンスはくるりと背中を向けた。

シュラインの声に答える余裕もなく、片手で顔を覆い足元をふらつかせて部屋から出て行った。

「ぷっくく、奥様はお気になさらず、では私も失礼いたします」

主の葛藤に気付いて、吹き出しそうになるのを必死で堪えるフィーゴは困惑するシュラインへ一礼して、逃げるようにアルフォンスの後を追って行った。

＊＊＊

王妃と男爵令嬢が企てた、シュライン誘拐事件と王宮への放火事件から三日後。

部下から提出された調書を読み終え、カルサイルは執務机の上へ調書の束を放り投げた。

「コレはあまりにも荒唐無稽《こうとうむけい》すぎて、どうしたものかねぇ」

幼馴染《おさななじ》みであり上司でもある、王弟アルフォンスから任された国家転覆《てんぷく》を企てた罪人、王子の婚約者だった男爵令嬢アリサの聴取《ちょうしゅ》。

調書に書かれていたのは、アリサはこの世界のヒロインで自分は全ての男性から好かれる存在だと思い込んでいる、という荒唐無稽な話だった。

自称『ヒロイン』だというアリサの企てた『悪役令嬢』の誘拐は、彼女の中では『隠しキャラ、アルフォンスと結ばれるため必要なイベント』とされ、失敗したのは悪役令嬢シュラインが自分を苛めなかったから、らしい。

「これでも自白剤を使って聴取した結果です」

疲れきった声から、発言を書き出した部下達の苦労が伝わってきて、カルサイルは深い息を吐く。

自分は愛されるヒロインだと思い込み、全てをシュラインのせいにしているとは質《たち》が悪い。

計画に協力したリアムと執事や兵隊は王族殺害未遂で捕縛され、厳罰を下されるということをアリサは全く理解していない。

「で、ヒロイン様はどんな様子なんだ？」

「取り調べをする女性騎士へ『モブが偉そうにするな』『私はヒロインだ』とわめいているそうです」

「モブ？　何だそれは？　何を言っているんだ？」

支離滅裂な言動を繰り返し、誘拐に関わっていると自ら話すのは愚か者だ。これには、聴取した女性騎士は調書をどう纏めるか頭を抱えただろうと、カルサイルは苦笑いする。

「反省の言葉も謝罪の態度もないとは、情状《じょうじょう》酌量《しゃくりょう》の余地はなし、か。まぁ、溺愛する妻を傷付けた者をアルフォンスが生かしておくつもりもないだろう。あの執事はともかく、あれだけ世話していたリアムも冷酷非情に処罰するくらいだ。お前はどう思う？」

「殿下は、裏切り者や不用だと判断した者は切り捨てる。いつも通りのやり方だと思いますが」

机上の調書の束へ手を伸ばしたフィーゴは涼しい顔で答える。

「今回は特別だ。あれだけ執着されたら、奥様はこれから苦労するだろうな」

別邸の執事だったニコラスの尋問時に、アルフォンスが見せた残酷な一面を目にして、カルサイルは背中に寒気が走り抜けたのを感じた。

シュラインに触れたニコラスを牢《ろう》の床に押し付け、容赦なく両手の甲を靴底で踏みにじったのだ。

保護していたリアムは、厳しく気難しいと有名なドラクマ伯爵へ行儀見習いとして送り込まれた。

国庫を私物化し度重なる浪費にシュラインへの暴行、隣国の王族との密通容疑、捕縛直前に王宮へ放火した罪により王妃と協力した侍女は捕縛されている。

王妃はアリサと共に近々処刑されるだろう。王妃とアリサの処刑は極一部の者しか知らされない。

一週間後……カルサイルの推測通り、王妃とアリサの処刑は秘密裏に執行された。

二人の死は病死として処理され、葬儀は王族と貴族にしては地味な密葬に近い形で行われた。

王妃の死から半月後、国王が退位し王弟のアルフォンスへ王位を譲渡するという報《しら》せが、王宮前広場の掲示板と国営新聞社が出した号外で国民へ知らされ、王都は騒然となる。

表向きの退位理由は、王妃を亡くしたことで心身が衰弱《すいじゃく》し国王の責務を果たせなくなったため。

真相を知る元老院に近しい貴族達は、傾国の王妃を退けたアルフォンスの即位を歓迎したという。

＊＊＊

次期国王アルフォンスは、不機嫌さを隠すことなく側に控える補佐官を睨んだ。

「私を睨まないでくださいよ。殿下」

言葉を切った補佐官はコホンと咳払いする。

「いえ、失礼しました。陛下」

「まだ早い」

ペンを握る手を止めてアルフォンスは息を吐く。

「退位の儀までは兄上が国王だ」

「失礼いたしました」

胸に片手を当てて頭を下げる補佐官から、アルフォンスは執務机へ視線を戻す。

積み上げられた書類の山の半数は国王退位に関わるもの。残りは、国政に関わるものだった。

「後始末が多いのは仕方ないとはいえ、夜中までシュラインに逢えないのは堪えるな」

今朝、アルフォンスを見送るシュラインの顔色がよくなかった。

昼食もあまり食べられなかったと護衛に付けている影から報告を受けている。

(王妃になるのが負担となったのか。それとも、王宮へ居を移したせいで体調を崩してしまったのだろうか？　それとも、昨日、善《よ》がるシュラインが可愛くて意地悪をしたくなり、焦《じ》らし過ぎたことか原因か？　泣きながらおねだりさせたせいで、体調を崩したのか？)

愛する妻のことを思うといても立ってもいられず、アルフォンスは椅子から立ち上がった。

「フィーゴ、休憩だ。一時間で戻る」

慌て出す補佐官が口を開く前にフィーゴへ短く告げ、アルフォンスは扉へ向かって歩き出した。

半焼して改装中の王族居住区とは反対側に用意した部屋へ向かうと、ワンピースの上からショールを羽織ったシュラインが出迎えた。

普段より楽な服装のシュラインは今朝よりも顔色はよくなっており、アルフォンスは安堵から引き締めていた口元を緩ませる。

「お帰りなさいませ、アルフォンス様」

「体調を崩したと聞いた。大丈夫なのか？」

頬を包み込むように触れるアルフォンスの両手に自分の手を重ね、シュラインは目を細めた。

「風邪《かぜ》をひいただけですし、皆が気遣ってくれますから大丈夫ですわ。アルフォンス様こそお疲れではありませんか」

「愛しいシュラインに逢えれば疲れなど全て吹き飛ぶよ」

ちゅっ、リップ音を立てて唇へ口付ければシュラインの顔が赤く染まる。

「愛してるよ」

「あ、あの、わたくしも、貴方が、好き、です」

全身を真っ赤に染めたシュラインは耐えられないとばかりに視線を逸らす。

互いの気持ちを確認してから幾度となく愛し合っているのに、彼女の中の羞恥心はなくなってくれないらしい。

愛の言葉を囁くだけで恥じらい身を縮める初《うぶ》なシュラインが可愛くて、アルフォンスはソファーへ押し倒したい衝動を僅かに残った理性を掻き集め抑える。

「アルフォンス様？」

息を荒くするアルフォンスをシュラインは上目遣いで見る。

すり減った理性の糸が、ぷつりと切れる音がアルフォンスの脳内に響いた。

「くっ、可愛すぎるっ！」

「きゃあっ!?」

勢いよくアルフォンスに抱き締められ、そのまま幼子を抱くように縦抱きにされたシュラインは、太股を撫で始める不埒《ふらち》な手の行く先を察して悲鳴を上げた。

「はぁ、そろそろ戻らなければならないか」

膝に座らせたシュラインを好き放題愛《め》でていたアルフォンスは、壁掛け時計を見上げ呟いた。

腕の中に閉じ込めていたシュラインを解放し、乱れた服を整えてやる。名残惜しいと彼女のこめかみへ口付けを落とした。

「アルフォンス様、あっ」

アルフォンスを見送ろうと、立ち上がったシュラインの視界が揺らぎ足元をふらつかせた。

「大丈夫か？」

倒れそうになるシュラインを片手で抱き止める。

「少し眩暈がして……すみません」

「いや、私こそすまなかった。抑えられず無理をさせてしまった。……侍医を呼べ」

部屋の隅に控える侍女へ命じ、会釈《えしゃく》した侍女は侍医を呼びに出て行った。


「妃殿下はお休みになられました」

診察を終え寝室から出てきた侍医は、足を組んでソファーに座るアルフォンスへ頭を下げた。

「で、どうなのだ？」

「しばらくの間は安静が必要です」

「安静？　風邪をひいたと聞いたが、ひどいのか？」

慌てて立ち上がりかけたアルフォンスの姿を見て、彼を赤子の頃より知っている侍医は思わず両目を細めて微笑んだ。

「風邪ではありません。殿下、おめでとうございます。妃殿下はご懐妊されていらっしゃいます」

「は？」

「無理をさせてはいけません。特に、ご夫婦の営みは妃殿下の体調が安定されるまでは、絶対に！禁止、ですぞ！」

「懐妊？　禁止？」

侍医の言葉を直ぐには理解できず、口をポカンと開いたアルフォンスは口と同じく開いたままの目を数回瞬かせた。

「そうか、シュラインが私との子どもを懐妊したか」

(子どもが生まれれば、シュラインは私の許《もと》から離れられない)

互いの気持ちを確認したとはいえ、始まりは契約で結ばれた婚姻だったせいか、シュラインの心が離れてしまうのではないかという不安は、何度愛を囁いても拭えなかった。子どもの存在がシュラインとの確かな繋がりになったと、歓喜と興奮でアルフォンスの体が震え出す。

抑えきれない感情から、口元を緩ませたアルフォンスは侍医の横を擦り抜けて、シュラインが休んでいる寝室へ向かった。

＊＊＊

アルフォンスが国王に即位してから約五ヶ月後、シュラインは第一子となる男児を出産した。

アルビスと名付けた息子の髪と瞳の色はシュライン譲《ゆず》りだったが顔立ちは乳児の頃のアルフォンスに瓜二《うりふた》つで、初めて顔を見た時は愛おしさと同時に複雑な感情を抱いた。

「シュライン」

執務を早めに切り上げて寝室へ戻ったアルフォンスは、昼寝をしようとしないアルビスを横抱きにして寝かしつけていたシュラインに声をかけた。

「ずっと抱いていて疲れただろう。私が抱いているから休憩しなさい」

振り向いたシュラインの顔は、疲労の色が濃く出ており一目で睡眠不足だと分かり、交代を申し出たアルフォンスはジャケットを脱ぎ、侍女に手渡す。

生後三ヶ月になったアルビスは、数日前から抱いていないとなかなか眠ってくれなくなった。

「アルビス、お父様ですよ」

シュラインからアルフォンスへ手渡されたアルビスを抱えると、乳児特有の甘い香りがした。

「うぁーあー？　ふっ、うあああー!!」

キョトンとした顔でアルフォンスを見詰めた後、嫌そうに顔を歪めたアルビスは大声を上げてシュラインへ向かって手を伸ばす。

「アルビス、泣くなっ」

泣き止まないアルビスを抱えて焦るアルフォンスを見かねて、シュラインが自分へ伸ばされた小さな手を握る。

「あらあら。どうしたのかしら？」

アルフォンスの腕からシュラインが抱き上げると、アルビスの両目から溢れていた涙は止まる。

(シュラインがアルビスにかかりっきりになるのは仕方ない。とはいえ、息子に拒否されるのも、シュラインを独占されるのも苦しい)

複雑な思いを抱き、アルフォンスはしがみ付くアルビスの背中を優しく撫でて、子守唄《こもりうた》を歌うシュラインの後ろ姿を見詰めていた。

すぐにシュラインの手の動きと子守歌が止まる。

「寝ました」

少し前の大泣きが嘘だったかのような、穏やかな寝顔でアルビスは眠っていた。

シュラインの腕に抱かれた息子が、安心してむにゃむにゃと口を動かすのが可愛くて、アルフォンスは目を細める。

顔を上げたシュラインと目が合い、彼女は驚きで目を丸くした。

「アルフォンス様、涙が……どこか痛むのですか？」

「いや、シュラインとアルビスと一緒にいられて、私は本当に幸せだと思ったんだよ」

偽装結婚をする前には知らなかった、愛する妻と息子と過ごす穏やかな時間の重み。

零れ落ちた涙を手の甲で拭き、アルフォンスは幸せを噛み締めていた。

あとがき

こんにちは、初めまして。えっちゃんと申します。

この度は『溺愛《できあい》は契約項目にありません！　～偽装結婚《ぎそうけっこん》をしたはずの王弟殿下《おうていでんか》に溺愛されています～』をお手に取っていただき、ありがとうございます。

本作は、小説投稿サイトにて連載していた話に加筆し、書籍の形にまとめたものとなります。

前世《ぜんせ》の記憶が蘇《よみがえ》った転生令嬢《れいじょう》が婚約者と婚約破棄《はき》をするという王道の流れと、実家の立場を守るためだと割り切って偽装結婚をしたのに、仮初《かりそめ》だと思っていた夫から大事にされて戸惑《とまど》いつつ惹《ひ》かれていくヒロインの、「どうしてこうなった!?」という話を読みたくて自分で書いた話です。ただ流されて行くのではなく、自分の意思を持ちつつもアルフォンスに翻弄《ほんろう》されるシュラインと、利用しようとしたのに手放せなくなっていくアルフォンスの駆《か》け引《ひ》きを、楽しんでいただけたら幸いです。

政略《せいりゃく》結婚を避けるため、恋人との関係を続けるため、シュラインに偽装結婚を持ちかけたアルフォンスは酷《ひど》い男性ですが、実は言動《げんどう》の裏に色々な葛藤《かっとう》と王位簒奪《おういさんだつ》の思惑があると知ってもらうために、アルフォンス視点もいれました。

やりなおしのプロポーズの後、二人は互いに支え合って王国を発展させ、その後に生まれる可愛《かわい》い子どもたちに囲まれた幸せな日々を過ごしていきます。長男アルビスは、見た目も性格も父親にそっくりなため、シュラインを取り合って喧嘩《けんか》ばかりしているんじゃないかな。アルフォンスと火花を散らすアルビスを見て、「仲がいいわね」とシュラインはニコニコしているという姿を想像していただければ嬉《うれ》しいです。

最後になりましたが、今回書籍化するにあたり応援して下さった皆様、制作に関わってくださった方々、ありがとうございます。

そして、本作を読んでくださった読者の皆様、本当にありがとうございました。

またどこかで、私の綴《つづ》った話を読んでいただけることを願っています。

えっちゃん

eロマンス ロイヤル

本書は「ムーンライトノベルズ」（https://mnlt.syosetu.com/top/top/）に
掲載していたものを加筆・改稿したものです。
この作品はフィクションです。実在の人物・団体・事件などにはいっさい関係ありません。

●ファンレターの宛先
〒102-8177　東京都千代田区富士見 2-13-3　eロマンスロイヤル編集部

溺愛《できあい》は契約《けいやく》項目《こうもく》にはありません！
～偽装《ぎそう》結婚《けつこん》したはずの王弟殿下《おうていでんか》に溺愛《できあい》されています～

著／えっちゃん
イラスト／八美☆わん《はちびす》

2023年1月30日　初刷発行

発行者　山下直久
発行　株式会社KADOKAWA
〒102-8177　東京都千代田区富士見2-13-3
（ナビダイヤル）0570-002-301
デザイン　AFTERGLOW
印刷・製本　凸版印刷株式会社

ISBN978-4-04-737364-8　C0093　©Etchan 2023　Printed in Japan
定価はカバーに表示してあります。

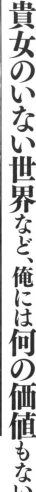

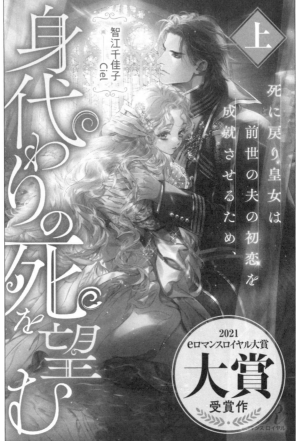